Hertzberg, Gustav F
Athen - Historisch-topographisch dargestellt

Hertzberg, Gustav Friedrich

Athen - Historisch-topographisch dargestellt

Inktank publishing, 2018

www.inktank-publishing.com

ISBN/EAN: 9783750110106

All rights reserved

This is a reprint of a historical out of copyright text that has been re-manufactured for better reading and printing by our unique software. Inktank publishing retains all rights of this specific copy which is marked with an invisible watermark.

Athen.

Historisch-topographisch dargestellt

von

Gust. Frd. Hertzberg,
Professor der Geschichte an der Universität Halle-Wittenberg.

Mit einem Plane von Athen.

Halle a. S.,
Verlag der Buchhandlung des Waisenhauses.
1885.

Vorwort.

Das Buch, welches der Verfasser hiermit veröffentlicht, lehnt in gewissem Sinne an die vor Jahresfrist in demselben Verlage erschienene »Griechische Geschichte« sich an. Der Hauptsache nach ebenfalls für gebildete Leser, für reifere Schüler und jüngere Studierende bestimmt, soll es die Hauptergebnisse der neueren Forschungen über die architektonische Geschichte und die Topographie von Athen in populärer Form, in kurzer Übersicht zusammengefafst geben, ohne auf allzu feines Detail einzugehen. Die Grundlage ist selbstverständlich durchaus wissenschaftlich. Die politische Geschichte von Athen ist nur soweit berührt, als es unbedingt zum Verständnis nötig war. Die reiche Litteratur über die Topographie von Athen ist möglichst vollständig benutzt worden; in dem Buche selbst sind aber nur die bis jetzt neuesten Hilfsschriften angeführt worden. Aufser den hier namentlich citierten Büchern ist noch zu bemerken, dafs die sehr tüchtigen wissenschaftlichen Angaben in Bädekers »Griechenland« (Leipzig 1883) ebenfalls vielfach benutzt worden sind, namentlich wo es um die Erörterungen über die Maasverhältnifse und den Bestand der Ruinen bei den Hauptgebäuden der Trümmerwelt von Athen sich handelt.

Eine Schilderung Athens nur in der Zeit seiner Blüte empfahl sich nicht; dem Perikleischen Athen fehlen doch noch viele der Bauten, die Athen für das spätere Altertum so anziehend gemacht haben, und bei einer auf die Zustände der Antoninenzeit sich stützenden Darstellung fehlen wieder das System der »langen Mauern« und die Bauwerke des Peiräeus. Daher ist es vorgezogen worden, lediglich historisch zu Werke zu gehen, der Baugeschichte von Athen chronologisch zu folgen, und breitere Schilderungen der Topographie gewissermafsen als Ruhepunkte an passenden Stellen einzuweben.

Die Darstellung beschränkt sich auf die Stadt Athen, auf ihre nächsten Umgebungen, und auf das System ihrer Häfen. Dagegen erschien es geboten, nicht mit Pausanias und Herodes Attikos abzuschliefsen, sondern der Baugeschichte des antiken Athen auch noch die seines Unterganges anzuschliefsen, und den Faden der Erzählung erst da fallen zu lassen, wo die Arbeiten der Gründung des modernen Athen, der Hauptstadt des neugriechischen Staates der Gegenwart beginnen.

Halle a. S., im December 1884.

G. F. Hertzberg.

Inhalt.

		Seite
Einleitung		1
1. Kapitel.	Landschaftliche Natur des Stadtgebietes von Athen	3
2. Kapitel.	Athenische Stadtgeschichte bis zur Schlacht bei Platää	12
3. Kapitel.	Themistokles und Kimon	53
4. Kapitel.	Die Schöpfungen des Perikles	76
5. Kapitel.	Das Perikleische Athen	108
6. Kapitel.	Vom peloponnesischen bis zum lamischen Kriege	128
7. Kapitel.	Von Antipater bis auf Sulla	149
8. Kapitel.	Von Sulla bis auf Hadrian	171
9. Kapitel.	Herodes Attikos	194
10. Kapitel.	Übergang zum byzantinischen Mittelalter	205
11. Kapitel.	Byzantiner, Franken, Osmanen	220
Schlufs		238

Einleitung.

Es giebt auf dem Boden der alten Welt einige Stellen, denen in den Tagen der Antike eine unvergleichlich grofse und reiche Geschichte, denen die architektonische und die bildende Kunst, denen endlich eine wunderherrliche Litteratur eine unvergängliche Weihe aufgeprägt haben: eine Weihe und einen Zauber, die mit niemals versiegender Kraft das Interesse und die forschende Arbeit auch der spätesten Geschlechter an sie fesseln. Vor allen anderen historisch geadelten Stätten der Vorwelt hat die Stadt des Perikles, hat Athen in solcher Weise seit unvordenklichen Zeiten die Liebe und die ausdauernden Sympathieen der Nachgeborenen erweckt. Nach dem Niedergange der alten politischen Gröfse des Staates der Athener, nach dem Untergange des Demosthenes und nach der Niederwerfung der tapferen Scharen des Chremonides beginnt die lange Zeit, wo die bildungsdurstige Jugend der antiken Kulturwelt bis herab zu den Tagen des ostgotischen Theoderich zu den Füfsen der Gelehrten Athens sich drängt, wo nacheinander die griechenfreundlichen Machthaber der Levante und die Imperatoren Roms der Lieblingsstadt der antiken Welt ihre wertvolle Huld erweisen. Selbst der Ungestüm des westgotischen Alarich wird durch den Zauber der unsterblichen Schönheit Athens überwunden, der dann auch gegenüber den Byzantinern und den fränkischen Konquistadoren des späteren Mittelalters, ja selbst gegenüber den Osmanen nicht völlig versagt. Tief im siebzehnten Jahrhundert sind es freilich die zerstörenden Waffen der hochgebildeten Völker des Abendlandes, die in das edelste aus der Perikleischen Epoche erhaltene Monument eine verderbliche Bresche legen. Aber nun ist auch schon die Zeit gekommen, wo die ganze Sympathie eben dieser Nationen diese edle Erbschaft der hellenischen Blütetage hütet. Und während der unvergängliche Ruhm von Athen den entscheidenden Anlafs giebt, am Fufse der Akropolis die neue Hauptstadt des verjüngten griechischen Volkes der Gegenwart aufzurichten, ist die moderne Forschung unablässig thätig, durch immer weiter greifende Arbeit, durch die neue Praxis der Ausgrabungen erheblich gefördert, allmählich ein sicheres Bild von der äufseren Gestalt der alten Weltstadt zu gewinnen, die vor den dunkeln Jahrhunderten des Mittelalters rings um die steilen Abhänge des attischen Schlofsberges sich ausbreitete.

Ob es jemals gelingen wird, das Bild des alten Athen in seinem ganzen Umfange vollständig und mit zweifelloser Sicherheit wiederherzustellen, ist freilich sehr zweifelhaft. Wohl aber erscheint es schon jetzt als möglich, nach den bereits vorhandenen Mitteln, wie sie die Natur des alten Stadtbodens, wie sie die Litteratur, wie sie die Ergebnisse der mit Spitzhacke und Grabscheit ausgeführten Arbeiten uns gewähren, eine (freilich keineswegs lückenlose) Skizze der eigentlichen Stadtgeschichte von Athen zu entwerfen, für verschiedene der Hauptepochen der attischen Geschichte in grofsen Umrissen ein Bild der Stadt und ihrer nächsten Umgebungen zu zeichnen, und demselben durch die Beschreibung mehrerer ihrer historisch und künstlerisch bedeutsamsten Monumente Leben und reichere Färbung zu verleihen.

Erstes Kapitel.
Landschaftliche Natur des Stadtgebietes von Athen.

Der Terrainabschnitt, auf welchem seit den Siegestagen von Salamis und Mykale die ionische Stadt am Fuſse der Kekropia zur Metropole des ägäischen Meeres, nachher zur geistigen Hauptstadt der späteren hellenischen Jahrhunderte emporgewachsen ist, erscheint durchaus nicht in der Art, wie etwa der Stadtboden von Rom und namentlich der von Konstantinopel, von vornherein von der Natur zur Entstehung einer sogenannten Weltstadt bestimmt. Vielmehr hat es einer seltenen Gunst der Geschichte und der gewaltigen Arbeit einer Reihe genial veranlagter Männer bedurft, um Athen für mehrere Menschenalter an die Spitze der politischen Entwickelung Griechenlands zu bringen. Wohl aber war das Kernstück des attischen Kantons von Natur durchaus darauf angelegt, um seinen Bewohnern die feste Zusammenfassung dieses Teiles von Mittelgriechenland zu einem einheitlichen Staate (im Sinne der kleinen Dimensionen Griechenlands) möglich zu machen, und vor allen anderen Höhen dieser Landschaft erschien der steile und langgestreckte Berg, der westlich vom Lykabettos über der Niederung des Ilisos aufsteigt, berufen, die Herrenburg des ganzen von den Kuppen des Parnes bis Kap Sunion hin sich ausdehnenden Gebietes zu tragen.

Als dieses Kernstück von Attika galt den Alten das Gebiet des Flüfschens Kephisos, die ziemlich ausgedehnte Ebene (das „Pedion") die von Nordost gegen Südwest sich dehnend, auf der Nordseite durch die Bergzüge des Parnes, auf der östlichen und südöstlichen Seite durch den Brilessos und Hymettos, gegen Nordwesten durch den Korydalos und Ägaleos begrenzt wird, dagegen auf der Südwestseite gegen das Meer sich öffnet. Vor anderen Teilen des attischen Kantons war diese Landschaft von der Natur begünstigt. Für die einfachen Verhältnisse der Kriegskunst der ältesten Zeiten erleichterten die nur an wenigen Stellen von Pässen durchschnittenen Bergketten die Verteidigung des Landes; andererseits waren dieselben Einsattelungen recht wohl geeignet, einen bequemen Verkehr mit den benachbarten griechischen Gebietsteilen zu ermöglichen. Die Ebene selbst bot den ältesten Ansiedlern bei dem Übergange zu zivilisierten Lebensformen manche sehr schätzenswerte Vorteile. Die klimatischen Verhältnisse waren im ganzen durchaus günstiger Art; allerdings scheinen sie in den guten Zeiten des Altertums und wohl auch noch in den glänzendsten Epochen des attischen Mittelalters, in den Tagen der burgundischen und florentinischen Herzöge von Athen, mehrfach besser gewesen zu sein, als in den späteren Jahrhunderten des Verfalls dieser Landschaft. Als ein Paradies oder als ein Land „ewigen Frühlings" darf man sich Attika freilich zu keiner Zeit denken. Der zuweilen nahezu tropischen Hitze des Sommers und den mehr als 30 Grad C. der gewöhnlichen Mittagstemperatur des Juli entspricht in den Wintermonaten nicht gar selten eine empfindliche Kälte, obwohl lange, wirklich harte und namentlich schneereiche Winter in Attika doch zu den Seltenheiten gehören. Im ganzen aber gilt das attische

Klima als ein mildes. Nach den Angaben eines sehr genauen Kenners[1] übersteigt die Temperatur in Athen die Normalwärme seines Parallels, des 38. Breitengrades, im Winter um zwei Grad C., im Frühling noch etwas mehr, im Sommer um über vier, im Herbst um drei Grad, und sinkt selbst in dem kältesten Monat, im Januar, im Mittel nicht unter acht Grad C. Dabei beträgt die Zahl der schönsten Sommertage, wie sie in Mitteleuropa nur selten vorkommen, etwa die Hälfte des Jahres. Wird weiter für Attika im Spätsommer und Herbst ein erstaunlicher Reichtum an Gewittern von ungewöhnlicher Mächtigkeit beobachtet, so gilt ferner für das Klima dieser Landschaft als wesentlich charakteristisch der Umstand, dafs nur wenige Tage des Jahres hier ohne bewegte Luft verstreichen. Unter den Attika beherrschenden Winden dominiert namentlich der Boreas, der auch in der attischen Mythe eine erhebliche Rolle spielt. Die nördlichen Winde, die namentlich im Spätjahr bittere Kälte mitbringen, treten in der Art in den Vordergrund, dafs der reine Nordwind im Jahre etwa 37, der Nordost dagegen 100 Tage durchschnittlich weht. Andererseits bleiben an Stärke und unter Umständen auch an Mächtigkeit hinter diesen die südlichen Winde nicht zurück, so dafs durchschnittlich für 40 Tage reiner Südwind und für 108 Tage Südwestwind vorherrscht, während der Westwind kaum eben so häufig wie der reine Nordwind auftritt. Ein Verhältnis, welches sehr wesentlich dahin wirkt, die Gluthitze des Sommers zu ermäfsigen und das Land, vorzugsweise die nach dem Meere sich öffnenden Ebenen und Thäler, mit frischem, gesundem Seehauche zu durchdringen.

1) Vgl. C. Wachsmuth, die Stadt Athen im Altertum. Bd. I. S. 106.

Während endlich die schon im Altertum hoch gepriesene Feinheit und Reinheit, die leuchtende Klarheit der Atmosphäre bei Tag und Nacht, die Wärme und der Reichtum der Farbentöne in der Natur, namentlich aber die aufserordentlich bestimmten Umrisse der schönen, ernsten attischen Berglandschaft diesem Lande bis auf die Gegenwart als glückliche Mitgabe geblieben sind, war es mit den landwirtschaftlichen Verhältnissen im Altertum mehrfach besser bestellt, als in den neueren Jahrhunderten. Bekanntlich gehörte Attika nach dieser Seite keineswegs zu den günstig begabten Ländern der griechischen Welt und stand hinter Kantonen, wie Elis, Böotien, Thessalien weit zurück. In vielen Teilen des Landes bedeckt nur eine geringe Erdschicht den Felsenboden. Unter diesen Umständen mufste schon frühzeitig das soziale Übergewicht den besser ausgestatteten Ebenen, vor allem also der Ebene des Kephisosgebietes zufallen. Auch diese freilich blieb hinter den üppigen Niederungen anderer Striche Griechenlands erheblich zurück; auch hier machte der leichterdige, aus steinigem Geröll und zersetztem kohlensaurem Kalk gebildete Boden, der unter der Glut der Sonne leicht dürr und trocken wird, eine höchst sorgfältige Pflege nötig. Da war nun das Altertum auf der einen Seite mehrfach besser bestellt als die Gegenwart. Die attischen Gebirge und selbst ein Teil der Ebenen erscheinen für die älteren Jahrhunderte noch keineswegs so arm an Bewaldung, wie heutzutage, wo die mehrhundertjährige Vernachlässigung aller Kultur und die von den wlachischen Wanderhirten mit Vorliebe gepflegte Praxis der Wald- und Grasbrände die Trockenheit des Landes und der Luft bedeutend gesteigert hat, und wo im Sommer der Taufall selten und unbedeutend, die Zahl der Quellen viel geringer geworden ist.

Allerdings galt Attika auch im Altertum als ein verhältnismäfsig wasserarmes Land. Doch mag es dahingestellt bleiben, ob auch damals wie jetzt (wo durchschnittlich im Jahre nur 75 wirkliche Regentage gezählt werden und die durchschnittliche jährliche „Regenhöhe" nur 14″, 280 par. M. beträgt) die Sommermonate fast absolut regenlos verliefen, während der November die stärksten Niederschläge zu bringen pflegt. Unter allen Umständen sah der attische Bauer in den Zeiten der Antike sich sehr bestimmt darauf hingewiesen, durch die Kunst zu ersetzen, was die Natur mangelhaft gelassen hatte, und bei dem Übergange zu einer überaus sorgfältigen Kultur für die systematische, künstliche Bewässerung seines Landes zu sorgen. Da war nun weiter das Pedion dadurch besonders bevorzugt, dafs es einen wirklichen Flufs besitzt, der zu allen Zeiten Wasser führt. Der Kephisos, der aus einigen immer fliefsenden Quellen am südwestlichen Fufse des Brilessos in der heute noch überaus lieblichen Landschaft bei der nach ihm benannten Ortschaft Kephisia entspringt und, durch mehrere Giefsbäche vom Parnes her verstärkt, in südlicher Richtung durch die Ebene westlich von Athen zieht, bot zu allen Zeiten Wasser genug für zahlreiche Kanäle zur Bewässerung ausgedehnter Gärten und Baumpflanzungen. Minder günstig war es mit der zweiten, durch Athen berühmt gewordenen Wasserader bestellt, die nur aus übertriebener Höflichkeit ebenfalls zu den Flüssen gezählt wird, nämlich mit dem Ilisos. Das ist nur ein Gebirgsbach, der am nördlichen Fufse des Hymettos entspringt, südwestlich gerichtet zwischen den Vorhöhen dieses Gebirges und dem südlichen Fufse des Lykabettos sein Bett eingegraben hat und zuletzt um die südlichen Ausläufer des sogenannten Philopapposberges mit flachen Rändern durch die Ebene in der Richtung auf den unteren Kephisos hin verläuft, in ältester Zeit aber vielleicht dem untersten Laufe dieses Gewässers oder direkt der Küste zustrebte. Gegenwärtig erscheint sein Bett nur allzuoft als ein wasserloser Graben (als der attische Manzanares) der nur in der Regenzeit sich belebt zeigt. Das Altertum kannte aber auch den Ilisos als ein sehr nützliches Gewässer; in den oberen Teilen dieses „Abzugsgrabens" sammelten sich von beiden Seiten aus den Bergen reichlichere Wasseradern, die recht wohl geeignet waren, die Kanäle und Wasserleitungen im östlichen und südöstlichen Athen und dessen Umgebungen zu speisen.

Die Forschung hat nun gefunden, dafs in guten Zeiten die Bewohner des attischen Landes, und namentlich in dem Pedion, mit demselben staunenswerten Fleifse und mit der Sorgfalt, die uns in anderen Gegenden Griechenlands bei der mühsamen Terrassenkultur begegnet, ein sehr kunstvolles System der Kanalisierung ausgebildet haben, um teils ihre Gärten und Baumpflanzungen, teils auch ihre Felder zu bewässern, und es auch verstanden haben, den Überschufs wild herabstürzender Gewässer der Regenbäche nützlich zu verwerten. Daraus ergiebt sich für uns eine doppelte Beobachtung. Für die helleren Zeiten der griechischen Geschichte, bis herab zu den letzten Tagen der glänzenden florentinischen Episode im Mittelalter, ein tiefer Einblick in die Gefahren, welche wiederholte Mifsernten, zeitweise der Mangel an Kapital, vor allem aber umfassende Zerstörungen durch feindliche Überziehung, und zuletzt die vieljährige Vernachlässigung dem Wohlstande gerade dieses Landes zu bereiten vermochten. Für die älteren Jahrhunderte dagegen, in deren Verlaufe das tüchtige Volk des attischen Landes für seine historische Rolle sich langsam vorbereitet hat, zeigt uns auch dieser Blick auf die physischen Verhältnisse des kleinen Kantons, selbst in seinen besten Teilen, wie sehr das reichbegabte Volk der Altgriechen von Anfang an darauf angewiesen war, dem Lande, welches nichts mühelos bot, durch stete, planmäfsige, intelligente Arbeit die Mittel zur Existenz abzuringen. Der Weg, auf welchem die Griechen, vor allem die Athener, zu ihrer Zivilisation, endlich zu reicher Kultur sich erheben sollten, war eben ein anderer, als jener der alten Kulturvölker am Nil und am Euphrat. -

Gar so schnell haben sie diesen Weg allerdings nicht zurückgelegt. Gerade der Wert des Teiles des Kernstückes von Attika, der in späteren Zeiten als die Perle des ganzen Landes galt, ist erst ziemlich spät erkannt und recht gewürdigt worden. Wir meinen natürlich das feinste Stück neptunischer Filigranarbeit an dem attischen, ohnehin vorzugsweise elegant ausgestalteten und plastisch geformten Gestade, nämlich das Hafensystem der Halbinsel Peiräeus, welches wir, dem Gange der historischen Entwickelung der Stadt Athen folgend, erst gegen Ende des nächsten Kapitels zu besprechen haben. Während das attische Volk erst verhältnismäfsig spät, jedenfalls viel später als die dorischen Megareer und Korinthier, als die ionischen Stammesgenossen in Chalkis, die maritime Gunst der Natur und seinen eigenen Beruf zur Seeherrschaft erkannt hat und lange nur erst der Fischerei halber die Meeresnähe schätzte, war für Jahrhunderte das Hauptinteresse der Bewohner des Pedion der Land- und Gartenwirtschaft zugewandt.

Den Vorteil indessen haben sie doch sehr frühzeitig wahrgenommen, den die Gestaltung des Terrains in der Gabelung des Ilisos und Kephisos für die Anlage einer zukunftsreichen Stadt ihnen bot. Ziemlich in der Mitte des Pedion erhebt sich eine vom Pentelikon abgezweigte

Hügelkette von mäfsiger Höhe, die heutzutage Turkobuni, von den Alten vielleicht Anchesmos genannt, in südwestlicher Richtung streichend das eigentliche Thalgebiet des Kephisos von dem des Ilisos trennt. Diese Kette schliefst ab, ehe sie das Stadtgebiet von Athen erreicht, mit dem aus einer Einsattelung von 289' aufsteigenden, durch seine Formen und scharfen Umrisse besonders charakteristischen, fast nackten Felsen, den die Alten Lykabettos oder Glaukopion nannten, mit zwei Gipfeln, deren westlicher bei 284 m Höhe in der Gegenwart die Kapelle und den Namen des h. Georgios trägt: einer der berühmtesten Aussichtspunkte des modernen Athen. Südwestlich nun von seinem Fufse, den Ilisos abwärts, dehnt sich der Terrainabschnitt aus, der die Stadt des Themistokles und des Perikles getragen hat.

Zunächst erhebt sich etwa tausend Schritt von dem Lykabettos entfernt aus der Ebene noch einmal eine doppelte, in ihrem Bau und geologischem Charakter jenem Berge ganz ähnliche Felsengruppe,[1] in welcher zwei Reihen unterschieden werden, eine innere und eine äufsere, die beide allmählich nach Nordwesten sich abdachen und zuletzt mit ihren niedrigsten Ausläufern zusammentreffen. Die

---

1) Die zu den Tertiär- und Alluvialbildungen gehörende Ebene von Athen ruht auf einem Boden von krystallinischem Schiefer. Gehören dieser Formation auch die Hauptmassen der die Ebene umgebenden Gebirge an, namentlich des Hymettos und des Pentelikon, wo die Lagen des krystallinischen Kalks (Marmor) nur mit dem Schiefer wechselnd auftreten, so sind dagegen die Höhen der näheren Umgebung von Athen, der Turkobuni und der Lykabettos, und nun auf dem Stadtboden selbst die Akropolis, der Ares-, der Musenhügel und der Pnyxberg, Kreidekalkbildungen, wie sie auch sonst im westlichen Attika erscheinen, — die Reste einer einst gröfseren, auf dem in dem athenischen Stadtboden zu Tage tretenden krystallinischen Schiefer aufruhenden Schicht.

innere Reihe, die von Osten nach Westen zieht, besteht aus zwei Felsenhöhen von sehr verschiedener Gröfse und Gestalt. Weitaus die bedeutsamste Erhebung ist hier die östlichere, der bis zu 154 Meter Seehöhe (etwa 100 m über dem nächsten Teile der Ilisosniederung) ansteigende Berg, der durch seine zentrale und militärisch überaus feste Lage wie wegen der Ausdehnung seiner Oberfläche, die sich von Ost nach West 275 bis 300 m, von Nord nach Süd bis 130 m ausbreitet, zur natürlichen Akropolis der im Ilisosthale aufwachsenden Ansiedlungen bestimmt war. Etwa 150 Schritt von diesem späteren Schlofsberge der Athener entfernt und von demselben durch eine Einsattelung von 327' Höhe geschieden, steigt westlich eine zweite, von Osten nach Westen sich abdachende Felsmasse auf, die auf der Ostseite nach allen Richtungen hin steil abfällt und in ihrem westlichen Teile noch beträchtlich nach Norden vorspringt. Es ist die Höhe, die als Areshügel oder Areiopagos ihren historischen Namen gewonnen hat. Vor derselben breitet endlich nordnordwestlich in ziemlicher Ausdehnung der Hügel sich aus, der (nach dem etwa 208' hoch gelegenen Theseion im Nordosten benannt) im Westen mit dem nördlichsten Ausläufer der äufseren Hügelreihe sich berührt.

Diese äufsere Gruppe, die von Südost gegen Nordwest zieht, besteht aus drei, durch schmale Einschnitte voneinander getrennten Hügeln, die ihrerseits Ausläufer in die Ebene hinausschicken. Auch hier ist der östlichste der höchste: nämlich der südsüdwestlich gegenüber der Akropolis bis 457' aufsteigende, steile Musen- oder Philopapposhügel. Viel weniger als der Schlofsberg zur Anlage einer Burg und Ansiedelung geeignet, hat dagegen dieser Berg namentlich in den modernen Jahrhunderten bis in die

Zeit der türkischen Kämpfe 1826—27 hinein bei Angriffen auf die Akropolis eine bedeutende Rolle gespielt. Nordwestlich von dieser Höhe, und von ihr durch eine enge Schlucht getrennt, erhebt sich bis zu 362' der sogenannte Pnyxhügel, den ein Sattel von 312' mit dem noch weit im Nordwesten bis zu 331' aufsteigenden, heute mit einer Sternwarte besetzten Nymphenhügel verbindet.

Auf dem Boden, den diese beiden Hügelgruppen teils bedecken, teils einschliefsen, zuerst namentlich in der feuchten Niederung im Süden, südöstlich von der Burg und östlich vom Musenhügel, die sich zum Ilisos senkt, und auf dem Flachland zwischen den Ostabhängen der Akropolis und dem Lykabettos, wie auch in ausgedehnter Weise nördlich von der inneren Reihe, hat die Stadt Athen allmählich sich ausgebreitet. Es war ein Terrain, welches vor allen anderen sich geeignet gezeigt hat, zunächst die Ebene des Kephisosgebietes zu beherrschen, die Verbindung mit dem nur anderthalb bis zwei Stunden entfernten Gestade festzuhalten, und endlich der Mittelpunkt der ganzen, in den ältesten Jahrhunderten der griechischen Geschichte mehrfach geteilten Landschaft Attika zu werden.

Zweites Kapitel.

Athenische Stadtgeschichte bis zur Schlacht bei Plataä.

Wie Rom und Konstantinopel, so kann in gewissem Sinne auch Athen eine „Wanderstadt" genannt werden. Im ganzen und grofsen allerdings haben die Geschlechter griechischer Menschen, die seit der sogenannten pelasgischen

Zeit bis auf König Georgios I. auf der Stelle, die unter 37° 58′ n. Breite und 41° 22′ östlicher Länge (von P.) liegt, sich Athener nannten, immer an dem Terrainabschnitt zwischen dem unteren Kephisos, dem Ilisos und dem Lykabettos festgehalten. Aber wie bei den Weltstädten an der Tiber und am goldenen Horn ist im Laufe der Jahrhunderte auch auf dem Stadtboden von Athen das soziale und politische Schwergewicht wiederholt von einem Stadtteile in den andern verlegt worden, gehört heutzutage hier, wie in Rom, ein sehr erheblicher Teil der alten Quartiere lediglich der historischen Erinnerung und ·den Ruinen der Vorwelt, ist seit einem halben Jahrhundert selbst der alte Festungsberg lediglich der Wissenschaft überlassen worden.

Soweit überhaupt die geschichtliche Kunde in die urgriechische Vorzeit zurückreicht, so knüpfen die ersten Erinnerungen von der athenischen Stadtgeschichte sich an den Berg, der später die Akropolis der Athener getragen hat, und an die südlichen Teile des vorher skizzierten Stadtbodens. Ohne auf die Untersuchungen, die Probleme, die Hypothesen und die nur zum kleineren Teile als wirklich gesichert erscheinenden Ergebnisse der neueren Forschung in Sachen der Mythen und Legenden der detaillierten Religions- und Volksgeschichte des ältesten Attika in dieser Skizze näher einzugehen, sei nur in der Kürze bemerkt, daſs nach Annahme der Alten wie der Neueren die älteste Besiedelung des späteren „Stadtbodens von Athen" den zu solchem Zwecke vorzugsweise geeigneten Berg in Anspruch genommen hat, der von der Urzeit bis auf diesen Tag vor allen anderen Bergen der Welt den klassischen Namen der Akropolis trägt. Im Sinne der friedlosen altgriechischen Zeit empfahl ihn den Kranaern (so der Sondername der ältesten Attiker) neben seinen übrigen Vorzügen, zu denen auch eine starke Quelle gehörte, die Leichtigkeit, mit welcher die allein zugängliche Westseite verteidigt werden konnte. Der nördliche, östliche und südliche Rand ist dagegen schroff, „von höchst energischer Einzelbildung des harten, spröden Kalkgesteins", dabei mit vielen gröfseren und kleineren Höhlen, namentlich auf der Nordseite übersäet. Die steilen Wände setzen auf einem langsamer, aber immer noch rasch genug abfallenden breiten Hügelfufse auf, der sich erst etwa 70 m unterhalb der Burgfläche allmählich in die Ebene verliert.[1] Dazu kam als Vorteil der Lage in ältester Zeit die Entfernung von der jahrhundertelang durch Korsaren gefährdeten Küste. Hier hatten die ältesten Gottheiten des Landes, Zeus, die Erdgöttin Athena (damals in diesem Gebiet wesentlich Ackergöttin) seit frühester Zeit die spezielle Schutzgöttin dieses Zweiges der Altgriechen, und die chthonischen Götter ihre einfachen Kultusstätten. Am Südfufse der Akropolis, der Kekropia, wie die Athener die Burg nannten, aus deren Namen auch, so scheint es, der des mythischen Landeskönigs Kekrops entwickelt worden ist, entstanden allmählich ebenfalls Niederlassungen, deren Kulte und Bewohner zu den bestrittensten Problemen der heutigen Forschung gehören. Die historisch interessanteste derselben ist die auf den Felsenhöhen im Westen, nordwestlich vom Musenhügel und westlich von der Akropolis, die noch heute durch sehr merkwürdige Reste, Hunderte von Felskammern, Stufen, Terrassen, Kanäle, Zisternen, Fruchtbehälter, ihr Andenken verewigt hat. Diese Anlagen in der Gegend, die später als Stadtviertel von Athen „Melite" genannt worden ist, werden jetzt mit Vorliebe auf phönikische Ansiedler

---

1) Vgl. Adolf Michaelis, der Parthenon, S. 4.

zurückgeführt. Nach der zur Zeit geläufigen Annahme[1] begann mit dem Ausgange des dreizehnten vorchristlichen Jahrhunderts die Festsetzung des rüstigen und überaus rührigen phönikischen Handels- und Kolonialvolkes auf den Inseln an Griechenlands Ostküste, von denen dasselbe allmählich an vielen Stellen auch zur Ausbeutung der Schätze des Bodens auf das Festland vorgeschritten ist. Für Attika wird eine doppelte Festsetzung angenommen: im Osten, von Euböa aus bei Marathon, und von Salamis aus landeinwärts der Bucht von Phaleron eben auf den Höhen von Melite, wo sie den Kultus des „Gottes Herakles" mit Eifer betrieben.

Auch in Attika werden die Phöniker die Lehrmeister der Griechen im Bauwesen, in Thon- und Erzarbeit geworden sein; namentlich aber wird unter ihrer Einwirkung die Kultur und Verbreitung des Ölbaumes eifrig gefördert sein, der — aus seiner syrischen Heimat nach Attika gebracht — auf dem trockenen, kalkhaltigen Boden dieses Landes vortrefflich gedeiht[2] und bis auf diesen Tag zu den wichtigsten Faktoren des attischen Lebens gehört.

Nichtsdestoweniger ist auch für Attika, wo die Besitzer der Kekropia schwerlich dem Druck der Phöniker auf die Dauer widerstanden haben, die kriegerische Reaktion der Griechen gegen diese Semiten nicht ausgeblieben, die jetzt gewöhnlich für den Beginn des eilften Jahrhunderts berechnet wird. Nicht aber das alte Geschlecht der Kekropiden leitete die neue Erhebung der Attiker. Vielmehr knüpft die griechische Heldensage diese und zugleich einen

---

1) Vgl. M. Duncker, Geschichte des Altertums. 5. Band (5. Aufl.), S. 106 ff.
2) Vgl. Wachsmuth a. a. O. S. 441.

sehr erheblichen Fortschritt in der städtischen und staatlichen Entwickelung von Athen an den Namen eines grofsen Helden, des Theseus. Dieser Held — oder vielmehr, wie die moderne Auffassung diese Dinge ansieht, das kriegerische Fürstenhaus der Thesiden, ein jonisches Geschlecht von Trözene, verdrängte nicht nur die Phöniker aus Attika, sondern fafste auch die verschiedenen, bisher getrennten Landschaften dieses Kantons mit starker Hand dauernd zusammen. Die Ostlandschaft mit dem Gebiet von Marathon, die von räuberischen Hirten bewohnten Bergdistrikte vom Hymettos bis Kap Sunion, endlich das auf der fruchtbaren Ebene von Eleusis entwickelte Gemeinwesen werden genötigt, sicherlich nicht ohne harte Kämpfe, unter die Oberhoheit der auf der Kekropia herrschenden Könige sich zu fügen. Die Zusammenschliefsung von ganz Attika zu einem bis zu einem gewissen Grade einheitlich geordneten Staatswesen hat auch in der Religion und in den Kulten der Athener den bedeutendsten Ausdruck gefunden. Hatten, so scheint es, die Thesiden den Dienst des Poseidon nach der Kekropia gebracht, wo nachher der Gott des Meeres im Hause der Athena eine Zelle zugeteilt erhielt: so gewann, um nur die Hauptmomente zu berühren, die Demeter, die spezielle Schutzgöttin von Eleusis, eine hochheilige Stätte, das Eleusinion, nordöstlich unter der Akropolis, noch auf dem Abhange des Schlofsberges, aber mit geräumigem Bezirk bis hinab in die Ebene sich erstrekkend, und die speerschwingende Pallas Athena des südlichen Attika ein Heiligtum am Ilisos. Vor allem aber führten die Athener auf „Theseus" zurück die Stiftung ihres grofsen Landesfestes, nämlich der Panathenäen, welche der Feier der staatlichen Vereinigung von ganz Attika galten und in der Blütezeit des attischen Reiches mit allem Zauber der

Kunst und der Schönheit geschmückt, auf diesem Boden bis zum Übergange des antiken Lebens in das christliche sich erhalten haben. Das Fest dagegen der Synökieen, welches ebenfalls mit dem neuen Aufschwung des attischen Lebens in jener alten Zeit in unmittelbarem Zusammenhange stand, wird nach einer neueren, jedenfalls sehr ansprechenden Vermutung[1] auf den „Synökismos" bezogen, durch welchen wahrscheinlich der sogenannte Theseus oder vielmehr das Geschlecht der Thesiden die verschiedenen Ansiedelungen am Fuße der Kekropia mit dieser zu einer Stadt zusammengezogen hat.

Als gesichert gilt es nun, daß Attika in Gestalt eines einheitlich umrahmten und von der Kekropia aus beherrschten Staates in die stürmischen Zeiten der durch die thessalisch-dorische Wanderung, seit der Mitte des eilften Jahrhunderts v. Chr. veranlaßten griechischen Völkerbewegung eingetreten ist, und daß noch mehrere Generationen verflossen, bis der Gegensatz der alten Urkantone und zahlloser kleinerer lokaler, geschlechterlicher und kultlicher Besonderheiten wirksam ausgeglichen wurde. Am längsten scheint Eleusis, welches auch allein neben Athen als Stadt, und zwar als fester Platz in der Landschaft sich behauptet hat, seine Sonderstellung bewahrt zu haben. Weiter aber hat seit der Zeit der Thesiden nunmehr wirklich eine, doch wohl nach der schützenden Burggöttin benannte Stadt Athen bestanden, die nun die Zeugin und der starke Rückhalt der um die Erhaltung der Selbständigkeit des Landes zur Zeit der Wanderungen ausgefochtenen Kämpfe wurde, und wo der Sitz der Könige, zuerst der Thesiden, dann der Kodriden, und seit 752 v. Chr. der auch hier zur Über-

---

1) Vgl. Wachsmuth a. a. O. S. 456 ff.

macht gelangenden Herrschaft der Eupatriden sich befand, bis endlich Solons Reformen der alten Art des adeligen Regiments ein Ende machten.

Wir versuchen es, ein Bild von der alten Stadt Athen zu entwerfen, was allerdings noch sehr verschieden ist von dem, welches bei dem Beginn des peloponnesischen Krieges dem Anblick der bewundernden wie der neidischen Griechenwelt sich darbot. Freilich ist es nicht wohl thunlich,[1] weit über die Umrisse hinauszugehen; denn genau wie bei der politischen Geschichte der altgriechischen Welt ist auch auf dem Gebiet der topographischen Entwickelung von Athen kein Schritt möglich, ohne auf ein Gewirr einander oft sehr schroff gegenüberstehender Vermutungen der neueren Forscher zu treffen. Das allerdings wird so gut wie allgemein angenommen, daſs die sogenannte „Stadt des Theseus", also Athen vor der reicheren Entwickelung, die mit dem Solonischen Zeitalter beginnt, nicht mehr bloſs auf die Kekropia und die Striche beschränkt war, welche die Burg im Süden im Halbrund umlagern, sondern daſs schon jetzt auch die Flächen nördlich vom Schloſsberge teilweise zu der Stadt gezogen waren. Die Ausdehnung aber dieses alten Athen (welches vielleicht nicht sehr viel gröſser war, als der im Mittelalter durch die byzantinische Mauer umschlossene Raum) näher zu bestimmen, ist sehr schwer; doch wird wohl mit Recht angenommen, daſs für jene Zeit auf der Ostsüdostseite die Stadtgrenze auf der Stelle lag, wo im zweiten Jahrhundert der römischen Kaiserzeit das prachtvolle Hadriansthor errichtet worden ist, und daſs im Nordwesten die öde, graue Felsenkuppe des Areiopagos, der

---

[1] v. Wilamowitz-Möllendorf, „Aus Kydathen." S. 101 ff.

Sitz des uralten heiligen Blutgerichts der Athener, nicht mit in die Stadt hineingezogen war. Kern von Athen blieb bis zu der Zeit der Perserkriege, blieb bis dahin, wo die Burg eine wesentlich religiöse und künstlerische Bedeutung erhielt, die Akropolis — zunächst als die stärkste Festung des kleinen Landes. Auf der nördlichen, östlichen und südlichen Seite konnte der Berg, den man die Kekropia nannte, bei der Steilheit seiner teilweise noch systematisch abgeschrofften Abhänge auch ohne die Hilfe künstlicher Verschanzungen verteidigt werden. Anders stand es mit der Westseite, wo der Aufgang zur Burghöhe sich befand. Hier war ein Angriff recht wohl möglich, namentlich wenn sich der Gegner in den Besitz des Areiopagos gesetzt hatte und diesen zu seiner Basis machen konnte. Auf dieser Seite hatte man daher eine gewaltige Verschanzung aufgeführt, gegen deren mächtige Reste zuletzt die persischen Truppen des Xerxes sich versucht haben. Die Athener nannten dieselbe die pelasgische Mauer, das Pelasgikon, das Pelasgerschlofs. Vielleicht sollte (in dem Sinne die Sache angesehen, dafs die Pelasger, wie auch wir annehmen, von den späteren Griechen ethnographisch nicht verschieden waren) damit nur „das alte Schlofs" gemeint sein. Die Überlieferung will indessen, dafs diese Festungswerke der Athener von flüchtigen Minyern und thessalischen Pelasgioten hergestellt worden, die durch den Einbruch der epirotischen Thessaler in· das Peneiosgebiet — die erste grofse Scene der letzten Wanderung der griechischen Stämme auf dem Boden der Halbinsel südlich vom Olympos — aus ihren alten Sitzen geworfen waren und zum Teil in Attika für einige Zeit auf ihrer Flucht Halt machten. Die aus mächtigen Werkstücken aufgeführte Befestigung war ein vor der Nordwestecke der Kekropia angelegtes Schanzensystem, dessen äufsersten Mauerring man durch die sattelartige Niederung zwischen dem Schlofsberge und dem Areiopagos gezogen hatte. Die Mauern umfafsten auch noch einen erheblichen Teil der Nordseite der Burg, schützten namentlich die wichtige, auch 1822 wieder auf Befehl des neugriechischen Kapitäns Odysseus durch eine Bastion gedeckte, Burgquelle Klepsydra und das später sogenannten Paneion (die westlichste Grotte in dem Nordfelsen) und schlossen sich in einiger Entfernung westlich von dem Agraulion, dem Heiligtum der Kekropstochter Agraulos, an die Felsen, deren schroffe Abhänge hier ausreichenden Schutz zu bieten schienen. Die Hauptstärke jedoch des ganzen Werkes bestand in neun hintereinander aufsteigenden, zur Verteidigung eingerichteten Thoren, nach denen man die Anlage gewöhnlich das „Enneapylon" zu nennen pflegt; diese haben wir uns also am westlichen Abhange des Burgfelsens terrassenförmig übereinander sich erhebend, und untereinander durch eine in mancherlei Windungen zwischen starken Mauern aufsteigende „Thorgasse" verbunden zu denken. Noch andere Werke zogen sich wahrscheinlich hinüber nach der Südecke der Westseite, wo später der Tempel der Nike Apteros erbaut worden ist. Doch hatte dieser Punkt damals noch geringere militärische Bedeutung, weil, so scheint es, in der alten Zeit bis zu den Umbauten nach den Perserkriegen der Hauptzugang zu der Burg in ziemlich gerader Linie von Nordwesten kam, „so dafs die Achse desselben in der Verlängerung etwa auf die Ostecke des Areshügels traf und nordöstlich an ihr vorbeiging."[1]

---

1) Vgl. Wachsmuth a. a. O. S. 290 ff. und 483, und v. Wilamowitz a. a. O. S. 173 ff.

Diese Festung nun schützte zunächst einen Teil des idealsten Besitzes der Athener, ihre ältesten, wie später ihre künstlerisch herrlichsten, Heiligtümer. Neben den Altären des Zeus Hypatos und Polieus auf dem höchsten Punkte der Burgfläche ist hier von hervorragender Bedeutung der heilige Bezirk, der mit dem sogenannten Erechtheion verbunden war, nahe der Frontseite, dem nördlichen Rande der Burg, etwa in der Mitte von dessen Längenausdehnung, dem gröfsten Teile nach in einer Einsenkung des Terrains belegen. Hier kannten die Athener die Stelle, wo nach der heiligen Mythe ihres Landes Poseidon und Athena um die Herrschaft über Attika gestritten und sichtbare Spuren dieses Streites zurückgelassen hatten — den Brunnen, welchen des Poseidon Dreizack aus dem Felsen geschlagen, und den heiligen Ölbaum, den Athena hier hatte emporspriefsen lassen. Das Heiligtum der stadtschirmenden Göttin, der Athena Polias, wurde nach ihrem Schützling, dem alten mythischen Landeskönig Erechtheus genannt. Hier war unter Einem Dache ein Doppelgemach vereinigt, das östliche der Athena geheiligt, das westliche mit dem Altar, wo dem Poseidon und dem Erechtheus geopfert wurde. Als dritte erhielt die Urpriesterin der Athena, die Kekropstochter Pandrosos, auf der Westseite einen heiligen Bezirk. Hier stand Athenas Ölbaum unter freiem Himmel; ihr ältestes Kultbild dagegen, „ein formloser Pfahl aus Olivenholz, welchen die frommen Athener für vom Himmel gefallen glaubten, mit Schild, Speer und Helm ausgerüstet, mit langem Gewande drapiert und den Gorgokopf vor der Brust", innerhalb der gegen Osten sich öffnenden Cella. Hier war auch das dem Andenken des Kekrops geweihte Kekropion und das Grab des alten Königs, während in unteren Gemächern die heilige Burgschlange gehalten wurde,

„der unsterbliche Genius von Stadt und Land."[1] Vor dem Heiligtum erstreckte sich bis zu der Pansgrotte ein in reicher Vegetation prangender, mit Gartenanlagen bedeckter, anmutiger Streifen der Burghöhe, der wohl von der Klepsydra aus bewässert wurde. Diese für die Bewohner der Akropolis bis auf die letzten türkischen Kämpfe d. J. 1827 n. Chr. so überaus wertvolle Quelle befindet sich auf der Nordwestecke des Schlofsberges, wo man ein altes Quellhaus angelegt hatte. Gegenwärtig gelangt man dahin hinter dem Mauerwerk der Bastion des Odysseus auf sechzig Stufen. Die Quelle tritt in einem Raume von vier Meter Länge und zwei Meter Breite, der in byzantinischer Zeit als Apostelkapelle benutzt wurde, aus einem Felsspalt zu Tage; durch ein enges Loch erblickt man in einiger Tiefe ihr Bassin.

Bis zu der Zeit, wo die Unterstadt ihre neue Bedeutung gewann, war die Akropolis auch der Sitz der regierenden Gewalten. Hier wohnte der König, umgeben von seinem Gefolge, von den Gehilfen seiner Herrschaft und von den mit Pflege des Kultus betrauten priesterlichen Beamten. Bei dem Ölbaume der Athena stand der Altar des Zeus Herkeios, „der Hausaltar der Kekropiden", an welchem der König als Haupt seines Geschlechts und als Hausvater der ganzen Gemeinde opferte.

Auch die Abhänge des breiten Hügels, aus welchem die steilen Felsmassen, die das Plateau der Burg tragen, herauswachsen, gehörten zu dem der Gottheit geweihten Raume. Bis in die Zeiten nach den Perserkriegen durften in unmittelbarer Nähe des Berges keine Bauten angelegt

---

1) Vgl. E. Curtius: Erläuternder Text der Sieben Karten zur Topographie von Athen. S. 20.

werden, welche die Sicherheit der Burg hätten gefährden können, und wir werden noch sehen, dafs namentlich der Abhang auf der Frontseite vielfach zur Anlage geheiligter Räume verschiedener Art verwendet worden ist.

Wenn wir nun in die Unterstadt herabsteigen, so müssen wir uns allerdings noch für längere Zeit nur mit einigen Andeutungen begnügen. Eine wirkliche Geschichte der Entwickelung der Stadt Athen seit der Zeit der Wanderungen bis zu der Herrschaft der Peisistratiden würde nur möglich sein, wenn die Chronologie ihrer Heiligtümer festgestellt werden könnte. Nun aber ist selbst die Verteilung der verschiedenen städtischen Quartiere, die im Laufe der attischen Geschichte so oft erwähnt werden, nicht überall vollständig gesichert und unbestritten. Allgemein anerkannt ist für die Striche am südöstlichen Fufse des Burghügels, die ursprünglich etwas sumpfig waren, der Gebrauch des Namens Limnai, (etwa „der Brühl"). Hier lag das uralte Heiligtum des Dionysos, an welchem im Frühjahr das „Blumenfest" gefeiert wurde, und in der Nähe der „Kelterplatz" für die von Ackerbau und Gartenbau lebende Stadtbevölkerung. Daran grenzte auf hoher Terrasse das Heiligtum des Asklepios, weiter gegen Westen das der Themis, dann das älteste Aphrodision und ein anderes Heiligtum derselben Gottheit, „endlich die Ge Kurotrophos und die Demeter Chloë, deren Terrasse an der senkrechten Felswand unter dem späteren Niketempel kenntlich ist"; weiter südöstlich dagegen vom Dionysion auf terrassenförmigen, noch ungeebnet zum rechten Ufer des Ilisos abfallenden Anhöhen das Heiligtum des Zeus Olympios und der Gäa Olympia, und das des pythischen Apollon. Dagegen ist die Forschung keineswegs so einig über den Namen Kydathenaion („Ehren-Athen") der in späterer

Zeit amtlich für einen Teil der Stadt in Gebrauch war. Im allgemeinen freilich gilt er den meisten Forschern als auszeichnender Name der Altstadt, der „City" von Athen, der Stadtteile in dem Längenthale zwischen der Akropolis (etwa mit deren Einschlufs), dem Musenhügel und den zum Ilisos fallenden Abdachungen. Doch fehlt es nicht an Gegnern, welche „Kydathen" lieber nördlich von dem Schlofsberge suchen. Unter Melite wird die westliche Hügelgegend der Unterstadt verstanden. Das Quartier Kerameikos, soweit es in die Ringmauern der Unterstadt aufgenommen war, grenzte mit der nordöstlichen Seite von Melite und dem sogenannten Theseionhügel und dehnte sich vor dem nordwestlichen Fuße des Schlofsberges in der Niederung nordwärts aus. Das Quartier Kollytos wird jetzt gewöhnlich auf der Nordseite des Burghügels gesucht; andere wollen freilich diese Stadtgegend, sei es nach Westen, sei es südlich von der Akropolis unterbringen. Wie weit endlich der unter dem Namen Diomeia bekannte, nordöstlich nach dem Lykabettos sich ausdehnende Bezirk schon damals zu der eigentlichen Stadt gezogen war, läfst sich nicht bestimmen.

Mit der Entwickelung der rings um die Abhänge des attischen Burghügels sich ausbreitenden Ansiedelungen zu einer wirklichen Stadt ist nun nach Art aller griechischen Gemeinwesen von einiger Bedeutung (bekanntlich das einzige Sparta vor der Zeit der Diadochen ausgenommen) die Anlage einer Ringmauer notwendig verbunden. Dieses um so mehr, je lebhafter gröfsere und kleinere Fehden jahrhundertelang unter den Stämmen und Städten der Griechenwelt getobt haben. Über den Zug dieser ältesten Ummauerung hat man nur ungefähre Vermutungen, die sich mit den bereits früher (S. 18 fg.) über die wahrscheinliche Ausdehnung der Unterstadt vor Themistokles mitgeteilten Ideen ungefähr decken. Vielleicht ist man im Rechte, die Länge der Mauer, die in einigem Abstand von den Abhängen des Burghügels, rings um die untere Stadt von der Stelle des Hadriansthores bis zu dem sogenannten Theseionhügel sich ausspannte, auf etwa zwanzig Stadien (eine Stunde Weges) anzuschlagen.[1]

Einen irgendwie schönen Anblick vermochte Athen in der Zeit vor den Peisistratiden noch nicht zu gewähren. Die Stadt wenigstens war, wie das ja auch noch bis in das Perikleische Zeitalter hinein der Fall, soweit die Privathäuser in Betracht kamen, eher unansehnlich zu nennen; auch von schönen und planmäfsigen Strafsenzügen, allenfalls die jüngeren nördlichen Teile ausgenommen, ist noch nicht die Rede. Das Beste that noch immer die Natur. Die imposanten und charaktervollen Züge des Stadtbodens, die plastische Schönheit der Umrisse der nächsten Berge, die damals wie heute im Frühling wunderbar leuchtende Blumenfülle, die Olivengärten, das alles gab doch immerhin ein ganz anmutendes Bild. In der Stadt selbst unterbrachen namentlich die vielen Haine, die nach griechischer Weise bei jedem Heiligtum zu denken sind, in gewifs sehr anziehender Art die Massen der Wohnungen. Dagegen dauerte es noch lange, bis parallel mit der Entwickelung der übrigen Hellenen öffentliche Gebäude und Tempel anders als aus Holz oder Fachwerk aufgeführt wurden.

In dieser Beziehung ist nun vor allem hervorzuheben, dafs nach der Vereinigung des gesamten Attika unter der Hoheit der Thesiden, also nach der Erhebung von Athen zum politischen Zentrum des ganzen Kantons, das der

---

1) Vgl. Curtius a. a. O. S. 31.

Athena Polias geweihte Prytaneion, das Amtshaus der Gemeinde, mit dem heiligen Staatsherde und mit dem Sitze des Königs, von der Burg nach der Unterstadt verlegt worden ist, nunmehr „der faktische und der ideale Mittelpunkt" der neuen Stadt und des Landes. Es fand seinen Platz am Nordabhange des Schlofsberges, unter der durch den Tempel der Burggöttin (S. 21) gekrönten Stelle; man glaubt in der Gegenwart den Platz im heutigen Athen wiedergefunden zu haben in den ausgedehnten Felsbettungen· zweier einander berührender Gebäude auf einer breiten Terrasse zwischen St. Soter und St. Symeon.

Neben diesem alten religiös-politischen Mittelpunkte der Stadt, wo sehr wahrscheinlich während der Zeit der attischen Eupatridenmacht der Rat des Adels zusammentrat, gewann verhältnismäfsig erst spät, nämlich mit der Entwickelung der Demokratie, seine rechte Bedeutung ein anderer Hauptpunkt der Unterstadt, nämlich der Markt, die Agora. In Sachen der hier in Betracht kommenden Streitfrage sei kurz bemerkt, dafs wir uns zu der Ansicht derer bekennen, die überhaupt nur die Existenz eines und desselben Marktplatzes in der ganzen Geschichte der Stadt Athen annehmen. Dieser Platz aber dehnte sich vor dem verschanzten Aufgange zur Akropolis und am östlichen Fufse des Areshügels nordwärts aus, und wurde im Nordwesten durch den mehrerwähnten Hügel begrenzt, der später das Theseion trug. Der vielfach für die Agora nach dem Quartier, in welchem sie sich ausbreitete, angewandte Name „Kerameikos" ist im Altertum nicht vor dem Ende des vierten Jahrhunderts v. Chr. in Gebrauch gewesen.[1] Dagegen war dieser Platz seit alters durch überaus leb-

---

1) Vgl. v. Wilamowitz a. a. O. S. 196.

haften Handelsverkehr belebt. Hier sammelte sich das attische Landvolk, Edelleute wie Bauern und Gärtner, mit den trefflichen Erzeugnissen ihrer Garten- und Landwirtschaft, hier die Töpfer mit den Produkten ihres Gewerbes, die gegen die verschiedensten Waren ausgetauscht wurden, wie sie die Attiker brauchten und wie sie, namentlich in Leder und Wolle, aus dem Auslande ihnen zugeführt wurden. Dazu kam auch viel Getreide, weil Attika weder in der eleusinischen Weizenebene, noch in den Gerstedistrikten des Pedion ausreichende Massen an Cerealien selbst erzeugte. Der Warenverkehr ist in der Art der Bazars zu denken, wie derselbe noch in der Gegenwart für die Städte der Levante so charakteristisch erscheint.

Noch müssen wir, ehe wir uns der reicher belebten Geschichte Athens, die mit Solon anhebt, zuwenden, einen Blick auf die Umgebungen des alten Athen richten. Mit dem allmählichen Aufblühen der Unterstadt, namentlich auf der Nordhälfte des von ihr bereits bedeckten Terrains, erwuchsen auch Vorstädte, unter denen der äufsere Teil des Kerameikos, der nach dem Ölwalde der Kephisoslandschaft sich hinzog, die wichtigste war. Hier siedelten in Menge die Handwerker, welche unter Benutzung der trefflichen, auf dem Kap Kolias, j. St. Kosmas (eine Stunde südlich von Phaleron) gegrabenen Töpfererde schwunghaft die Töpferei, das älteste Gewerbe in Athen betrieben; weiter auch Schmiede und später Erzgiefser. Auf der Südseite dagegen galt zu allen Zeiten als der wichtigste Punkt die berühmte Kallirrhoë, nämlich die stärkste und beste aller Quellen auf dem Stadtboden, die auch heute noch selbst in den trockensten Sommern nicht ganz versiegt und daher in dem an sich wasserarmen Lande ganz besonders hochgeschätzt wurde.

Weder in älterer noch in späterer Zeit in den athenischen Mauerring aufgenommen, bricht sie unter der Terrasse des Olympieion (gegenüber der jetzigen Kapelle St. Photini) unmittelbar am rechten Ufer des Ilisos aus einem Felsen, der senkrecht aus dem Bette des Flüfschens aufsteigt. Heutzutage sammelt sich ihr Wasser in den beiden niedrigsten Stellen vor dem Felsen. Der Raum aber zwischen dem rechten Ufer des Ilisos und der Stadtmauer von der Kallirrhoë an aufwärts war mit Baumpflanzungen und mit Gärten bedeckt (daher der Name Kepoi für den südlichen Strich), welche die Bürger mit Massen von Blumen, namentlich mit den in Athen vorzugsweise beliebten Veilchen versorgten.

Auch die Gegend auf dem linken Ufer des Flusses oberhalb der Kallirrhoë, der Bezirk Agrai, war von erheblichem Interesse. Aufser einer Anzahl heiliger Stätten, wie namentlich der der Demeter und Kore, befand sich auf dieser Seite des Flufsbettes, erheblich mehr als dreihundert Meter oberhalb der Quelle, eine Brücke. Diese führte nach einer langgestreckten Vertiefung zwischen zwei parallelen, im Nordwesten durch Mauerwerk gestützten, im Südosten durch eine halbkreisförmige Erhöhung verbundenen Höhen. Hier lag das Stadion der Athener, welches später als Schauplatz der nach griechischer Weise mit dem Feste der Panathenäen verbundenen Wettkämpfe das panathenäische genannt wurde. Allerdings ist es sehr zweifelhaft, ob, oder doch in welchem Umfange dieser Platz vor den grofsen Bauten des Lykurgos, des Zeitgenossen des Redners Demosthenes, bereits für die Kampfspiele bei den Panathenäen benutzt worden ist, und welche Anlagen vor dieser ziemlich späten Zeit in der jetzt als Stadion allbekannten Thalmulde sich befunden haben. Von den beiden

Felshügeln, welche sich über den Langseiten des Stadion erheben, führte der eine, wahrscheinlich der südlichere, 426' hohe,[1] den Namen Ardettos. Die Dörfer und die Rittergüter, welche Athen auf verschiedenen Seiten umgaben, haben für uns kein besonderes Interesse. Destomehr die ältesten Beziehungen der Stadt des Kekrops und des Theseus zur See. Freilich hat es sehr lange gedauert, bis die Athener wirklich angefangen haben, mit dem Meere näher vertraut zu werden, noch länger, bis sie den Wert des Kleinods ihres Kantons, des Peiräeussystems, erkannt haben. Das letztere lag nun nicht blofs daran, dafs das wesentliche Interesse der auf und an der Kekropia herrschenden Könige und nachher der grofsen Ritterfamilien auf das innere Land und dessen Beherrschung gerichtet war; es sind auch lange Jahrhunderte verstrichen, bis dieser Terrainabschnitt im physischen Sinne wirklich zu Attika gehörte. Die alten Geschlechter der attischen Kranaer haben die Gegend, wo in Athens klassischer Zeit das Schlofs Munichia und die glänzende Hafenstadt Peiräeus sich erhoben, noch als eine Berginsel gekannt, die erst allmählich, wie manche andere Inselklippe an Griechenlands Küsten, wie die moderne Geographie dies nennt, „landfest" geworden ist. Eine Lagune trennte dieses Eiland von Attika, und erst die langsame Arbeit der Ablagerungen des damals noch direkt südwestlich fliefsenden Kephisos, der Anschwemmungen der vom Korydalos und Ägaleos herunterkommenden

---

1) Vgl. Bursian, Geographie von Griechenland. Bd. I. S. 320; gegenüber allen übrigen Annahmen hält Wachsmuth S. 238 ff. von den Höhen des Agragebirges die Spitze von 384', die jetzt eine St. Petroskapelle trägt, auf der östlichen Seite der Thalmulde des Stadion für den rechten Ardettos.

Bäche,[1] und des Südwindes, der den Sand des Meeres an die offene Küste trieb, wurde dieser schmale Sund ausgefüllt. Die sumpfige Niederung (Halipedon), welche endlich die in solcher Weise entstandene Halbinsel südwestlich von Athen mit dem Festlande verband, ist mit ihrem fetten Boden noch heutzutage bei Regenwetter schwer, an vielen Stellen gar nicht zu passieren; ihr höchster Punkt, ein schmaler Streifen, liegt nur 2,5 Meter über dem Meeresspiegel. Noch zu Perikles' Zeit war hier der Boden so weich, dafs bei Erbauung der „langen Mauern" der Sumpf erst durch Massen von Kies und schweren Steinen niedergedrückt werden mufste, um für die Bauten eine sichere Grundlage zu schaffen. Unter solchen Umständen haben die Athener längere Zeit nur kleinerer Buchten an ihrer Küste sich bedient; zuerst[2] war die westlich von ihrer Stadt am Ausgange des salaminischen Sundes belegene Bucht von Thymötadai (jetzt von Kerasini) und der gleich südlich davon sich öffnende Einschnitt, anscheinend der alte Phoronhafen (jetzt Trapezona) von ihnen benutzt worden. Später aber, und so ist es bis zu Anfang des 5. Jahrhunderts. v. Chr. geblieben, kam die Bucht von Phaleron vorzugsweise in Gebrauch. Etwa anderthalb Stunden südlich von Athen, und unmittelbar westlich an die felsige Insel angrenzend, war dieselbe seit der Ausfüllung des Sundes zu einer offenen Rhede geworden (unter dem kleinen, jetzt von der Kapelle des St. Georgios gekrönten Vorgebirge) die sich mit flachem Sandufer halb-

---

1) Über diese Verhältnisse vgl. den Erläuternden Text zu den „Karten von Attika" (aufgenommen auf Veranlassung des k. deutschen archäologischen Instituts, u. herausgegeben von Curtius und Kaupert), Heft 1. S. 10.
2) Vgl. Wachsmuth S. 121. Duncker a. a. O. S. 78.

kreisförmig in das Land hineinzieht. An diesem Hafenplatze, der allerdings nur eben für Kauffahrer genügte, lag der kleine Flecken [1] gleiches Namens, dessen Einwohner, überwiegend Fischer, den athenischen Fischmarkt mit Massen von Sardellen versorgten.

Die Kämpfe mit Megara seit den letzten Jahrzehnten des siebenten Jahrhunderts, die Notwendigkeit für die Athener, neben dem maritimen Aufschwung ihrer Nachbarn am Isthmos und auf Ägina auch ihrer Kriegsflotte einige Aufmerksamkeit zu schenken, haben noch für mehr als hundert Jahre an dem Stande der Dinge am Hafen nichts Wesentliches verändert. Dagegen gewann die Stadt Athen selbst während des sechsten Jahrhunderts im Zusammenhange mit den Reformen Solons, vor allem aber unter der Hand der Peisistratiden, ein wesentlich neues Aussehen.

Allerdings ist in dieser Hinsicht für die Solonische Zeit nur wenig mit Sicherheit festzustellen. Die Hebung der politischen Bedeutung des Demos gab zunächst der Agora eine neue Wichtigkeit. Wenigstens wurde an oder auf derselben der Platz eingerichtet, wo die Mitglieder der zur Wahrnehmung der durch Solon geschaffenen grofsen volkstümlichen Berufungsinstanz gebildeten Versammlung, die man die Heliäa nannte, zusammentraten. Dagegen ist

---

1) A. Milchhöfer (bei Curtius und Kaupert) in dem „Erläuternden Text" zu den „Karten von Attika" Heft I (1881) S. 24 f. sieht die Sache anders an und sucht „bei der sumpfigen Natur der Ostecke des Landes, die sicher einst Meeresboden gewesen, und bei der Seichtigkeit und den felsigen Untiefen des Meeres auf dieser Seite, das alte Phaleron etwas tiefer im jetzigen inneren Küstenlande, und zwar — zwanzig Stadien oder eine Stunde von Athen — in der Gegend der Höhe, die jetzt die Sotirakapelle trägt"; bis dahin habe wahrscheinlich einst der Meeresboden gereicht.

es zweifelhaft, ob die jetzt zu höherer politischer Bedeutung entwickelte Ekklesia, die attische Gemeindeversammlung, auf der Agora sich versammelte oder auf einem andern Platze, den man neuerdings mehrfach am Südwestfuſse des Schloſsberges, an der Stelle gesucht hat, die später das Odeion der Regilla trug. Ebenso ist es eine vielumstrittene Frage, ob die zahlreichen Regierungsgebäude, die im fünften Jahrhundert v. Chr. den südlichen Teil des Marktes umgaben, schon der Solonischen Episode ihre Entstehung verdankten, oder ob sie erst später, etwa infolge der unter Kleisthenes' Leitung erheblich weitergeführten Demokratisierung Athens entstanden sind. War (wie wohl wahrscheinlich) das letztere der Fall, so arbeiteten auch die Archonten und die Bule der Solonischen Verfassung noch bei dem alten Prytaneion, wo nach dem Ausgange des Königtums die Archonten des Adels so lange mit den Häuptern der vier attischen Phylen und mit dem groſsen Rate der Geschlechter die Regierung und die Rechtspflege wahrgenommen hatten. Blieben auch nach der Reform des groſsen Mannes, der damals Attika aus gänzlich zerrütteten sozialen Zuständen gerettet hat, die alten Stätten der zur Behandlung der verschiedenen kriminellen Fälle bestimmten Gerichtshöfe für die Athener von höchster Bedeutung (wir meinen neben dem Areiopagos und dem Prytaneion die Stätten am Palladion, östlich vom Olympieion, am Ilisos, nämlich in dem heiligen Bezirk der Pallas Athena, mit dem angeblich aus Ilion stammenden Sitzbilde der Göttin, wo über unvorsätzlichen Totschlag, — und im Peribolos des Delphinion, eines nordöstlich vom Olympieion belegenen Tempels des Apollo, wo über Mörder entschieden wurde, die ihrer That geständig waren, aber behaupteten, mit Recht ihre Gegner getötet zu haben — beide aufserhalb der Stadtmauer), so gewann seit Solon eine neue Wichtigkeit das bereits erwähnte Agraulion. Auf der Nordseite der Akropolis, in den hier steil abfallenden sogenannten „langen Felsen," unterhalb des Erechtheion, und über dem unfern der südöstlichen Seite der Agora belegenen Anakeion, dem Heiligtum der Dioskuren am Fufse des Burghügels, befindet sich etwa 70 m östlich von der Pansgrotte (S. 20) über dem jetzigen St. Soter eine grofse Grotte. Diese hängt durch einen mächtigen Felsspalt, der, in seinem obersten Teile noch jetzt mit Treppenstufen versehen, 60 Schritte westlich vom Erechtheion an der oberen Fläche der Burg ausläuft, mit letzterer zusammen. Die Grotte war ein Heiligtum der Kekropstochter Agraulos, und hier wurden seit Solons Zeit[1] die jungen attischen Epheben nach ihrer Mündigkeitserklärung und Wehrhaftmachung versammelt, um nunmehr in eigener Rüstung dem Vaterlande den Fahneneid zu leisten.

In anderer Weise bedeutsam wurden seit Solon zwei Punkte in der Umgebung der Stadt. Es ist bekannt, welchen Wert der grofse Reformer auf die Erziehung der attischen Jugend gelegt hat, und wie sehr er bemüht war, die bisher nur den Edelleuten eigentümliche Ausbildung in den Gymnasien der Epheben allen Bürgern zugänglich zu machen. In diesem Sinne ist damals[2] auch ein altberühmter Übungsplatz der adeligen Jugend der gesamten Bügerschaft erschlossen worden. Es war die berühmte Akademie, die ihren Namen von dem attischen Lokalheros Akademos oder Hekademos, einem Zeitgenossen des Theseus,

---

1) Vgl. Duncker a. a. O. Bd. VI. S. 217.
2) Duncker S. 214 ff.

erhalten haben soll: ein Grundstück nordwestlich von Athen, rechts von der Strafse nach Eleusis, nur wenige Minuten südlich von dem durch seine anmutige Lage im Ölwald des Kephisos und zwischen blühenden Gärten beliebten und durch Sophokles unsterblich gewordenen Kolonos Hippios. Die Anlage, welche der Athena geweiht war, aber auch die Altäre verschiedener anderer Gottheiten trug, fand ihren Mittelpunkt in einer Gruppe von zwölf uralten heiligen Ölbäumen, von denen einer, besonders ehrwürdig durch sein hohes Alter, ein unmittelbarer Absenker des Ölbaumes im Erechtheion (S. 21), also der zweitälteste in ganz Attika sein sollte. Inmitten dieser Bäume stand der Altar der Athena, und in der Nähe der des Herakles, des Heros der Stärke und der Ringkunst. Ein zweites Gymnasium lag im Nordosten der Stadt am Abhange des Lykabettos, der nach einer alten Kultsage benannte Kynosarges. Dieser dem Herakles geweihte Platz war für die Übungen solcher Epheben bestimmt, die aus ungleichen Ehen, nämlich zwischen attischen Vätern und nichtattischen Müttern, stammten.

Nach längerer Pause nahm die architektonische Entwickelung von Athen einen sehr lebhaften Aufschwung, als seit dem Jahre 538 v. Chr. das glänzende und intelligente Fürstengeschlecht der Peisistratiden, denen das attische Leben auch sonst so vielseitige Anregungen verdankte, die Herrschaft über Attika an sich gerissen hatte. Im Besitze erheblicher Geldmittel, haben diese Herrscher sowohl aus politischen Motiven, wie aus der ebenso praktischen als kunstfreundlichen Sinnesweise der älteren griechischen Tyrannis heraus in und bei Athen eine überaus rege bauliche Thätigkeit entwickelt, die teils dem Kultus der Götter und der Verschönerung der Stadt und ihrer

Umgebung, teils der Wohlfahrt und dem Nutzen der Bürger dienen sollte.

Für uns von ganz besonderem Interesse ist die eifrige Pflege, welche Peisistratos der Wasserversorgung der an gutem Trinkwasser keineswegs reichen Stadt Athen gewidmet hat. Die Alten rühmen vor allem, dafs er die Kallirrhoë erst recht nutzbar machte, indem er diese Quelle mit einem marmornen Vorbau versah, der neun Ausflufsröhren hatte. Aber dabei blieb er nicht stehen. Der „Enneakrunos", der Neunröhrige, wie dieser Wasserschatz jetzt hiefs, genügte noch lange nicht für die volkreiche Stadt. Die Forschung der Gegenwart hat vielmehr gefunden, dafs ein erheblicher Teil der Wasserleitungen, die — in der Perikleischen Zeit in grofsartiger Weise vollendet — dazu bestimmt waren, den Athenern statt Brunnen- oder Cisternenwasser das frische Nafs der Gebirgsquellen zu liefern, bereits in dieser Zeit angelegt worden ist.[1] Für Arbeiten dieser Art lieferte zunächst die Burgquelle Klepsydra, von welcher sich ein Wasserzug längs der Nordseite des Schlofsberges verzweigte, einen kleinen Wasservorrat. Weit mehr und weit besseres Wasser dagegen kam von den Bergen Brilessos, Hymettos und Lykabettos. Anderes Wasser scheint aus dem Ilisosbette gezogen zu sein.

Äufserlich weit imponierender fielen natürlich die Hochbauten auf, welche der alte Peisistratos auf der Akropolis und südöstlich von dem Schlofsberge in Angriff nahm. Auf der Höhe der jetzt wieder als fürstliche Residenz benutzten Burg wurde zu Ehren der Athena, der speziellen Schutzgöttin des Peisistratos, der auch den Kopf der Athena Polias

---

[1] Curtius Erläuternder Text, S. 28.

als stehendes Gepräge der attischen Münzen einführte, ein Prachtbau aufgerichtet: neben dem kleinen Kulttempel der Polias ein stattliches Schatzhaus der Göttin zur Bergung ihrer Weihgeschenke. Der Bau, der nicht ganz zur Vollendung gelangte, bot starke Schwierigkeiten, da die Oberfläche der Akropolis keineswegs ein glattes Plateau zeigte. Nahe der höchsten Stelle der Burg und dem Platze, wo Zeus in dem Streite zwischen Poseidon und Athena entschieden haben sollte (S. 21), südlich vom Erechtheion und drei Meter höher als dieses, wurde für den neuen Tempel zuerst der Boden hergerichtet. Weil aber damals das Terrain sehr erheblich gegen Südosten und Süden sich neigte, teilweise um mehr als zehn Meter, so bedurfte es aufser einer starken Aufschüttung der Anlage „höchst bedeutender Substruktionen, die aus Quadern von peiräischem Porosstein (porösem, aber sehr festem Kalkstein) aufgeführt wurden und schliefslich die stattliche Fläche von nahezu 77 zu 32 Meter herstellten." Auf dieser Fläche von 2444 ☐ Metern erhob sich in dorischem Stile der neue Tempel, von dem die moderne Forschung verschiedene noch jetzt vorhandene bedeutende Reste entdeckt hat. Stufen und Säulen waren aus pentelischem, die Metopen aus parischem Marmor gebildet, das übrige aus Porosstein hergestellt. Wahrscheinlich hatte der Tempel 8 Säulen in der Front und 17 an den Langseiten; dieser Säulenkranz umschlofs vermutlich eine Cella mit doppelter Antenvorhalle von rund 100 Fufs (31 m) Tiefe, daher der Name Hekatompedon. „Alle Porosteile waren mit feinem Stuck überzogen und lebhaft gefärbt, blau, rot, auch wohl schwarz." [1]

---

1) Vgl. Ad. Michaelis, der Parthenon. S. 5 ff. 119 ff.

Noch weit grofsartiger war der Tempel, den die Peisistratiden, die auch am Ilisos dem pythischen Apollo ein Gotteshaus neu erbauten, südwestlich von letzterem dem Zeus tief im Südosten, aufserhalb der Stadt hoch über dem Ilisos zu errichten gedachten: das sogenannte Olympieion. Auf diesem Punkte, wo nach der lokalen Sage die letzten Reste der grofsen Flut abgelaufen waren und dann Deukalion zum Dank für seine Rettung dem Zeus ein Heiligtum gegründet hatte; wo die Athener am Ausgange des Anthesterion dem Zeus seit alters das grofse Fest der „Diasien" feierten, sollte ein Prachtbau entstehen, der die Vergleichung mit den gewaltigen Tempeln der kleinasiatischen Jonier zu Ephesos und Samos aushalten könnte. Das zum Ilisos stark abfallende Terrain dieser Gegend wurde terrassiert, und durch gewaltige Aufschüttungen eine ebene Fläche von solcher Ausdehnung hergestellt, dafs die Umfassungsmauer des Heiligtums die Ausdehnung von vier Stadien (zwölf Minuten) erhalten konnte. Innerhalb dieses Peribolos wurde nun der Bau des Gotteshauses begonnen, welches auf eine Länge von 354' bei 171' Breite berechnet war, und wo 120 Säulen aus pentelischem Marmor, jede zu 60' Höhe und 6' Durchmesser das Gebälk des Daches tragen sollten. Wir werden später sehen, dafs dieses Riesenwerk, dessen Fortführung durch den Sturz der Peisistratiden unterbrochen wurde, erst weit über sechshundert Jahre später durch einen grofsen Bauherrn aus der Reihe der römischen Kaiser wirklich vollendet worden ist.[1]

---

1) Für solche Leser, die der oft gebrauchten technischen Ausdrücke in Sachen der griechischen Tempel nicht kundig sind, werden hier einige kurze Erklärungen beigefügt. Peribolos nannten die Alten den eingehegten oder durch eine Mauer umgebenen, geheiligten Tempelbezirk. Stylobat ist die Oberfläche des stufen-

Noch andere Arbeiten, die meistens durch des alten Fürsten Söhne Hippias und Hipparchos veranlaſst wurden,

---

förmigen Tempelunterbaues. Anten nennt man die mit Fuſs- und Deckgesims versehenen Stirnflächen der bis zum Vordergiebel vortretenden Seitenmauern eines Tempels, Peristyl den Säulengang. Der „Anten-Tempel" besteht aus der auf oblonger Grundfläche sich erhebenden, zur Aufstellung des Götterbildes und eines Altars vor demselben dienenden „Cella" (Naos), also aus dem eigentlichen Tempelhause, und aus einer in dessen Verlängerung gegen Osten angeordneten, mit jener gleich breiten, vorn offenen Vorhalle oder Pronaos — das Ganze mit flacher Decke abgeschlossen und mit einem an den schmalen Enden von Giebeln in flacher Dreiecksform begrenzten Dache versehen. Die Vorhalle bildet die Frontansicht des Tempels. Bei manchen Tempeln findet sich auf der Westseite, hinter der Cella, noch ein mit derselben gleich breites (Posticum) Opisthodomos oder Hinterhaus, welches als Schatzkammer diente. Erhob sich vor den Anten und Säulen der Vorhalle noch eine freistehende Reihe von Säulen, auf welcher dann der Vordergiebel ruhte, so hieſs der Tempel Prostylos; war er ringsum von einer solchen Säulenstellung umgeben, so nannte man ihn Peripteros. Kamen dabei statt der freistehenden Säulen (abgesehen von denen des Prostylos) nur Halbsäulen zur Anwendung, so hieſs er Pseudoperipteros. Der Dipteros war ringsum von einer doppelten Säulenreihe umgeben; der Bau hieſs Pseudodipteros, wenn (unter Beibehaltung der äuſseren Säulenreihe eines Dipteros in ihrem Abstande von den Tempelmauern) die innere Säulenreihe fehlte. Endlich unterschied man die Tempel nach der Zahl der Säulen in ihren Fronten: man baute namentlich tetrastylos oder viersäulig, hexastylos oder sechssäulig, oktastylos oder achtsäulig, dekastylos oder zehnsäulig, und dodekastylos oder zwölfsäulig.

Bei der Säule wird Fuſs, Schaft und Kapitäl oder Kapitell (Knauf) unterschieden. Das steinerne Dachgebälk des Tempels bestand aus dem unmittelbar auf den Säulen ruhenden Unterbalken oder Architrav (Epistyl), und dem darüber befindlichen Friese, einem breiten horizontalen Gesimsteile, der im dorischen Stile belebt wurde durch regelmäſsig angebrachte, miteinander wechselnde dienten anderweitigen Interessen. Hipparch liefs die „Akademie" durch eine Mauer einhegen und scheint sie auch mit umfangreichen Anlagen ausgestattet zu haben. Wahrscheinlich ist damals auch im Lykeion, einem Heiligtum des Apollon südlich vom Lykabettos, unfern des Ilisos, dessen geräumige Einfriedigung als Exerzierplatz für Fufsvolk und Reiterei diente, ein Gymnasium eingerichtet worden. Mehr aber, die Peisistratiden widmeten auch der Verbesserung und der Vermessung der Landstrafsen, sowohl zu besserer Konzentrierung der Landschaft, wie zur Erleichterung des Verkehrs der Bauern und Gutsherren mit der Hauptstadt und deren Hafen grofse Sorgfalt. Als Centralmeilenstein, von dem aus die Entfernungen berechnet wurden, diente ein durch einen panhellenischen Kultus geweihter Punkt, nämlich der Altar der zwölf Götter, den Hippias durch seinen ältesten Sohn auf der Agora von Athen errichten liefs. In der Mitte zwischen Athen und jedem namhaften Dorfe oder Marktflecken von Attika stellte Hip-

---

Triglyphen (die Stützpfeiler des Kranzgesimses über jeder Säulenachse und je in der Mitte der Säulenweiten in Balkenkopfsform etwas vortretend) und Metopen (Zwischenfelder, nahezu quadratische, mit Platten ausgesetzte Vertiefungen zwischen den Triglyphen). Im ionischen und korinthischen Stil ist der Fries (Zophoros) entweder ganz schlicht oder das Hauptfeld für die oft aneinander gereihten plastischen Darstellungen. Das Kranzgesims endlich über dem Fries besteht im wesentlichen aus der weit „ausladenden" (hervortretenden) Hängeplatte oder Geison, an deren Unterseite je über den Triglyphen und Metopen sogenannte Dielenköpfe (mit je drei Reihen von sechs zylinderartigen und stark abgestumpften Kegeln ähnlichen „Tropfen" besetzten, rechteckigen Plättchen) vortreten, und aus dem Rinnleisten (Kymation), der an der Traufseite des Daches sich hinzieht und mit Ausgüssen in Form von Löwenköpfen versehen ist.

parchos dann „Hermen" auf, viereckige Säulen mit dem Bilde des Hermes, des Schutzgottes der Wege und der Wanderer, die je mit zwei Inschriften versehen waren: die eine enthielt die nötigen topographischen Notizen, die andere einen sinnigen Spruch ethischer Weisheit. Nach dem Vorgange Hipparchs stifteten viele einzelne Bürger, Familien, Geschlechter und Phylen ähnliche Hermen, teils auf Kreuzwegen, teils in besonders grofser Menge in Athen selbst, wo man später solche Hermen in Ringschulen und Gymnasien, vor den Hausthüren und auf den offenen Plätzen als schützende Gottheiten in erstaunlicher Fülle erblickte.

Bekanntlich verfiel auch die Tyrannis der Peisistratiden schliefslich doch dem Schicksal aller dieser älteren griechischen Fürstenherrschaften. Ihre innerlich bereits sehr schwierig gewordene Stellung erhielt den tödlichen Stofs durch das Eingreifen der Spartaner, mit denen (510 v. Chr.) die attischen Emigranten unter dem grofsen Alkmäoniden Kleisthenes und die Ritterschaft des Kantons unter Isagoras zusammenwirkten. Die starken Schanzen des Pelasgerschlosses, die im Sinne des griechischen Aberglaubens Peisistratos sogar gegen den Zauber des „bösen Blickes" durch Anbringung des Amulets einer grofsen Heuschrecke zu sichern gedacht hatte,[1] hielten den Sturz des Fürstenhauses nicht auf, weil Hippias sich genötigt sah, die Freilassung der in die Hände der Belagerer gefallenen fürstlichen Kinder durch Übergabe der Akropolis und Räumung des Landes zu erkaufen.

Seit dieser Zeit sind die während der Tyrannis eingeleiteten Grofsbauten auf allen Punkten zum Stillstand gekommen. Selbst wenn nicht der tiefe Hafs der Adels, zumal der Alkmäoniden, die Neigung zur Fortführung des

---

1) Vgl. Wachsmuth, S. 497.

Hekatompedon und des Olympieion erstickt hätte, so fanden die Athener unter den grofsen politischen Bewegungen der drei folgenden Jahrzehnte weder Zeit noch Geld, um an solche Prachtwerke auch nur denken zu können. Was seit 510 v. Chr. bis zu der persischen Katastrophe in und bei Athen in architektonischer Hinsicht neu geschaffen worden ist, hängt, mit Einer Ausnahme, innig zusammen mit der jetzt zum Durchbruch gelangenden demokratischen Politik des attischen Staates.

Wer eben nicht die Verlegung der wichtigsten Staatsgebäude nach der Agora schon (S. 32) der Zeit Solons zuteilt, wird es für überwiegend wahrscheinlich ansehen, dafs mit der politischen Entwertung der alten attischen vier, mit der Neuschöpfung der zehn „Phylen" und der Durchführung der neuen Demen- oder Gemeindeordnung, wie sie der kluge Reformer Kleisthenes seit 508/7 v. Chr. erzielte und 506 v. Chr. gegen die Spartaner und deren Verbündete mit den Waffen glücklich verteidigte, auch die Gründung der meisten neuen öffentlichen Gebäude an der Agora verbunden war, die nunmehr in der attischen Geschichte so oft genannt werden. Der politisch bedeutsame Teil des Marktes, wo nunmehr die attische Staatsleitung unmittelbar mit dem lebendigsten Verkehr sich berührte, war der südliche, von der Nordwestkuppe des Schlofsberges und dem nordöstlichen Rande des Areiopagos überragte. Auf der Südost- und Südseite der Agora lagen jetzt die wichtigsten Regierungsgebäude. Wie es scheint,[1] so knüpfte man an das seit alters hier bestehende Heiligtum der „Göttermutter", der stadtgründenden Göttin Rhea, der Mutter der Hestia, an das „Metroon" an (wohl auf der Südostseite)

---

1) Vgl. Wachsmuth S. 507 ff., Duncker Bd. VI S. 619.

und stellte neben dasselbe ein Rundgebäude, die neue Tholos, ein rundes Herdgemach mit oben offenem Kuppeldache, wo die fünfzig fungierenden „Prytanen" (nämlich die fünfzig Ratsherren derjenigen der zehn Phylen, die jedesmal für 36 Tage die Prytanie führte, also die permanente Kommission des neuen demokratischen Rates) bei dem neuen „Staatsherde", wohin aus dem alten Prytaneion das heilige Feuer übertragen war, für das Heil der Stadt opferten, und zusammen speisten. In der Nähe des Tholos, auf der Südseite des Marktes, erhob sich das Buleuterion, das durch die Altäre des Zeus Buläos und der Athena Buläa geweihte Rathaus für den neuen demokratischen Rat von Attika, die Bule der Fünfhundert. An der nordwestlichen Seite der Agora befand sich die Stoa Basileios, das Amtslokal des Archon Basileus (und wahrscheinlich ein Sitzungssaal für die von ihm geleiteten Gerichtsverhandlungen) vor welchem der Stein des Herolds lag, an dem die Archonten und die Buleuten ihren Amtseid leisteten. An den Wänden dieser Halle waren die Gesetze des Solon und des Drakon angeschrieben. Über dem Buleuterion und den anschliefsenden Gebäuden, etwas höher nach der Akropolis zu, wahrscheinlich den Abschlufs des Marktes im Süden bildend, standen die ehernen Bildsäulen der attischen Heroen, welche als Eponymen der zehn neuen Phylen galten: an ihren Postamenten wurden öffentliche Bekanntmachungen aller Art aufgehängt, namentlich aber Tafeln mit den Namen der zum Dienst einberufenen Bürger der Phylen. Hier war auch die Stätte, wo der Archon Eponymos seine Jurisdiktion übte. Noch weiter aufwärts, wo das Terrain nach der Einsattelung zwischen Akropolis und Areiopagos aufzusteigen beginnt, stand auf einer halbkreisförmigen, Orchestra genannten Terrasse eine einzelne Statuengruppe aus Erz, Harmodios und Aristogeiton mit gezogenen Schwertern vorwärts stürmend. In einer für uns (oder doch wohl noch immer für die meisten Zeitgenossen selbst in der modernen Epoche des politischen Mordes) so sehr widerwärtigen Weise huldigten dadurch die Athener dem sogenannten Verdienst jener Mörder, weil in der That mit der Erdolchung Hipparchs (514 v. Chr.) der Niedergang der attischen Tyrannis seinen Anfang genommen hatte.

Der südliche Teil des Marktes erhielt seit Kleisthenes noch eine weitere politische Bedeutung. Hier wurden nämlich die grofsen Gemeindeversammlungen abgehalten, in denen bei der Anrufung des Ostrakismos die Athener in Zeiten grofser politischer Spannung über den Sieg oder die Verbannung dieses oder jenes ihrer mächtigsten Parteiführer zu entscheiden hatten. Zu diesem Zwecke wurde dann in der Nähe des grofsen, aus Hafs gegen die Peisistratiden zur Verdeckung ihrer Weiheinschrift durch einen Überbau erweiterten, Altars der zwölf Götter ein bestimmter Raum, das sogenannte Perischoinisma, mit hölzernen Schranken abgegrenzt oder auch nur mit einem Seile umzogen. Als der Platz dagegen, wo die durch Kleisthenes sowohl der Zahl nach erheblich vermehrten, wie in ihrer Bedeutung wesentlich gesteigerten, gewöhnlichen Versammlungen der Gemeinde seit dieser Zeit zusammentreten, wird die sogenannte Pnyx bezeichnet. Man sucht diesen Raum, wo der attische souveräne Demos in Gestalt der „Ekklesia" tagte, gewöhnlich, obwohl nicht ohne mehrseitigen Widerspruch, in dem damals westlichsten Teile der Stadt, in Melite,[1] gegenüber den südwestlichen Abhängen

---

1) Vgl. namentlich Bursian in Paulys Real-Encyklopädie d. klass. Altertumswissenschaft. Bd. I. T. 2. (Zweite Auf-

des Areiopagos und den südlichen des Nymphenhügels, in einer an der Vorderseite durch eine Mauer aus mächtigen, meist polygonen Werkstücken gestützten, an der Rückseite durch eine geglättete Felswand abgeschlossenen Terrasse in Form eines Kreissegmentes an der Nordostseite des (S. 12) sogenannten Pnyxhügels, auf deren von Südwest nach Nordost geneigtem Boden einfache Steinsitze oder auch Holzbänke für den Demos angebracht waren. „Aus der Mitte der Felswand tritt noch jetzt ein auf der Oberfläche zerstörter Steinwürfel hervor, auf welchen von beiden Seiten her Stufen emporführen, und ein gleicher, jetzt fast ganz zerstörter Steinwürfel erhob sich weiter abwärts auf dem Boden der Terrasse; beide dienten offenbar, je nach der Richtung des Windes, als Rednerbühne, wie denn auch die Sitze für das Volk so eingerichtet waren, dafs dasselbe nach der einen oder nach der andern Seite gewendet sitzen konnte." Ein besonderes „Felssuggest" vor dem östlicheren Teile der die Rückwand der Terrasse bildenden Felswand diente wahrscheinlich als Tribüne für die Vorsitzenden, für die Beamten, und für fremde Gesandte.

Noch sei daran erinnert, dafs seit Kleisthenes mit der politischen Macht und Bedeutung der Heliäa auch die Zahl ihrer Mitglieder, der Heliasten, aufserordentlich erhöht worden ist. Zu den für das attische Volk der ganzen folgenden Zeit wichtigsten Ereignissen, die von Jahr zu Jahr gleichmäfsig sich wiederholten, gehörte es nun, dafs alljährlich die zu solcher Stellung neu ausgelosten Bürger ihren Richtereid zu leisten hatten. Dies geschah auf der bereits von uns (S. 29) beschriebenen Felsenhöhe des

---

lage) in dem Aufsatz „Athenae" S. 1972. v. Wilamowitz S. 161 ff.

Ardettos, vielleicht in einem Heiligtum des altattischen Heros Ardettes.

Eine in römischem oder in unserem Sinne munizipale Verfassung hat die Stadt Athen, die nunmehr in die grofse Politik der griechischen Welt bedeutungsvoll einzugreifen beginnt, nicht gehabt. Vielmehr gehen namentlich seit der neuen Phylen- und Demenordnung des Kleisthenes Stadt und Land staatsrechtlich ununterschieden ineinander über. Das geht soweit, dafs auch die „Demen" oder Samtgemeinden, in welche die Stadt gegliedert worden war, keineswegs einer und derselben Phyle angehörten, sondern unter verschiedene Phylen verteilt erscheinen. Obwohl also seit dieser Zeit, blofs theoretisch angesehen, die „Stadt Athen" mehr nur ein idealer Begriff war, so behauptete in der Praxis natürlich doch der alterwachsene Zusammenhang der rings um die Akropolis emporgeblühten, und mit ihren Vorstädten bereits „wie ein Rad um die Nabe" um die Burg sich lagernden Wohnstätten der Athener sein Recht. Wie grofs in dieser Zeit die Zahl der letzteren gewesen, ist schwer mit Sicherheit zu bestimmen. Indessen schlägt eine neuere Berechnung das attische Gesamtvolk in allen seinen Schichten auf 20000 Familien und 100000 Seelen an, wozu noch etwa 30—40000 Metöken (Schutzbürger) und mehr als 150000 Unfreie angenommen werden können.[1]

---

1) Duncker a. a. O. Bd. VI. S. 611. Gegen die Annahme von Curtius, der (s. noch den „Erläuternden Text" S. 30) für diese Zeit die Stadtbevölkerung Athens auf 30000 Bürger anschlägt, macht Wachsmuth S. 512 wohl mit Recht geltend, dafs die bei Herodot V. 97 angegebenen drei Myriaden Athener nur sämtliche zur Abstimmung in der Ekklesia berechtigten Attiker bedeuten können.

Noch im Zusammenhange mit der unter der Herrschaft der Peisistratiden so lebhaft geförderten Entwickelung der Kunst in Athen steht der Anfang einer architektonischen Anlage, die freilich erst in ziemlich später Zeit gänzlich vollendet worden ist. Mit der Pflege des Dionysoskultus hatte das fürstliche Haus auch die damals reicher sich entwickelnde theatralische Kunst gefördert. Längere Zeit aber begnügten die Athener sich damit, wahrscheinlich im Bezirk des Gottes, zu dessen Ehren die Aufführungen stattfanden, im Lenäon, eine hölzerne Bühne aufzuschlagen. Als indessen (etwa 500 v. Chr.) bei einem dramatischen Wettkampfe zwischen den Dichtern Pratinas, Äschylos und Chörilos ein solches Gerüst, von welchem herab die Zuschauer den Aufführungen zusahen, zusammengebrochen war, entschloss man sich, an dem östlichsten Teile des Südabhanges des Schlofsberges, mit Benutzung des Felsens selbst, ein ständiges Theater herzustellen. Zunächst allerdings blieb man dabei stehen, die halbkreisförmig teils unmittelbar auf dem Felsen, teils auf einem Unterbau von grofsen Konglomeratblöcken ruhenden, durch Treppen aus schrägen, gefurchten Steinplatten in mehrere keilförmige Abteilungen geschiedenen Sitzstufen für die Zuschauer, nebst der Orchestra, und etwa den Unterbau der Bühne selbst in peiräischem Kalkstein auszuführen. Die Anlage der übrigen Teile in Steinbau war einer späteren Zeit vorbehalten. Trotzdem wurde schon diese erste Einrichtung in Athen ein Vorbild für andere griechische Städte, als auch sie sich anschickten, der dramatischen Kunst bei sich Raum zu gewähren.

Bauten dieser Art traten allmählich weit in den Hintergrund vor den Schöpfungen, wie sie nunmehr für längere Jahre das militärische Bedürfnis hervorrief. Bekanntlich standen die Athener — während sie auch seit 499 v. Chr. durch ihre Teilnahme an dem ionischen Kriege und an der Zerstörung von Sardes den unversöhnlichen Zorn des persischen Grofskönigs Darius I. auf sich gezogen hatten — seit dem Jahre 506 v. Chr. in einer überaus lästigen Fehde mit dem benachbarten seemächtigen Ägina. Mehr und mehr sah die Bürgerschaft zur Verstärkung ihrer bis dahin noch wenig bedeutenden Kriegsflotte sich genötigt, und für diese erwies sich der alte Hafen oder vielmehr die Rhede von Phaleron, wo nicht einmal die Handelsflotte vor feindlichen Handstreichen sicher liegen konnte, doch nur als wenig geeignet. Da war es nun dem glänzenden Scharfblick und der durchdringenden Energie eines der gröfsten Männer, die Athen jemals hervorgebracht hat, nämlich des Themistokles, vorbehalten, endlich den kostbarsten Schatz zu heben, den die Natur diesem Lande geschenkt hatte. Es einfacher zu sagen: dem grofsen Staatsmann ist es gelungen, seine Mitbürger zur wirksamen Benutzung der Peiräeushalbinsel, zur Verwertung der Häfen dieses Systems in grofsartiger Weise für Kriegs- und Handelszwecke zu bestimmen. Sollte es möglich werden, auch nur die Aegineten gründlich zu besiegen und, wie Themistokles mehr und mehr als unabweisbar erkannte, seiner Zeit den Persern auf der See mit Erfolg die Spitze zu bieten, so mufste die um 494 v. Chr. etwa 70 Dreidecker zählende Flotte noch sehr bedeutend vergröfsert werden. Aber für die bei dem Übergange zur Gründung einer gröfseren Seemacht unbedingt nötigen Werften, Docks, Schiffshäuser und Arsenale war der Phaleron absolut ungeeignet. Dies alles leuchtete endlich auch den Athenern ein, und sie folgten den Vorschlägen des Themistokles, als dieser 493 v. Chr. Eponym-Archont war, um so eher, weil dieser ihnen beweisen konnte, dafs das System des Peiräeus zugleich als Kriegs- und Handelshafen sich ganz vortrefflich verwerten liefs.

Seitdem die Peiräeushalbinsel landfest geworden war, hatte das Terrain westlich von der Bucht des Phaleron etwa diese Gestalt angenommen. In einer Breite von ungefähr 10 Stadien ($^1/_2$ Stunde) schlofs sich der unteren Niederung des Kephisos die felsige Halbinsel an. Dieselbe beginnt mit einem schmalen Rücken, der sich weiterhin gegen das Meer zu einem breiten Kopfe ausdehnt. Die Felsmasse besteht eigentlich aus zwei gesonderten Gebirgsknoten festen Kalksteins, der westlichen „Akte" und der östlichen „Munichiahöhe", die durch einen flach gewölbten Isthmos aus weicheren und jüngeren Bildungen verbunden sind. Mit ihren blattartigen Verästelungen und mit der felsigen Landzunge Eetioneia im Westen, die mit ihrem welligen Hinterland als Ausläufer des Ägaleos zu betrachten ist, bilden diese Höhen das Hafen- und Stadtgebiet des späteren Peiräeus.[1] Auf der Westseite der Akte wird eine Bucht von beträchtlicher Ausdehnung gebildet, an welcher die Ortschaft Peiräeus lag; auf ihrer Ostseite umschliefsen die Felsen die kleinere, kreisrunde, damals Zea (jetzt Paschalimani) genannte Bucht. Unmittelbar neben dem Isthmos ostwärts liegt die Felshöhe Munichia, deren Gipfel bis zu 86 m aufsteigt und alle Häfen des Systems beherrscht. Zwei ins Meer vorspringende Felszungen bilden südwärts unter derselben einen dritten, regelmäfsig ovalen Hafen (jetzt Phanari). Das tiefe Fahrwasser der drei Häfen konnte als besonders

---

[1] Vgl. A. Milchhöfer, Der Peiraieus, S. 24 in dem Text zu den „Karten von Attika."

günstig gelten. Es war nur nötig, die 310 m breite Einfahrt des Haupthafens zwischen den Kaps Alkimos und Eetioneia durch Molenbauten zu verengen und die drei Buchten durch zweckmäfsige Verschanzungen auf der Wasser- und auf der Landseite zu schützen, um hier die Grundlage für die Schöpfung einer sehr bedeutenden Marine zu gewinnen.

Zu wirklich verständlicher Übersicht über die Bauten der Athener auf der Halbinsel und an ihren drei Häfen empfiehlt es sich, dieselben erst im nächsten Kapitel zusammenhängend zu schildern, wo wir von der Herstellung Athens nach den Perserkriegen zu reden haben. Hier sei kurz bemerkt, dafs die durch Themistokles im Jahre 493 v. Chr. veranlafsten Arbeiten zunächst wohl nur erst auf den eigentlichen, auf den grofsen Peiräeushafen sich richteten, wo die Einfahrt durch zwei von Norden und von Süden vorspringende, je 130 m lange (noch jetzt grofsenteils erhaltene) Molen bis auf 50 m verengt wurde,[1] und nun durch eine Kette völlig gesperrt werden konnte. Aufserdem, so scheint es, wurde bereits die Anlage des Mauerrings für die Halbinsel begonnen, dessen Steine unmittelbar aus dem Felsboden derselben entnommen werden konnten. Zur Erinnerung an den Beginn dieser Bauten errichteten später Themistokles und seine Kollegen im Archontat dem Hermes ein Standbild im Peiräeus, wahrscheinlich bei einem Nebenpförtchen des grofsen nordwestlichen Hauptthores der neuen Hafenstadt.[2] Die Schilderung der parlamentarischen Kämpfe, die Themistokles seit 487 v. Chr. in Sachen einer

---

1) Vgl. G. v. Alten, Die Befestigungen der Hafenstadt S. 11 f., bei Curtius und Kaupert.
2) Vgl. Milchhöfer a. a. O. S. 40. Duncker Bd. VII S. 97.

immer grofsartigeren Ausdehnung der attischen Flotte mit Aristeides bestanden hat, und der nach der Ostrakisierung des letzteren (483 v. Chr.) mit gewaltiger Energie geförderten Flotten-, Hafen- und Schanzenbauten bis zum Einbruch der Armee des Xerxes, die alle diese Arbeiten unterbrach, gehört dagegen lediglich der politischen Geschichte an.

Der ungeheuren persischen Gefahr gingen aber vor allen andernen Griechen die Athener um so eher mit einer gewissen Zuversicht entgegen, weil sie ja i. J. 490 v. Chr. auf der Ebene von Marathon über die asiatische Übermacht einen grofsartigen Sieg erstritten hatten. Im Zusammenhange mit der Vorgeschichte dieser herrlichen Waffenthat steht aber eine Frage, die auch durch die moderne Forschung bisher weder einmütig noch irgendwie genügend oder doch annehmbar beantwortet ist: nämlich die, ob die Festungswerke von Athen zur Zeit der beiden persischen Angriffe überhaupt in einem Zustande sich befanden, der für die Verteidigung irgend günstige Chancen bot. Leider sind wir über diesen Punkt nur sehr ungenügend unterrichtet, und es ist schwer, sich die Lage der Athener recht deutlich vorzustellen, die seit 506 v. Chr. bis zu dem Vorabend der Kämpfe an den Thermopylen ohne Unterbrechung in gefährlichen Kriegen standen und dabei doch, wie es scheint, in ihrer Stadt und Burg nur ungenügende Sicherheit fanden. Wir wissen eben nicht, ob die Athener jemals die allmählich entstandenen Vorstädte in den Bereich ihrer Schanzen gezogen haben, ob dieselben andernfalls nicht derart waren, dafs sie eine wirksame Verteidigung stark erschweren mufsten. Ganz sicher erscheint es, dafs die Erbauung des Olympieion und seines Peribolos die südöstliche Ecke der Unterstadt einem übermächtigen Gegner sehr leicht zugänglich machen konnte, sobald sich dieser in einer Zeit, die noch kein schweres Geschütz von nennenswerter Kraft und Tragweite kannte, nur erst in diesem neuen Tempel des Zeus festgesetzt hatte. Aber auch die Burg scheint seit der Katastrophe des Hippias und des Isagoras nicht mehr die alte Stärke besessen zu haben. Die Annahme allerdings wird viel zu weit gehen, nach welcher die Athener aus Hafs gegen die gestürzte Tyrannis das alte mächtige Pelasgerschlofs in Trümmer gelegt hätten. Dagegen scheint das Werk doch durch die beiden Belagerungen i. J. 510, wo Hippias, und i. J. 507, wo Isagoras und die Truppen des Kleomenes I. von Sparta hier blockiert wurden, nicht unerheblichen Schaden gelitten zu haben, und wir hören nicht davon, dafs hier jemals ernsthaft die bessernde Hand angelegt wurde. Nur eines ist nach der Schlacht bei Marathon auf dem Schlofsberge neu hergerichtet worden. Der fromme Sinn der Athener, der den Dank gegen die Götter für den schönen rettenden Sieg nicht vergafs, schrieb einen wesentlichen Anteil an der Flucht der Asiaten dem arkadischen Herdengotte Pan zu, der jenen „seinen Schreck eingejagt habe." Zum Dank erhielt er jetzt in Athen seinen Kultus, für welchen man die bereits mehrerwähnte, nach ihm nunmehr benannte, grofse nordwestlichste, weithin sichtbare Grotte des Burgfelsens einrichtete. Hier hat man ihm ein Standbild und einen Altar errichtet, und noch heute sind daselbst sehr zahlreiche Nischen erhalten, die einst zur Aufnahme von Votivtafeln und Weihgeschenken bestimmt waren.[1]

    Zehn und elf Jahre später hat die Tapferkeit der Athener in dem weltgeschichtlichen Kriege mit der Flotte

---

    1) Vgl. W. Vischer, Erinnerungen und Eindrücke aus Griechenland. Zweite Auflage. S. 165.

4*

und den Myriaden des Xerxes abermals zu Wasser und zu Lande unverwelkliche Trophäen, grofsartige Siege erkämpft. Aber dieser ideale Gewinn und der Übergang in eine neue Zeit des höchsten politischen und materiellen Aufschwunges mufste teuer genug bezahlt werden, nämlich durch eine zweimal wiederholte Verheerung des ganzen Landes Attika und durch die vollständige Vernichtung der Unterstadt Athen sogut wie der Heiligtümer auf der Akropolis. Bekanntlich räumte das gesamte attische Volk tief im Sommer 480 v. Chr. nach dem Falle der Thermopylen und dem Abzuge der griechischen Flotte von dem Artemision auf des Themistokles Rat Land und Stadt vollständig. Nur wenige Hunderte älterer und ärmerer Bürger und mit ihnen die Schatzmeister der Athena, die Aufseher der Weihgeschenke und Tempelgeräte der Heiligtümer auf der Burg, blieben zurück, verstärkten die noch bestehenden Schanzen durch Palissaden, verrammelten die Burgthore und rüsteten sich zur Abwehr der Asiaten des Grofskönigs Xerxes. Als aber die Perser in Athen eingerückt waren, liefs der Schahinschah von dem Areiopagos her den Angriff auf das Schlofs unternehmen. Als der Widerstand der Athener auch dann noch nicht aufhörte, als die persischen Brandpfeile die Palissaden und das Balkenwerk der Verteidiger in Flammen gesetzt hatten, gelang es einem Teile der Asiaten, durch den steilen und unbewachten Felsenpfad an der Grotte der Agraulos (S. 33) nach dem Erechtheion die Burg zu ersteigen. Damit war der Kampf entschieden, und nun loderten die ältesten wie die jüngsten Heiligtümer der alten Kekropia in Flammen auf. Ebenso sank die Unterstadt in Asche, die Quartiere des persischen Grofskönigs und der persischen Corpskommandanten ausgenommen; die alte Stadtmauer wurde gröfstenteils niedergeworfen.

Der wenige Tage später bei Salamis erkämpfte grofse Seesieg der Griechen und nachher der Rückzug der persischen Armee nach Thessalien erlaubte freilich den zurückkehrenden Athenern, auf den Trümmern ihrer Vaterstadt notdürftig sich wiedereinzurichten. Noch einmal aber mufsten sie im Sommer 479 vor den Kolonnen des Mardonios ihr Land verlassen, noch einmal wurden der Kanton und die Stadt, jetzt so gründlich als möglich, durch die Asiaten heimgesucht. Erst die Siegestage von Plataä und von Mykale (gegen Ende September d. J. 479) eröffneten die Zeit, wo ein neues Athen aus der Asche glanzvoll emporsteigen sollte. Galt es der attischen Frömmigkeit für ein Zeichen der göttlichen Huld, dafs der Stumpf des uralten Ölbaums bei dem Erechtheion, der bei dem Brande dieses Tempels ebenfalls mit verwüstet worden, schon am Tage nach der Zerstörung, wie es hiefs, einen frischen Zweig getrieben: die Tage des frischesten Gedeihens für die Stadt der Athena waren jetzt gekommen.

Drittes Kapitel.
Themistokles und Kimon.

Der grofse Mann, dessen überlegener Geist die Athener glücklich durch die Stürme des Jahres 480 hindurchgeleitet hatte, vermochte auch der Anlage des neuen Athen, soweit es nicht um die Akropolis sich handelte, für eine Reihe von Jahrhunderten den Stempel seines Genies aufzuprägen. Am liebsten freilich hätte Themistokles seine Mitbürger bestimmt, ihre Hauptstadt nach dem Peiräeus zu verlegen. Das aber wäre nur in einem Koloniallande, das wäre nur einem Machthaber wie dem syrakusischen Tyrannos Gelon möglich gewesen. Die Athener zu freiwilligem Abzuge von ihrer Akropolis zu veranlassen, war jedenfalls noch viel schwerer, als die römischen Patrizier nach dem keltischen Brande zur Übersiedelung vom Palatin und Kapitol nach Veji zu bereden, obwohl die Idee des Themistokles ebenso klug und zukunftsreich, als jene der auswanderungslustigen Römer thöricht erscheint. Die echtgriechische Zähigkeit, mit welcher die Athener an der Heimat ihrer Väter und an den zahllosen Stätten ihrer Kulte hingen, wurde denn auch nicht ernsthaft auf die Probe gestellt. Dafür sind aber die neuen Pläne, die Themistokles für die Herstellung der Unterstadt und für die umfassendste Verwertung des Peiräeussystems entwarf, in grofsartigster Weise zur Durchführung gekommen. Man darf sagen, dafs unter der Leitung und Anregung der drei gewaltigen attischen Staatsmänner Themistokles, Kimon und Perikles während der 48 Jahre von den Herbsttagen d. J. 479 bis zu den ersten Wogenschlägen des peloponnesischen Krieges auf dem Gebiete vom Lykabettos bis zu der äufsersten Spitze der Akte des Peiräeus die emsigste Bauthätigkeit kaum jemals ausgesetzt hat.

Das neue Athen des Themistokles sollte jetzt eine wirkliche Grofsstadt werden, vor allem aber eine starke und ausgedehnte Festung, in welcher für den Fall eines neuen gefahrvollen Krieges auch die Massen des Landvolkes Aufnahme und sicheren Schutz finden konnten. Daher wurden die Grenzen der Stadt auf allen Seiten, namentlich aber gegen Norden und Osten weit über den Bereich der alten Mauerlinie hinausgeschoben. Bei der damaligen Zeitlage war es die Hauptaufgabe der Staatsregierung, in erster Reihe eine möglichst starke Ringmauer zu sicherem Schutze der im Perserkriege so wacker bewährten Bürgerschaft errichten zu lassen. Der im Herbst 479 mit Nachdruck in Angriff genommene Bau ist bereits bis zum Frühling 478 so weit gefördert worden, dafs die Mauern als sturmfrei gelten konnten. Da Themistokles seine ganze diplomatische Gewandtheit hatte aufbieten müssen, um das (wahrscheinlich) durch die Eifersucht der Ägineten und Korinthier gegen Athen geforderte Einschreiten der Spartaner gegen die Durchführung dieser Festungsanlage zu verhindern, so hatte man die Arbeiten unter eifriger Mitwirkung der gesamten Bürgerschaft mit Einschlufs der Frauen und Kinder während mehrerer Monate mit geradezu ungestümer Hast betrieben. Mehr noch, man hatte dabei, wie noch die neuesten Ausgrabungen auch der Gegenwart wieder gezeigt haben, das Baumaterial, wo und wie man es immer fand, ohne Wahl zusammengerafft und vernutzt, derart dafs die Trümmer der durch die Perser zerstörten Privathäuser und öffentlichen Gebäude so gut wie Grabdenkmäler unbedenklich mit vermauert wurden. Auch als das Verhältnis zu Sparta geordnet war, ist der Bau so kräftig gefördert worden, dafs bereits zwei Jahre nach der Schlacht bei Plataä die neue Befestigung der Unterstadt Athen als vollendet gelten konnte.

Der Lauf dieser neuen Ringmauer ist durch die Untersuchungen der Gegenwart in ihrer Hauptrichtung erkannt. Ihr Umkreis „bildete eine Ellipse, deren grofse Achse in ostwestlicher Richtung etwa 2000 m, deren kleine Achse in nordsüdlicher Richtung 1500 m mifst." Die Spuren des neuen Mauerrings gehen mit vielfachen Vorsprüngen und Einbiegungen vom Philopapposgipfel in nordwestlicher Richtung auf dem Kamme der Höhen entlang bis über den Nymphenhügel hinüber. Von da nördlich gewandt, folgten die Mauern dem äufseren Rande des Hügels, auf welchem jetzt die Kapelle des heil. Athanasios steht, bis zu dem Punkte, der in der Gegenwart die Kapelle der Hagia Triada (h. Dreieinigkeit) trägt. Von hier senkte sich der Mauerzug in die Niederung, wo die Thalmulde des Stadtbodens gegen Nordwesten sich öffnet. „Die Spuren gehen erst in nordöstlicher, dann in östlicher Richtung am Terrainrande hin bis zu einem breiten Höhenrücken, den der vortretende Fufs des Lykabettos bildet, der Mitte der Akropolis gerade gegenüber. Hier begann die Ostseite der Mauer, die unter den Wurzeln des Lykabettos (durch den heutigen Schlofsgarten hindurch) in südöstlicher Richtung bis in die Nähe des Ilisos sich erstreckte. Von einer als Ostspitze vortretenden Bastion aus gegen Südwesten einspringend, lief sie dann dem nördlichen Uferrande des Ilisos parallel, 160 m von demselben entfernt, schlofs nunmehr das Olympieion mit ein, trat oberhalb der Kallirrhoë am nächsten an das Bett des Flüfschens heran, und wandte am südlichsten Punkte ihres Umkreises sich vom Ilisos ab, um westwärts umbiegend den Kamm des Musenhügels hinaufzusteigen." Durch eine Zahl von 97 viereckigen Türmen verstärkt, zeigte die Aufsenfronte dieser Ringmauer, deren Ausdehnung — ohne Einrechnung des zwischen den später nach den Häfen geführten „langen Mauern" liegenden Teiles — Thukydides auf 43 Stadien, d. i. 2 Stunden und 9 Minuten angiebt, nach neuester Berechnung die Länge von 7912 m.[1]

Aus dieser Mauer heraus führten zehn Thore nach den Umlanden. Durch die Schluchten, welche die westliche

---

1) Alle diese Angaben sind hauptsächlich aus Curtius u. Kaupert zu den „Karten von Attika" Heft I. S. 5 entnommen.

und südwestliche Hügelreihe des Stadtbodens durchschneiden, wurden mehrere natürliche Hauptausgänge bezeichnet: man kennt hier ein Thor am westlichen Abhange des Philopappos bei der jetzigen Kapelle des Demetrios Lumbardaris, ein anderes, das melitische, südlich vom Nymphenhügel. Durch beide gelangte man nach dem vorstädtischen Demos Koile, wo die Gräber der Philaïden, der Familie Kimons lagen. Als erst in der Perikleischen Zeit die „langen Mauern" die Stadt mit den Häfen verbanden, gewann man durch diese Ausgänge die auch im Falle einer Belagerung vollständig gesicherte Verbindung mit der See. Durch ein drittes Thor, das peiräische, zwischen den nördlichsten Abhängen des Nymphenhügels und der Anhöhe, welche die Athanasioskapelle trägt, ging ein Weg, der (in gerader Richtung auf die Meerenge von Salamis auslaufend) die grofse Fahrstrafse nach dem Peiräeus traf und schnitt, die aus dem nächsten Hauptthore von Athen südwärts sich zog. Dieses letztere (östlich unfern der H. Triada), der niedrigste und bequemste Ausgang der neuen Stadt, die natürliche Ausmündung der städtischen Thalmulde nach Nordwesten, wo die wichtigsten Heerstrafsen der Landschaft sich vereinigten, derart dafs man links nach Peiräeus, geradeaus nach Eleusis, rechts nach der 18 Minuten entfernten Akademie sich wandte, hiefs ursprünglich das thriasische (im Volksmund auch wohl das kerameikische), wurde aber als „Haupt- und Frontthor" der Unterstadt allmählich mancherlei Veränderungen unterworfen. Wie in ruhigeren Tagen auch die zum Teil so hastig aufgeführten Mauern vielfache Verbesserungen erfahren haben, so erhielt dieses bei seiner militärischen Lage so wichtige, aber durch die Gestalt des Terrains nur wenig gedeckte Thor allmählich eine vorzugsweise starke Befestigung, wie auch die Ringmauer in dieser flachen Gegend doppelt gezogen und durch einen vorgelegten Graben noch mehr verstärkt war. Die imposante Gestalt, in welcher die Alten dieses Thor mit seinem mächtigen verschanzten „Thorhofe" kannten, stammt wahrscheinlich aus den letzten Zeiten des Perikles, obwohl auch noch in viel späterer Zeit Umbauten stattfanden. Abweichend von den übrigen Thorbauten der Stadt und des Peiräeus zeigte es (daher der Name Dipylon) zwei durch einen gröfseren Mittelraum getrennte Durchgänge, deren Breite je 3,45 m betrug. Für die Prozessionen dagegen nach Eleusis war etwas westlich von dem Dipylon ein kleineres, einfaches Thor, das „heilige" angelegt worden. Das nördliche Thor der Unterstadt lag auf der oben erwähnten Vorterrasse des Lykabettos und führte (etwa in der Richtung der Äolosstrafse des heutigen Athen) hinaus nach Acharnä und den nördlichen Teilen des Pedion. Daneben bestand wohl noch eine Pforte. Auf der Ostseite erreichte man durch das diomeische Thor den Kynosarges und weiter den Weg nach Kephisia und Marathon, und nach der Ostküste, durch das des Diochares zunächst das Lykeion, dann den weiteren Osten des Landes. Für die Südseite wird die Existenz einer Pforte, die unmittelbar den Weg nach dem Stadion (S. 28) und dem Gebiet südlich des Ilisos öffnete, und einer andern oberhalb der Kallirrhoë angenommen. Das wichtigste Thor auf dieser Seite war dann das itonische zwischen dem Olympieion und dem Musenhügel, mit der Heerstrafse nach Phaleron. Daneben bestand vielleicht noch eine Pforte für den Weg nach Sunion.[1]

---

1) Vgl. namentlich Wachsmuth, S. 342 ff. und Curtius und Kaupert, a. a. O. S. 5 ff.

Die bedeutende Ausdehnung des Mauerringes hat auch die Verhältnisse mancher der Demen verändert, die die alte Kekropia in weitem Halbrund umlagerten, indem einige derselben nunmehr zum gröfseren Teile in die Unterstadt Athen hineingezogen erscheinen. Im Anschlufs an das über die athenischen Quartiere bereits früher Ausgeführte (S. 23 fg.) ist hauptsächlich noch zu bemerken, dafs jetzt namentlich auf der nordöstlichen Seite ein sehr erheblicher Teil des Demos Diomeia mit in den Bereich der Ringmauern aufgenommen worden ist, so dafs nur ein kleines Stück (mit dem Kynosarges) draufsen blieb. In derselben Weise war auf der nordwestlichen Seite der Stadt ein weiteres grofses Stück des Kerameikos der Festung Athen einverleibt. Das Thor Dipylon trennte nunmehr den „inneren" von dem „äufseren" Gau dieses Namens, welcher letztere nach der Akademie hinaus sich erstreckte und den grofsen Friedhof in sich schlofs. Der sogenannte „Kolonos Agoräos" war höchst wahrscheinlich kein besonderes Quartier der Stadt; es empfiehlt sich die Ansicht, in dieser Lokalität einen Teil des Demos Melite zu erkennen, nämlich ursprünglich die gesamten Abhänge des Theseionhügels, die nach der Agora abfallen, bis zuletzt der Name auf einen speziellen nördlichen Teil dieser Erdanschwellung beschränkt wurde. Aufser den Quartieren der Stadt, die durch Grenzsteine oder Stelen, auch wohl durch Umzäunungen, gegeneinander abgezeichnet waren, gab es noch verschiedene Demen aufserhalb der Ringmauern, welche dieselben grofsenteils unmittelbar berührten, und in denen auf einigen Stellen im Laufe des mächtigen Emporblühens des verjüngten Athen neue vorstädtische Anlagen entstanden sind, soweit dieselben nicht schon sonst von alters her bestanden hatten. In dieser Weise hat der äufsere

Teil von Diomeia mit dem Kynosarges einen vorstädtischen Charakter angenommen. Auch der Kollytos scheint noch über die Ringmauer hinausgereicht zu haben. Neben dem schon besprochenen „äufseren" Kerameikos breitete sich, ohne unmittelbar die Stadtmauer zu berühren, gegen Westen der Demos Lakiadai aus, in dessen südöstlichem Teile an der Fahrstrafse nach Eleusis die Vorstadt „am heiligen Feigenbaume" lag.[1] Südlich vom äufseren Kerameikos wurde durch die Stadtmauer von dem Quartier Melite der südwestlich nach dem Ölwalde sich dehnende Demos Keiriadai getrennt; an den westlichen Abhängen des Nymphenhügels lag hier das sogenannte Barathron, der Schindanger, wo die Leichen gemeiner Verbrecher in eine Schlucht geworfen wurden. Hier auf der Grenze nämlich von Melite und Keiriadai finden sich am Nymphenhügel, wo derselbe westlich von der jetzigen Sternwarte[2] nach der peiräischen Fahrstrafse abfällt, steile Felsen von etwa 60 Fufs Höhe und unterhalb derselben eine von schroffem Gestein umschlossene Niederung. Das Lokal hat noch in der Türkenzeit als Richtstätte gedient. Südlich von Keiriadai schlofs sich Koile (S. 57) an; dieser Bezirk scheint auch die westlich und südwestlich von Athen sich ausdehnende Gegend in der Richtung auf den Peiräeus umfafst zu haben. Ob der Demos Ankyle auf der Südseite der Stadt zu suchen, ist zweifelhaft. Dagegen gilt der in einen oberen und in einen unteren Bezirk geteilte Demos Agryle, der südöstlich von Athen bis zum Hymettos sich ausdehnte, als derselbe, zu welchem die seit alters bestehende Vorstadt Agrai mit dem Stadion, mit dem Ardettos,

---

1) Vgl. Wachsmuth a. a. O. S. 261 ff.
2) Vgl. Wachsmuth S. 350.

mit zahlreichen anderen Heiligtümern und Gärten am Ilisos gehörte. Östlich vom Lykabettos, etwa zwölf Stadien (36 Minuten) von Athen entfernt, lag auf dem Platze des heutigen Ambelokipi in anmutiger Gegend, am Wege nach dem Pentelikon und nahe dem zum Hymettos, das damals wie auch heute von zahlreichen Steinmetzen bewohnte Dorf Alopeke, der Geburtsort des Aristeides und des Sokrates, und als solcher ebenso berühmt, wie unter den altstädtischen Quartieren das Kydathenaion als Heimat des Demagogen Kleon und seines Gegners, des Dichters Aristophanes.

Die Herstellung der eigentlichen Stadt innerhalb der Ringmauern blieb natürlich, soweit es sich nicht um den Wiederaufbau der Tempel und um die Erneuerung der Heiligtümer überhaupt handelte, den Bürgern selbst überlassen. In den alten Teilen der Stadt ist es damals ähnlich gegangen, wie nach dem Abmarsch der keltischen Mordbrenner neunzig Jahre später in Rom. Auch Athen konnte, wie Rom bis auf Augustus, mit seinen kleinen, unansehnlichen Häusern und einem Gewirr enger und krummer Strafsen keinen Anspruch darauf machen, als eine schöne Stadt zu gelten. Noch war die Zeit der Schöpfungen Kimons und des grofsen Perikles nicht gekommen. Nichtsdestoweniger scheint es wenigstens in den neuesten Teilen der Unterstadt nicht an einigen Linien gefehlt zu haben, die durch Breite vor denen der älteren Quartiere sich auszeichneten, und wo allmählich auch Privathäuser von ziemlich ansehnlicher Erscheinung entstanden sind. Es ist freilich unmöglich, ein Strafsennetz des alten Athen zu entwerfen. Indessen kennt man doch einige Linien als*Hauptstrafsen des erneuten Systems der rings um die Akropolis gelagerten Quartiere. Für die wichtigsten Wege des alten Athen war natürlich die zentrale Lage des Schloſsberges maſsgebend. Vom Prytaneion auf dessen Nordseite führte eine groſse Straſse westwärts zur Agora, eine zweite nordwärts. Eine andere, die sogenannte Tripodenstraſse, deren charakteristische Eigentümlichkeit wir noch später kennen lernen, zog sich in hauptsächlich südöstlicher Richtung um die Ostseite des Burghügels bis südwärts nach dem heiligen Bezirk des Dionysos. Die gröfste Berühmtheit gewann der sogenannte Dromos (etwa durch Korso wiederzugeben), nämlich die vom Nordrande der Agora in nordwestlicher Richtung das Quartier Kerameikos durchschneidende, breite Straſse, die zum Dipylon führte, und ungefähr mit dem unteren Teile der Hermesstraſse des heutigen Athen zusammenfällt.[1] Eine andere Linie, in welcher eine gegenteilige Auffassung den Dromos erkennen will, verband die Westseite des Marktes mit dem peiräischen Thore.

Wie nun die Stadt Athen überhaupt und mehrere ihrer Hauptstraſsen im besonderen im Laufe der nächsten Menschenalter nach ihrer Erneuerung auf verschiedene Weise verschönert und geschmückt worden sind, soll uns später eine zusammenhängende Darstellung zeigen. Vorläufig sei nur noch daran erinnert, daſs man gewöhnlich ebenfalls in die Zeit des Themistokles die Erbauung eines Teiles der gewaltigen Mauern setzt, welche nunmehr auch die Akropolis in anderer Weise schützen sollten, als früher das Pelasgikon. Auf der durch die Asiaten gänzlich verwüsteten Oberfläche der Burg ist wahrscheinlich für die uralt heiligen Stätten auf der Nordseite zunächst ein

---

1) Diese letztere Notiz giebt Curtius im „Erläuternden Text" S. 50.

einfacher Bau hergestellt worden, der vorerst für das Notwendigste genügte. Dann aber galt es, den Berg, der noch ganz überwiegend als Citadelle behandelt wurde, möglichst stark zu verschanzen. Die grofsartige Vollendung dieser Arbeiten ist einige Jahre später dem attischen Seehelden Kimon, dem politischen Gegner und siegreichen Nachfolger des Themistokles zugefallen und erst etwas später zu schildern. Hier sei daher nur bemerkt, dafs die Athener der Themistokleischen Epoche unter Preisgebung der Reste des Pelasgerschlosses zunächst, so scheint es, den Aufgang zur Burg neu befestigten. Die Nordseite des Schlosses hat dann eine gewaltige Mauer erhalten, die zugleich die späteren Geschlechter dauernd an die persische Heimsuchung erinnern sollte. Denn in dieselbe wurden massenhafte Überreste des durch die Krieger des Xerxes zerstörten Hekatompedon sorgfältig eingemauert. Noch heute erkennt man hier mächtige Säulentrommeln, Gebälkteile, Triglyphen und andere Architekturstücke, die dem alten Prachtbau des Peisistratos entnommen waren.[1]

Mit der höchsten Energie endlich und mit dem glücklichsten Erfolge betrieb in unmittelbarem Anschlufs an die Aufrichtung der neuen Ringmauer von Athen der grofse Themistokles die umfassende Verschanzung des Peiräeus im weitesten Sinne. Wie weit die Arbeiten vor dem Einbruch der Perser gediehen und wieder in den Jahren 480 und 479 durch die letzteren zerstört oder geschädigt waren, ist nicht bekannt. Wohl aber wissen wir, dafs mit der Befestigung der Unterstadt Athen die des Peiräeus Hand in Hand ging, sodafs doch wohl schon in derselben Zeit,

---

1) Vgl. namentlich Vischer, Erinnerungen, S. 120, und Michaelis, der Parthenon, S. 7 ff.

wo (476 v. Chr.) die Führung der ionischen Bundesgenossen an die Athener überging und der delische Bund ins Leben trat, die junge Königin des ägäischen Meeres auf den besten und stärksten Kriegshafen der Griechenwelt sich zu stützen vermochte.

Die Spuren dieser grofsartigen Arbeiten sind noch heute in weiter Ausdehnung erhalten. Auf der Seeseite folgten die Verteidigungsmauern genau den Biegungen der Küstenlinie und blieben gewöhnlich 20 bis 40 m von letzterer entfernt, so weit dafs der Wogenschlag ihnen nicht schädlich, und so nahe, dafs feindliche Truppen und Belagerungswerkzeuge nicht aufgestellt werden konnten. Die Werke wurden mit grofser Sorgfalt, bei einer durchschnittlichen Stärke der Mauern von 3 bis 3,60 m, aus peiräischem Stein, aber ohne Mörtel aufgeführt. Von der Dicke der Mauern waren 1,40 m massiv, das Innere mit Steinbrocken und Erde ausgefüllt. Die Festungslinie wurde durch sehr zahlreiche, 4 bis 6 m vorspringende, 6 m lange Türme verteidigt, die 50 bis 60 m voneinander entfernt aufstiegen. Zu möglichst solidem Schutze der Häfen und der innerhalb ihres Bereiches liegenden Schiffe hatte man die Eingänge durch Molenbauten möglichst schmal gestaltet (S. 49); derart dafs das peiräische Hauptbecken, dessen Molenspitzen zur Erschwerung des Eindringens feindlicher Schiffe schief gegeneinander gerichtet waren, nur noch eine Einfahrt von 50 m Breite zeigte — der nur durch einen 100 m breiten und 200 m langen Kanal zu erreichende Hafen Zea durch zwei 96 m voneinander entfernte Türme geschützt — die viel offenere Bucht von Munichia durch einen nördlichen Molo von 170 und einen südlichen von 190 m Länge mit einer nur noch 37 m breiten, durch ein Kastell auf der Südseite noch besonders gedeckten Einfahrt versehen wurde. Auf den Felsen, welche aufserhalb der Molen die Anfänge der Beckenbildung des eigentlichen Peiräeushafens andeuteten, standen Leuchtsäulen; ebenso auf den Spitzen der Hafendämme von Munichia. Mit demselben militärischen Scharfblick bei Benutzung der Bodengestalt war die Befestigung auf der Landseite ausgeführt. Hier verliefs die Ringmauer von der Akropolis von Munichia aus zunächst diesen Felsen, „folgte, sich fast nordwärts wendend, genau dem Absturze des demselben im Norden vorliegenden Plateaus, wandte sich da, wo dieses Plateau im Norden sich zur Ebene hinabsenkt, nach Westen um und erreichte langsam herabsteigend den nördlichen Teil des grofsen Hauptbeckens, durchsetzte dasselbe und stellte auf diese Weise die Verbindung her mit den Befestigungen des Kaps Eetioneia." Da die Nordfronte der Verschanzungen unmittelbar auf der Ebene errichtet werden mufste, so wurden sie auf dieser Seite völlig massiv aus grofsen Quadern aufgeführt und erhielten teilweise eine Dicke von 8 m. Aufserdem aber bemühte man sich, das durch den Verkehr gerade hier geforderte (zum Teil noch erhaltene) Thor so stark wie nur immer möglich zu gestalten.[1]

Auf diese Weise war ein Raum von drei Wegesstunden Umfang verschanzt, der ähnlich wie das neue Athen für den Fall eines gefährlichen Krieges der Zufluchtsort grofser Massen des attischen Landvolkes werden konnte. Für die Kriegsflotte, deren Vermehrung um jährlich neue zwanzig Schiffe im Jahre 477 durch ein von Themistokles

---

[1] Diese Angaben sind entnommen aus G. v. Altens Bericht über die Befestigungen der Hafenstadt, bei Curtius und Kaupert a. a. O. S. 11 ff.

Hertzberg, Athen.

eingebrachtes Gesetz ausdrücklich festgestellt war, boten die drei verschanzten Häfen ausreichenden Platz. Man rechnet, dafs aufser den weiten Räumen des Hauptbeckens in dem Hafen Zea noch 200, in dem von Munichia andere 100 griechische Dreidecker Unterkommen zu finden vermochten. Thatsächlich scheint Zea, wo die Wasserlinie noch gegenwärtig 1120 m beträgt, von Anfang an als Hauptkriegshafen benutzt zu sein, wo die gröfsere Hälfte der Kriegsflotte zu liegen pflegte; die kleinere war auf Munichia und auf den Kantharos, die südliche Einbuchtung des eigentlichen Peiräeus verteilt, von wo aus zugleich die Einfahrt und die tiefer im Innern ankernden Getreideschiffe überwacht werden konnten. Nun entstanden auch die übrigen für die Flotte nötigen Anlagen: die Schiffshäuser oder Lagerplätze für die Kriegsschiffe, für 94 am Kantharos, für 196 in Zea, für 82 in Munichia, die Arsenale und Magazine, die Werften, und bald auch die für die Kauffarteischiffe und für den Handelsverkehr, der allmählich von dem Phaleron nach dem Peiräeus sich zog, wo die östlichen Buchten des grofsen Beckens, das „Emporion", als Handelshafen dienten. Der geniale Schöpfer aller dieser Anlagen, auf denen die neue Gröfse Athens ganz vorzugsweise emporgestiegen ist, sollte freilich ebensowenig dazu kommen, das kräftige Weiterwachsen seiner Vaterstadt zu leiten und zu überwachen, als es ihm vergönnt gewesen ist, seinem Werke den Schlufsstein, nämlich die „langen Mauern" von Athen nach den Häfen, selbst einzusetzen. Die für die nächste Zeit nach der Stiftung des delischen Bundes leider nur höchst unvollkommen bekannte Geschichte von Athen weifs allerdings zu berichten, dafs die persönliche Stellung des Themistokles zu der Mehrzahl seiner Mitbürger allmählich unhaltbar sich gestaltet hat. Die letzten Gründe dagegen sind uns verhüllt, welche seine Gegner bestimmten, im Frühjahr 470[1] an den Ostrakismos zu appellieren. Genug, die Abstimmung der Gemeinde entschied gegen den Sieger von Salamis, der nunmehr Athen für immer den Rücken kehren sollte.

Ein Teil der nach der Schlacht bei Platää eingeleiteten Arbeiten wurde dagegen durch den Helden weitergeführt, der während der Jahre 476—462 v. Chr. die volle Gunst des attischen Demos besafs und in staunenswerter Weise durch das Kriegsglück getragen, die Seeherrschaft der Athener recht eigentlich im Detail vollendet hat. Kimon ist allmählich auch in die glückliche Lage gekommen, in grofsartiger Weise das mächtig aufblühende Athen mit Werken der Kunst zu schmücken. Zunächst aber führte er den Bau aus, der seinen Namen am längsten in der Erinnerung der späteren Geschlechter erhalten hat, nämlich die Vollendung der Burgbefestigung. In der Regel wird in aller Kürze die südliche Mauer der Akropolis als die „Kimonische" bezeichnet. Jedenfalls aber ist unter seiner Leitung erheblich mehr geschehen, nämlich das gesamte System der Verteidigung des Schlosses von Grund aus neugestaltet. Die eine Hauptaufgabe war allerdings die Aufführung einer gewaltigen Mauer auf der Süd- und auf der Ostseite des Burgfelsens. Nun aber war (S. 36) damals noch die Oberfläche der Akropolis sehr stark gegen Südosten und Süden geneigt. Es bedurfte daher sehr grofsartiger Aufschüttungen, es bedurfte einer sehr durchgreifenden Auffüllung des Plateaus, an welches dann die riesigen Quaderbauten Kimons sich anlehnten. So war nun die

---

1) Vgl. jetzt M. Duncker, der Prozefs des Pausanias S. 12, und Geschichte des Altertums. Neue Folge Bd. I (1884) S. 117.

5*

Oberfläche der Burg auf der nördlichen, östlichen und südlichen Seite von den imposanten Werken umgeben, auf welche in späteren Jahrhunderten Byzantiner, Franken und Osmanen ihre anderweitigen Bauten gestützt haben. Die Burgfläche selbst erhielt erst durch Kimon in ihrer Osthälfte annähernd gleiche Höhe; die Westhälfte dagegen blieb noch immer sehr geneigt. Nun scheint es aber, dafs im Zusammenhange mit der gründlichen neuen Verschanzung der Akropolis die attischen Kriegsbaumeister dieser Zeit die Aufgabe verfolgt haben, die seit Xerxes als höchst gefährlich erkannte Nähe des Areiopagos für die Burg möglichst unschädlich zu machen. Man wird damals[1] den Rayon der Festung etwas verkleinert, denselben von der Einsattelung zwischen Areshügel und Burghügel auf die halbe Höhe des letzteren zurückgezogen, die zur Verteidigung des Einganges in das Schlofs bestimmten Hauptwerke statt wie früher auf die Nordwest-, nunmehr auf die Südwestecke verlegt haben. Es hängt damit zusammen, dafs auf dieser Stelle, am westlichen Ende der neuen südlichen Mauer, mehr als 20 m unterhalb der höchsten natürlichen Felsenstelle des Burghofes, eine kolossale Bastion, der „Pyrgos", die sogenannte Nikebastion errichtet wurde, die den neuen Aufgang zu der Akropolis und den Eingang in deren Rayon vollständig beherrsohte. Der Aufgang (S. 20) hatte nunmehr eine ganz andere, etwa die noch heute vorhandene Gestalt erhalten: in der Art dafs von dem südlichen Teile der Agora her der Weg zuerst in südlicher Richtung am westlichen Fufse des Burghügels hinlief, mit einer Hauptlinie aus der südlichen Stadt zusammentraf, dann in erst nach Südost, hernach

---

1) Vgl. v. Wilamowitz a. a. O. S. 183 ff.

auf Nordost, zuletzt rein östlich gerichteter Windung den Hügel hinaufstieg, um unter der Nikebastion sich weiter krümmend, den letzten Aufstieg zu gewinnen. Es wird vermutet, dafs damals an der Stelle, die nachher der Nordflügel der Propyläen einnahm, ein dem Pyrgos entsprechendes Werk, und am Westrande der Burgfläche ein befestigtes Thor errichtet werden sollte.

Es gab nun aber noch viele andere Schöpfungen, durch welche Kimon für einige Zeit den Athenern sich wert gemacht hat, bis die Hochflut der Demokratie ihn aus Athen vertrieb und die grandiosen Monumentalbauten der Perikleischen Zeit sein Andenken in Schatten stellten. Die politische und finanzielle Lage des attischen Staates, der schon unter Kimons Führung zu einem Reiche zu werden begann, gestaltete sich so glänzend, die aus den glücklichen persischen Feldzügen des rüstigen Seehelden heimgeführte Beute war so ausgiebig, Kimon persönlich — im besten Sinne des Worts grand Seigneur — so hochgesinnt, so patriotisch, so freigebig, dafs er bereits in ziemlich ausgedehnter Weise Schlofs und Stadt mit edlem Schmucke auszustatten beginnen konnte. Vorläufig beherrschte noch die Erinnerung an die glorreich bestandenen Kriege mit Darius I. und Xerxes das attische Volk. So war es nur natürlich, dafs Kimon auf der Akropolis fünfzig Schritte östlich von dem (später durch die Propyläen besetzten) Eingang in den Schlofshof, das nach gewöhnlicher Annahme aus der marathonischen Beute errichtete, kolossale Erzbild der Athene Promachos, „der Vorkämpferin", von 50, und mit der Basis über 70' Höhe aufstellen liefs: ein Werk des Pheidias, dessen volle Glanzzeit jedoch erst in der folgenden Epoche anbrechen sollte. Die Göttin war in voller Rüstung dargestellt mit

Schild und Lanze; ihr Helmbusch und die vergoldete Lanzenspitze glänzte als erstes Zeichen der Nähe von Athen den Schiffern bereits entgegen, wenn diese das Kap Sunion umsegelt hatten. Der Platz dieses mächtigen Standbildes wird noch heute in der quadratischen Grundfläche zwischen dem Erechtheion und den Propyläen erkannt. Während es gegenwärtig aus militärischen wie aus kunstgeschichtlichen Gründen ziemlich allgemein als nicht wahrscheinlich angesehen wird, daſs das als Tempel der Nike Apteros bekannte, reizende Juwel der antiken wie der modernen Akropolis bereits der Zeit des Siegers vom Eurymedon angehöre, berichtet dafür die Überlieferung von mancherlei Schöpfungen Kimons in der Unterstadt, namentlich an und in der Nähe der Agora.

Die erste von Staatswegen betriebene Schmückung der neu entstehenden unteren Stadt nach Ablauf des groſsen Nationalkrieges scheint sich speziell an die Agora geknüpft zu haben. Die erste Aufgabe war es natürlich gewesen, die Staats- und Regierungsgebäude wiederherzustellen. Bald aber konnte man weiter gehen und wandte nun nach näherer Bekanntschaft mit den ionischen Städten Kleinasiens auch für die Agora die ionische Sitte an, den Markt mit schattigen Säulenhallen zu umgeben, in welchen die Bürger lustwandeln und sich ihrer Muſse erfreuen konnten. Vielleicht erhielt damals erst das Amtslokal des Archon Basileus (S. 42) seine Hallengestalt als „Stoa Basileios." Neben derselben auf der südwestlichen, oder nach anderer Auffassung und Gruppierung, ihr gegenüber auf der östlichen Seite der Südhälfte des Marktes entstand zur Erinnerung an die groſsen Siegesthaten die Halle des Zeus Eleutherios mit dem Altar und dem kolossalen Standbilde Zeus des Befreiers. Die Halle ist später mit Gemälden von Euphranor geschmückt worden, die auf der einen Schmalseite die zwölf Götter, auf der andern Theseus mit den allegorischen Figuren des Demos und der Demokratia zeigten. Unmittelbar in Beziehung zu Kimon stand die stattliche Halle, die sein Schwager Peisianax erbaute. Ihren schönsten Schmuck, und zugleich ihren späteren Namen Poikile, die „bunte" Halle, erhielt dieselbe durch einen in der Schlacht bei Marathon, dem gröfsten Ehrentage des kimonischen Hauses, der Philaïden, gipfelnden Cyklus von Gemälden, welche Kimons Freund Polygnotos von Thasos und andere Künstler herstellten. Die nach der Mythe auf dem Stadtboden von Athen vor langen Jahrhunderten ausgefochtene Amazonenschlacht und die Einnahme von Ilion (auf der Mittelwand der Halle) durften natürlich nicht fehlen. Viel höher aber schätzten doch die Athener zu allen Zeiten die auf der rechten Wand angebrachte Darstellung des niemals vergessenen Heldenkampfes der alten unvergleichlichen Hopliten von Athen und Plataa mit den Massen des Datis, der Flucht der Perser in die Sümpfe der Ebene von Marathon, und des Kampfes bei den Schiffen, und immer wieder erfreuten sie sich an den Porträts des alten Miltiades, des tapfern Polemarchen Kallimachos und des zähen Kämpfers Kynegeiros. Von der Stoa Basileios war die Poikile, vor der auch eine Erzstatue Solons sich erhob, durch die grofse vom peiräischen Thore kommende Strafse geschieden. Auf der Nordseite der Agora, wo die breite vom Dipylon kommende Linie des Dromos mündete, zeigte sich eine doppelte Reihe von Hermen. Hier lag auch die mit den Trophäen von Kimons Sieg am Strymon (476) geschmückte Hermenhalle. An der Nordostseite endlich des Marktes, so scheint es, befand sich ein Tempel des Apollo Patroos mit der Statue dieses Gottes. Östlich vom Markte ist das Anakeion (S. 33) ebenfalls aus der persischen Beute erneuert und mit Wandgemälden Polygnots und Mikons geschmückt worden. Den südlichen Teil aber des Marktes liefs Kimon zu grofsem Behagen der Athener mit einer Reihe stattlicher Alleeen von Platanen besetzen.

Auch die Umgebungen der Stadt sind schon damals angemessen berücksichtigt worden. Die persische Beute bot die Mittel, südlich vom Ilisos, unterhalb der Kallirrhoë, den Tempel der Artemis Eukleia zu errichten. Kimon aber schuf die alte Akademie durch Anpflanzung prächtiger Bäume, namentlich schattenreicher Platanen, durch die Anlage grüner Gärten, anmutiger Spaziergänge und kühlender Springbrunnen zu einem Lieblingsplatze der Athener um.

Der bedeutendste Monumentalbau jedoch, der aufser der südlichen Mauer der Burg durch Kimon ins Leben gerufen wurde, ist das sogenannte Theseion. Zu den für die maritime Entwickelung Athens wichtigsten Thaten des unermüdlichen Seehelden gehörte die Eroberung der Insel Skyros, die er dolopischen Korsaren entrissen und in eine attische Kleruchie verwandelt hat. Mit diesem kriegerischen Gewinn durfte er noch einen anders gearteten verbinden. Auf Skyros hatte nach der volkstümlichen Überlieferung der athenische Nationalheld Theseus in altersgrauer Vorzeit seinen Untergang gefunden, jetzt aber gebot ein Orakel den Athenern, die Hilfe gegen eine Seuche suchten, die Gebeine des alten Heros nach Attika zurückzuführen. Kimon war damals so glücklich oder so schlau, von einem Adler geleitet den Grabhügel des Theseus zu entdecken. Als er nachgraben liefs, fand man einen riesigen Leichnam nebst eherner Lanze und Schwert. Mit diesem kostbaren Besitz lief Held

Kimon im April 468 in den Peiräeus ein und konnte ihn nun unter grofsem Gepränge nach Athen führen, wo — sicherlich auf einer der bisher schon als Kultusstätten des Theseus benutzten Stellen — dem nationalen Heros ein prachtvolles, aber erst nach Kimons Rückkehr aus seiner späteren Verbannung, c. 454, vollendetes Heiligtum erbaut worden ist. Bis zur Mitte des laufenden Jahrhunderts glaubte man, diesen Bau so gut wie unbezweifelt noch immer zu besitzen. Seit 1852 sind dagegen erhebliche Zweifel gegen die Identität des heute noch als Theseion gewöhnlich bezeichneten Tempels mit Kimons stolzer Schöpfung erhoben worden, sodafs wir wohl die Schilderung des schönsten attischen Tempels dieser Epoche hier anschliefsen können, denselben aber nur mit einer gewissen Reserve an den Namen und die bauherrliche Thätigkeit des Eroberers von Skyros knüpfen, obwohl auch wir uns in dieser Frage durchaus der Verteidigung der althergebrachten Auffassung zuneigen.

Das Theseion also, der in christlicher Zeit dem heiligen Georg überwiesene grofse Tempel in dem nordwestlichen Teile der athenischen Unterstadt, in neugriechischer Zeit lange ein Hauptmuseum attischer Kunstaltertümer, erhebt sich nordwestlich über der Agora, auf dem breiten nordöstlichsten Vorsprunge der (S. 11) westlichen Hügelreihe des alten Stadtbodens, als der am besten erhaltene monumentale Bau von Athen. In seiner Anlage dem später auf der Burg errichteten Parthenon nicht unähnlich, nur altertümlicher, kleiner und weniger reich ausgeschmückt, steigt das aus pentelischem Marmor aufgeführte Theseion auf einem zweistufigen marmornen Unterbau als ein von einer Säulenhalle umgebener Antentempel empor: wie so viele ältere griechische Tempel ein „dorischer Hexastylos Peripteros." Er hat (die Ecksäulen doppelt gerechnet) einen Säulenumgang von je 6 Säulen an den Fronten von Nord nach Süd, und je 13 an den Langseiten von Osten nach Westen. Diese Säulen sind etwas schlanker als die des Parthenon; bei einer Höhe (mit dem Kapitäl) von 5,88 m zeigen sie einen unteren Durchmesser von 1,009 und einen oberen von 0,794 m. Die Länge des Tempels beträgt, an der Trittfläche der oberen Stufenschicht gemessen, 31,85, die Breite 13,85 m. Der Kern desselben besteht aus der 12,10 m langen nnd 6,22 m breiten Cella und zwei Vorräumen, die von den verlängerten Langwänden und je zwei (5,38 m hohen und 1 m dicken) Säulen gebildet wurden, nämlich dem 5 m tiefen Pronaos, dem Eingangsraume auf der östlichen, und dem minder tiefen Opisthodomos auf der westlichen Seite.

Über dem einfachen Architrav des Gebäudes zieht sich nach dorischer Weise ein Fries von Triglyphen und 68 Metopen um das ganze Gebäude; letztere sind an der Ostfronte, sowie in den anstofsenden Feldern der beiden Langseiten mit Skulpturen geschmückt. Kranzgesims und Giebel krönen den Tempel. Bei dem Schmuck dieses Heiligtums haben nun weiter Malerei und bildende Kunst zusammengewirkt. Das Innere der Cella wurde durch die Thätigkeit Mikons und Polygnots mit Wandgemälden ausgestattet, welche den mythischen Kampf der Athener gegen die Amazonen, den der Kentauren gegen die Lapithen, mit Scenen aus dem Sagenkreise des Theseus darstellten. Ebenso waren wahrscheinlich auch fünfzig der Metopen bemalt. Bis auf die Gegenwart hat sich, mehrfach freilich stark verstümmelt, der aus parischem Marmor hergestellte Schmuck der Skulptur erhalten. Allerdings sind die Statuengruppen der Giebelfelder verloren. Dagegen zeigen die Reliefs in den zehn Metopen der Ostfronte die Thaten des Herakles, während auf den Reliefs der je vier anstofsenden Metopen beider Langseiten die mythischen Ritterthaten des Theseus verherrlicht sind. Endlich ist auch die Oberwand der Cella durch einen Relieffries, den „Zophoros", geschmückt, aber nur auf den beiden schmalen Seiten. Die treffliche Arbeit dieses in sehr hohem Relief ausgeführten Teiles der Skulpturen ist gegenwärtig schlimm verstümmelt. Die Bilder der westlichen Gruppe zeigen einen Kampf der Kentauren und Lapithen, bei dem auch Theseus sich ausgezeichnet hatte. Der östliche Fries, der noch etwas über die Cella hinausläuft (auf beiden Seiten auch noch über die Breite des Peristyls) stellt ebenfalls eine Kampfscene dar; die modernen Erklärer suchen in derselben bald den Kampf des Theseus mit den Pallantiden, bald einen siegreichen Kampf dieses Heros und der unter seinen Schutz getretenen Herakliden gegen deren Feind, den König Eurystheus von Mykene, bald ein Gefecht zwischen den Athenern der Urzeit und den wider sie verbündeten Eleusiniern und Thrakern. Die wesentlich unversehrte Erhaltung des schönen Tempels bis auf unsere Tage ist hauptsächlich seiner späteren Benutzung als christliche Kirche zu verdanken; der Umbau zu letzterem Zwecke hatte hauptsächlich nur die Folge, dafs die Rückwand und die zwei inneren Säulen des Pronaos abgebrochen, hier auch ein halbrunder Ausbau angefügt, und in die Rückwand des Opisthodomos eine Thür gelegt wurde. Im Altertum endlich war das Theseion durch einen ausgedehnten Temenos (Tempelhof) umgeben, der den durch grausame Behandlung zur Flucht getriebenen Sklaven als Asyl diente.

Zu den so sehr zahlreichen historischen und antiquarischen Streitfragen, welche mit dem Detail der attischen Geschichte zusammenhängen, gehört endlich auch die, ob bereits Kimon ernstlich an die Ausführung der langen Verbindungsmauern zwischen der südwestlichen Ecke der Unterstadt und den Häfen gedacht hat, und ob im Zusammenhange damit die Ausführung des „schnabelförmigen Vorwerks", welches die südwestliche Ringmauer erweiterte und die westlichen Abhänge des Musenhügels und der Pnyx umschlofs, ihm oder erst den Männern zuzuschreiben ist, welche das riesige System der attischen Festungslinien wirklich vollendet haben. Jedenfalls ist der grofse Sohn des Miltiades nicht dazu gekommen, mehr als etwa die Vorbereitungen zu dem Bau der langen Mauern zu leiten. Denn der neue Aufschwung der jüngeren Schule attischer Demokratie unter Führern wie Ephialtes und Perikles, und die unglaubliche Thorheit, mit welcher die Spartaner im Herbst 461 die auf Kimons Betrieb ihnen gegen die empörten Messenier zu Hilfe geschickten attischen Truppen in beleidigender Weise wieder zum Abmarsch nötigten, führte im Jahre 459 zum Sturz des „aristokratischen" Staatsmannes.

Viertes Kapitel.
Die Schöpfungen des Perikles.

Durch die Vertreibung Kimons war die Bahn frei gemacht für die Wirksamkeit des gewaltigen Staatsmannes, der mehr als dreifsig Jahre lang (461—429 v. Chr.) den stärksten Einflufs auf die Schicksale des attischen Reiches ausgeübt und geraume Zeit die innere wie die auswärtige Politik der Athener so gut wie ausschliefslich bestimmt, zugleich auch durch sein Walten in noch anderer Weise als einst Themistokles der architektonischen Physiognomie seiner Stadt für lange Jahrhunderte einen ganz neuen Charakter verliehen hat. Wir haben eben die Periode erreicht, seit welcher Athen bis herab zu den spätherbstlichen Tagen zweier anderer grofser Bauherren, des Kaisers Hadrian und des Professors Herodes Attikos, mit vollem Recht „die Stadt des Perikles" genannt wird. Der Name dieses genialen Atheners ruft,. soweit hier die Politik nicht ins Spiel kommt, vornehmlich die Erinnerung wach an die geistige und künstlerische Glanzzeit, welche Athen unter seiner Leitung durchlebt, an die Schöpfungen, die seiner Stadt bis herab zu den ersten Byzantinern einen für die Kulturwelt des späteren Altertums unwiderstehlichen Zauber verliehen haben. Nichtsdestoweniger hat auch Perikles wie seine Vorgänger mit Arbeiten grofsartigster Gestalt begonnen, die höchst praktischen, militärischen und merkantilen Zwecken zu dienen, und die materiellen Unterlagen der politischen und kommerziellen Gröfse Athens zu stärken bestimmt waren.

Der vollständige diplomatische Bruch mit Sparta im Spätjahr 461 und die Schöpfung des neuen Landbundes der Athener im Jahre 460 machten es sehr wahrscheinlich, dafs die letzteren, die durch ihr neues Bündnis mit Megara auch die Korinthier und Ägineten empfindlich reizten, binnen kurzer Zeit genötigt sein würden, mit den Peloponnesiern die Waffen zu kreuzen. Hatten Kimons Grofsthaten bisher der Stadt volle Sicherheit vor einem persischen Angriffe geschaffen, so mufste doch die Lage der Athener auf der Stelle eine sehr schwierige werden, sobald etwa die Massen der trefflichen peloponnesischen Krieger über den Isthmos sich wälzten. Unter diesen Umständen waren die siegreichen Führer der jungen Demokratie genötigt, alles Ernstes an die rasche Durchführung der alten Pläne des Themistokles zu denken und die wirksame Sicherung der Verbindungen zwischen Athen und seinen Häfen so schnell als möglich in Angriff zu nehmen. Noch, so scheint es, war man mit den keineswegs leichten Vorbereitungen zu dem Bau der riesigen Mauerlinien beschäftigt, als der wirkliche Ausbruch des ersten Krieges mit den Peloponnesiern den Athenern den ganzen Ernst der Lage enthüllte (i. J. 459). Die nunmehr mit gewaltigem Nachdruck geförderte Errichtung der langen Mauern giebt von der staunenswerten Kraftfülle und Leistungsfähigkeit der Athener dieser Zeit ein schönes Zeugnis. Während der Krieg einen starken Teil der attischen Streitkräfte in Anspruch nahm, standen der Durchführung der neuen grofsen Festungsbauten auch im Innern erhebliche Schwierigkeiten entgegen. Die Natur des Terrains zwischen der Stadt und dem Peiräeus bereitete (S. 30) den Arbeiten starke Hindernisse. Dazu kam, dafs keineswegs alle Athener mit diesen Bauten einverstanden waren. Nicht zu reden von denen, die vor den jedenfalls gewaltigen Kosten zurückschreckten, so grollte ein Teil der schroffsten Aristokraten der siegreichen Demokratie auf das bitterste wegen Kimons Vertreibung und noch weit mehr wegen der Beseitigung der politischen Machtstellung des Areiopagos. Die Erbitterung dieser Partei war so grofs, dafs sie in der Vollendung der langen Mauern zuletzt nur noch einen Sieg der Demokraten erblickte, den durch geradezu landesverräterische Mittel abzuwenden sie auf die Dauer sich nicht gescheut hat. Um zu verhindern, dafs Athen für die Waffen der Spartaner unangreifbar und dadurch jedem wirksamen politischen Drucke von Lakonien her entzogen wurde, sind die Führer der oligarchischen Koterie soweit gegangen, im Jahre 458 die damals in Böotien operierenden peloponnesischen Truppen zu einem Vorstofse gegen Attika aufzufordern, dem eine

Erhebung der attischen Oligarchie zum Sturze der Volksherrschaft und zur Zertrümmerung der noch nicht vollendeten Mauern zur Seite gehen sollte. Der Sieg indessen der Peloponnesier bei Tanagra (im Spätsommer 458) war so wenig entscheidend und die Haltung der alten Freunde Kimons so patriotisch, dafs die Pläne der oligarchischen Fanatiker durchaus scheiterten. **Das grofse Werk der Mauerbauten ist im Jahre 457/6 wirklich zu Ende geführt worden.**

Die Arbeit war ebenso mühevoll, wie kostspielig gewesen. Um das gesamte System der alten und der neuen Häfen zu schützen und mit Athen zu verbinden, war eine Mauer von etwa 35 Stadien (1 $^3/_4$ Stunden) Länge nach Phaleron, eine andere von 40 Stadien (7 $^1/_2$ km) nach der nördlichen Ringmauer des Peiräeus gezogen worden. Wie es nach einigen erhaltenen Resten in der Nähe des Peiräeus scheint, so baute man auch die langen Mauern wie die des letzteren Hafens (S. 64) als „Füllmauern".[1] Mit der Sumpfnatur der feuchten Niederung nördlich von der Halbinsel des Peiräeus (S. 30) hatte man sehr unangenehme Erfahrungen gemacht; die ersten Anlagen waren hier versunken und kostspielige Aufschüttungen von Kies und schweren Steinen nötig geworden, um der nordwestlichen Mauer eine feste Unterlage zu verschaffen. Wahrscheinlich fällt auch in diese Periode die wohl schon zur Zeit der wirksamen Benutzung des Peiräeusbeckens in Aussicht oder in Angriff genommene Regulierung der unteren Flufsläufe des Ilisos und namentlich des Kephisos.[2] Dieses letztere

---

1) Vgl. den erläuternden Text zu den „Karten von Attika", Heft 1, G. v. Alten a. a. O. S. 18.

2) Vgl. die Angaben in demselben Werke bei Milchhöfer S. 24.

Gewässer nämlich, so findet die moderne topographische Beobachtung dieses Terrains, ist 10 Stadien (½ Stunde) oberhalb seiner heutigen, den westlichen Teil der phalerischen Bucht berührenden Mündung von seinem alten, direkten Laufe auf die (frühere Lagune und die) Peiräeushalbinsel deutlich nach Süden abgelenkt. Ursprünglich flofs die Hauptmasse des Wassers, wie auch noch in unserem Jahrhundert wenigstens ein schwacher Arm desselben, unzweifelhaft in die nordwestliche Ecke des Haupthafens ab, verstärkt durch einen von Westen herabkommenden (S. 29) Giefsbach: in jene nördliche Ausbuchtung, die als stagnierender Rest des zurückgetretenen und seichten Gewässers der unbrauchbare Teil des grofsen Bassins blieb.

Die nordwestliche Mauer schlofs sich nicht weit östlich von dem früher beschriebenen grofsen Thore auf der Nordostfront der Ringmauer des Peiräeus an die letztere an. Dicht dabei, südlich, lag ein grofses, mit einem Thorhofe von fast 19 qm versehenes Doppelthor, welches nach dem innerhalb der Mauer der Stadt Athen zustrebenden Wege führte: auf einer Stelle, wo die letzte Felsenmasse des peiräischen Plateaus aufsteigt, mit der einen Hälfte an den Felsen gelehnt, mit der andern in der Ebene.[1] Von der nordwestlichen Mauer sind nur noch wenige Spuren vorhanden. In der Niederung geht jetzt die Fahrstrafse auf dem alten Mauerdamme, und das Material ist vollständig verbaut. Den Anschlufs an die Festungswerke von Athen erreichte man, so scheint es, in der Gegend des Nymphenhügels. Die phalerische Mauer dagegen, von der nicht unerhebliche Reste sich erhalten

---

1) von Alten a. a. O. S. 17 ff.

haben, gewann die Befestigung der Stadt vermutlich etwas östlich vom Itonischen Thore. Durch die Herstellung dieser Mauern war das athenische Festungssystem weitaus das grofsartigste der gesamten griechischen Welt geworden. Dasselbe umschlofs jetzt ein Gebiet von etwa 180 Stadien (34 km) Umfang und bot mit den innerhalb der Unterstadt Athen, auf der peiräischen Akte, und namentlich zwischen den langen Mauern sich ausdehnenden leeren Plätzen Raum genug, um im Falle verzweifelter Not das gesamte Volk des Kantons für einige Zeit schützend aufzunehmen. Hatte Themistokles dabei noch immer an die zweimalige Auswanderung der Attiker vor den Persern gedacht, so sollten in dieser Richtung die Schanzen ihren praktischen Wert gegenüber griechischen Feinden in den ersten Zeiten des peloponnesischen Krieges bewähren. Jedenfalls mufste jetzt ein Gegner, der Athen mit Erfolg belagern wollte, zu Wasser wie zu Lande mit ganz aufserordentlich zahlreichen Streitkräften auftreten. Nichtsdestoweniger hatte dieses System noch immer eine keineswegs unbedenkliche Lücke. Phaleron war nicht befestigt, und das Gestade der ganzen Bucht bis zu den Türmen von Munichia nur durch seine grofsenteils sumpfige Natur geschützt. Noch immer also blieb die Möglichkeit bestehen, dafs ein starker und kühner Feind nach einem Siege über die attische Flotte auf dieser Seite die Landung erzwang und mit seinen Truppen in dem Gebiet zwischen den langen Mauern sich ausbreitete und festsetzte. Perikles, dem das nicht entgehen konnte, nahm endlich nach dem Austoben der langwierigen Kämpfe mit Peloponnesiern, Böotern und Euböern (445) die Zeit der Ruhe wahr und setzte es, anscheinend nicht ohne Mühe, bei der Bürgerschaft durch, dafs die jedenfalls erheblichen Kosten für die Anlage einer dritten, einer mittleren Mauer bewilligt wurden, welche die Verbindung mit dem Peiräeus endlich vollständig sichern sollte, und i. J. 440 durch den Baumeister Kallikrates hergestellt worden ist. Diese letztere lief in einer Entfernung von 550' südlich von der nordwestlichen, der „peiräischen", dieser parallel. Von den Abhängen des Musenhügels ausgehend erreichte diese neue Mauer die Werke der peiräischen Halbinsel auf der Nordostseite nur wenige Meter nördlich von dem prächtig geschmückten Thore, welches aus dem Peiräeus nach dem Hippodrom dieser Stadt, unterhalb der Citadelle von Munichia führte.[1]

Es war in der That eine mächtig aufblühende neue Stadt, die innerhalb der peiräischen Mauern des Themistokles in voller Entwickelung begriffen stand. Und Perikles hat derselben ebenso entschieden ihre architektonische Gestalt verliehen, wie später der Akropolis von Athen. Der grofse Staatsmann übertrug nämlich in der Zeit nach 445 einem der merkwürdigsten Männer dieser Epoche, dem Architekten Hippodamos von Milet, einem philosophisch oder wie man es damals hiefs sophistisch gebildeten Systematiker, dem „Reformer des griechischen Städtebaues", die Aufgabe, für die an den Häfen Peiräeus und Zea neu entstehende Stadt, für das neue maritime Athen, einen einheitlichen, künstlerischen Grundplan zu entwerfen. Dabei wurde wahrscheinlich das noch unbebaute Terrain vorzugsweise ins Auge gefafst, und etwa schon vorhandene Privatanlagen von Staatswegen expropriiert, dann die Bauplätze in bestimmt eingeteilten Parzellen vergeben. Hier legte nun der milesische Baumeister

---

1) Vgl. v. Alten S. 18.

ein Netz gerader, breiter, einander in rechten Winkeln durchschneidender Strafsen an. Da durch das reich gegliederte Terrain das starre mathematische Prinzip der Strafsenzüge gemildert wurde, so konnte Peiräeus später in der That als eine der schönsten griechischen Städteanlagen gelten. Inmitten der regelmäfsig gruppierten Quartiere — wahrscheinlich in der Ebene, wo die von den nördlichen Thoren und von der Munichiahöhe herabkommenden, mit Hallen geschmückten Gassen zusammentrafen — blieb ein geräumiges Rechteck übrig, die rings von Hallen umschlossene Agora, die (wahrscheinlich) einen Tempel der Hestia trug und nach dem Hippodamos ihren späteren Namen führte; dieselbe bildete das Zentrum für den eigentlichen Kern der Stadt, der amtlich „Asty" genannt wurde.[1] Damit ist der Flächenraum gemeint, der mit breiter Basis von der nördlichen Umfassungsmauer auslaufend, zwischen dem grofsen Hauptbecken und dem Zeahafen gratförmig und schmal bis an die Höhen der Akte sich hinzieht. Der bebaute westliche und südliche Abhang der Munichia bildete ein besonderes Quartier. In der inneren Stadt kennt die neuere Forschung als topographisch wichtig mehrere Heiligtümer. Die Hafenstadt ist im Laufe der Jahrhunderte mit Kultstätten aller Art, auch vielen orientalischen, erfüllt worden. Zu den denkwürdigsten aus der älteren Zeit zählte der Tempel des Zeus Soter, dem die heimkehrenden Kauffahrer opferten; das Heiligtum wird jetzt zwischen der Agora und der nordöstlichen Hafenbucht des Peiräeus gesucht. Südwestlich von Zea, in der Nähe des ersten Vorhügels der Akte (dem jetzt sogenannten Windmühlen-

---

[1] Diese und die folgenden Angaben gehen hauptsächlich zurück auf die neuen Nachweise bei Milchhöfer a. a. O. S. 28 ff.

berg) lag das aus peiräischem Stein in dorischem Stile erbaute Metroon, das Heiligtum der Göttermutter, während, so scheint es, der Kult des Zeus Meilichios und des Zeus Philios bei Zea lokalisiert war. Der Tempel der Artemis Munichia und das Bendideion lagen wahrscheinlich auf dem Südabhange des Munichiaberges, dagegen auf dessen westlicher Seite, ziemlich oberhalb der Agora, mit derselben durch eine Strafsenflucht verbunden, das Dionysische Theater. Endlich aufserhalb der Mauer (S. 82) in einem oblongen vertieften Raume an dem Nordabhange der Munichiahöhe, dehnte sich in einer von Osten nach Westen aufsteigenden Thalmulde von $1\frac{1}{2}$ Stadien Länge, bei kaum $\frac{1}{2}$ Stadion Breite, der sogenannte Hippodrom aus.

Die Einsicht jener Zeit hat auch um die Wasserversorgung der neuen Hafenstadt in ausgiebiger, kunstvoller Weise sich bemüht; nach Ablauf des Archidamischen Krieges wurden diese Anlagen noch erheblich erweitert. Von seiten nun des Staates wurden die Interessen des Handels in gleicher Weise gefördert wie die der Kriegsflotte. Schiffshäuser für die letztere sind also bei den Häfen Munichia, Zea und Kantharos in Menge entstanden, bei Zea zugleich wichtige Arsenalbauten. Die Südostecke des Kantharos bot die beste Gelegenheit zur Anlage grofser Werften. Die östliche und nördliche Seite des Peiräeusbeckens dagegen diente wesentlich dem Verkehr. Hier zogen sich um den Hafenkai fünf imposante, für diese Zwecke bestimmte Hallen hin. Vier lagen auf der Ostseite, in dem sogenannten Emporion; eine derselben, das von Perikles erbaute Deigma, die Warenbörse, diente zur Auslegung der Warenproben, zu Börsengeschäften, zum Abschlufs von Bodmereiverträgen, und für Handelsgerichte; die anderen Hallen, zu denen auf der Nordseite noch eine fünfte, von

Perikles für die Kornspeicher des Staates bestimmte kam, waren Kauf- und Lagerräume, vor denen man noch Molen zum Ausladen der Waren erbaut hatte. Eine Mautlinie schlofs das dem Verkehr gewidmete Hafengebiet von der inneren Stadt ab. Jenseits endlich der Eetioneia und der durch die Ringmauer abgeschnittenen sumpfigen nordwestlichen Ecke des grofsen Beckens scheinen Friedhöfe sich ausgedehnt zu haben.

Es gehört nicht mehr zu den Aufgaben dieser Skizze, das schnelle Emporwachsen der Stadt Peiräeus zu schildern. Der immer reicher sich entfaltende Betrieb des attischen Weltverkehrs unter dem Schutze der mächtigen Schanzen und der lange für unüberwindlich geltenden attischen Flotte und die Ansammlung einer neben sehr zahlreichen Metöken aus Kaufleuten, Reedern, Seeleuten, Gewerbetreibenden aller Art bestehenden, im Gegensatze zu der alten Stadt vorzugsweise leidenschaftlich demokratischen Bevölkerung sind aber sehr wesentliche Züge aus dem Bilde der staunenswerten Entwickelung des athenischen Staates in jenem Zeitalter. Hier an den Häfen hat Perikles sich darauf beschränkt, gleichsam nur den Rahmen zu schaffen für das neue Leben, welches dann auf der kleinen Halbinsel zwischen der Akte und der Bucht von Phaleron sich entfalten sollte. Dagegen gedachte er das alte Athen, soweit das überhaupt möglich war, durch Werke der Kunst in einer Weise neu zu schmücken, wie das in seinem Sinne der Hauptstadt des grofsen delischen Bundes, der ersten griechischen Seemacht, der durch ihn und eine Auswahl glänzender Zeitgenossen zur geistigen Metropole der Griechenwelt erhobenen Heimstätte der Helden von Salamis und Plataä, Mykale und Eurymedon, wirklich zukam.

Mit der Unterstadt freilich war nach dieser Seite nicht viel anzufangen. Bei dieser uralten Stadt mit der Masse der seit 479 rasch wiederhergestellten, gewundenen, oft engen Gassen und mit dem vielfach planlosen Häusergewirr der älteren Quartiere liefs sich unmöglich ein neuer Regulierungsplan nach Art des Peiräeus durchführen. Selbst wenn die zähe Wucht der Tradition und der Trägheit, selbst wenn die Rücksichten auf die zahllosen Kultusstätten hier nicht hindernd in den Weg getreten wären, so wurde sicherlich jeder Gedanke in dieser Richtung durch die Unmöglichkeit erstickt, die nötigen Mittel aufzubringen. Für die Unterstadt blieb neben der Pflege und Anregung der Anlage plastischen, architektonischen und gartenmäfsigen Schmuckes im einzelnen, namentlich auf der Agora und in den neuesten Teilen, nichts übrig als die Förderung so praktischer Einrichtungen wie die einer umfassenden Wasserversorgung, und die höchste Sorge für den Glanz der geistlichen und weltlichen öffentlichen Gebäude. In dieser Beziehung scheint namentlich das Metroon (S. 41) erneuert und verschönert, zugleich auch durch ein von Pheidias gearbeitetes Götterbild geschmückt worden zu sein; dabei befand sich, unter dem Schutze der Gottheit, das grofse athenische Ratsarchiv.

Dagegen ist es Perikles in unvergleichlicher Weise gelungen, die Umgegend und das Zentrum von Athen grofsartig zu verschönern. Den Begriff der Umgegend mufs man hier im weitesten Sinne nehmen. Nicht nur dafs als Gegenstück zu den Gartenanlagen Kimons in der Akademie der grofse Führer des attischen Demos das Lykeion (S. 39) überaus glänzend neu ausstattete und mit schattigen Hainen umgab, so gehören der neue Tempel der Pallas Athena auf Kap Sunion, der Tempel der Nemesis bei

Rhamnus am euböischen Sunde (nur drei Stunden nördlich von Marathon) mit dem Bilde der Göttin, und vor allem der grofsartige, der Mysterienfeier der Demeter geweihte Neubau der Heiligtümer zu Eleusis, der unter der Oberleitung des Iktinos von Koröbos begonnen, durch Metagenes fortgesetzt und später durch den Kuppelbau des Xenokles vollendet wurde — Werke, die an Pracht die alten, durch die Perser zerstörten Heiligtümer weit übertrafen, der Perikleischen Zeit an.

Für Athen selbst empfahl sich einem Manne so hohen Sinnes und so genialer Veranlagung die Akropolis in jeder Beziehung als der Punkt, wo er anzusetzen hatte, um monumentale Bauten der edelsten Art zu errichten. Hier lagen die ältesten Heiligtümer des attischen Volkes, hier hatte aber auch die persische Verwüstung ihre stärksten Spuren zurückgelassen, hier war noch in weitem Umfange der Raum frei und durch die Asiaten noch weiter frei gemacht worden, um nun unbehindert Prachtbauten aufführen zu können, die zugleich den Dank gegen die hilfreichen Götter bedeuten und von der neuen Gröfse und Herrlichkeit des attischen Reiches ein imposantes Zeugnis geben sollten. Die Geschichte des attischen Staates zeigt uns, dafs Perikles seiner Zeit über die Mitwirkung einer Anzahl ausgezeichneter Vertreter der Baukunst und der Plastik verfügen konnte: an ihrer Spitze stand der hochbegabte Pheidias, der — eine dem Sohne des Xanthippos „kongeniale" Natur, wie man ihn genannt hat — vor allen anderen berufen war, den Plänen seines Freundes Leben und Gestalt zu verleihen. Die Mittel zu den grofsartigen Monumentalbauten gewährten zunächst die bis zum Ausbruche des peloponnesischen Krieges reichlich fliefsenden Überschüsse der vortrefflichen attischen Finanzverwaltung, anderseits aber bei allen Bauten, die irgendwie zu den Interessen des delischen Bundes in Beziehung standen, namentlich seit 445 v. Chr., teils Quoten aus den laufenden Bundessteuern der Verbündeten, teils auch gröfsere Summen aus dem Bundesschatze.

Als der erste unter der Perikleischen Verwaltung fertig gestellte Prachtbau innerhalb der Ringmauern des Themistokles gilt das sogenannte Odeion. Gebäude dieser Art, die damals übrigens noch nicht wie später in römischer Zeit als Rundbauten angelegt, sondern den Theatern durchaus ähnlich, nur viel kleiner als diese gestaltet waren, dienten den Griechen dazu, um Musiker mit Gesang und Spiel auftreten zu lassen. Auch die Athener haben schon vor der Anlage ihres Dionysostheaters ein solches Odeion besessen, wo unter anderen die Rhapsoden, deren Kunst namentlich die Peisistratiden begünstigten, ihre Vorträge hielten. Ob dieser Bau schon älteren Ursprungs war oder erst dem letztgenannten fürstlichen Geschlecht seine Entstehung oder Verschönerung verdankt hat, ist durchaus problematisch. Die Forschung sucht es in der Vorstadt Agrai, südlich vom Ilisos, nicht fern von dem Pythion (S. 37) und zwar oberhalb der Kallirrhoë, an eine natürliche Felsenwand angelehnt,[1] und in enger Beziehung zu dem Apollinischen Kultus und dessen Kunst. Was am Ilisos in älterer Zeit geleistet war, trat aber weit in den Hintergrund vor dem prachtvollen Odeion, welches Perikles errichten liefs, als seit 448/7 die um und auf die Akropolis zu gruppierenden Hochbauten in Angriff genommen wurden. Sein Odeion, welches bis 444 oder

---

1) Vgl. Wachsmuth a. a. O. S. 275 ff. u. 502 ff. R. Schillbach, über das Odeion des Herodes Attikos S. 10.

443 v. Chr. vollendet dastand, hatte seinen Platz dicht neben dem Lenäon, hart unter der Südostecke des Burghügels gefunden, nordöstlich neben dem Dionysostheater, zur Linken des aus diesem Heraustretenden. Seiner Gestalt nach dem Theater ähnlich, aber kleiner und schmuckreicher, namentlich mit zahlreichen Säulen, teils wahrscheinlich innerhalb und äufserlich am Bühnengebäude, teils in Gestalt einer oberhalb der Sitzreihen an der Umfassungsmauer ringsum laufenden Säulenhalle, versehen — ein Muster von Schönheit, Zierlichkeit und Zweckmäfsigkeit, war es mit einem zelt- oder kegelförmigen, spitz zulaufenden hölzernen Dache bedeckt. Es galt nämlich, die Melodieen und die Klänge bei den musikalischen Vorträgen möglichst sicher zusammenzuhalten, damit sie in dem Odeion in höchster Reinheit und Klarheit vernommen würden. Der nächste Zweck dieser Anlage war es, einen passenden Raum zu schaffen für die musikalischen Aufführungen und Wettkämpfe, mit denen Perikles das grofse Landesfest der Panathenäen ausgestattet hatte. Man hat es aber auch zu vielen andern Geschäften benutzt. Nicht nur dafs zur Aufführung bestimmte Dramen hier eingeübt wurden, bevor sie über die Bühne des Theaters gingen, so bediente man sich des Odeions auch zur Abhaltung von Gerichtssitzungen und von gröfseren politischen Versammlungen.

Während der Erbauung dieses Konzerthauses sah man bereits auf der Höhe der Akropolis die Arbeiten in vollem Gange, deren Ergebnis wenige Jahre später sämtliche ältere und neuere Schöpfungen der architektonischen Kunst in Athen in Schatten zu stellen bestimmt war. Wir reden natürlich von dem Parthenon. Nach der persischen Zerstörung und nach Verbauung der Trümmer des alten Hekatompedon war von dem stattlichen Tempel der Peisistratiden nichts übrig geblieben, als die mächtigen (S. 36) Unterbauten, die nun von Perikles zur Basis seiner neuen Schöpfung bestimmt worden sind. Es galt, für die demokratische Hauptstadt des delischen Bundesreiches ein neues Schatzhaus zu errichten, zugleich die Schatzkammer der Athena Polias und der andern Landesgötter zu erneuern, und für das grofse Landesfest der Panathenäen, deren kostbares Prozessionsgerät ebenfalls hier verwahrt wurde, den denkbar schönsten Punkt des Abschlusses zu schaffen. Die Anlage des Parthenon steht nach allgemeiner Annahme in innigem Zusammenhange mit der inneren attischen Reichspolitik der Perikleischen Zeit. Ohne hier tiefer in die Einzelheiten der Geschichte derselben einzugehen, so sei nur daran erinnert, dafs nach der uns wahrscheinlichsten Annahme etwa 460—59 v. Chr., nach dem offenen Bruche der Athener mit Sparta, auf Antrag der Samier die Verlegung des damals zu mehr als 15 000 000 Mark zu berechnenden Bundesschatzes von der Insel Delos nach Athen beschlossen worden ist: ein Beschlufs, dem manche der späteren Kriegsereignisse, namentlich die Niederlage der Athener 454 in Ägypten, noch mehr Nachdruck gaben. Wo die Gelder demnächst untergebracht worden sind, ist nicht überliefert. Indessen scheint doch erst seit 454/3, als Alles in dieser Richtung sicher festgestellt und die Verwaltung der bündischen Einkünfte einer wesentlichen Neuerung unterworfen war, als ferner nach dem mehrjährigen Kriege der Athener gegen die Peloponnesier und Böoter, seit Kimons Zurückberufung (454) mit Sparta wegen eines Waffenstillstandes verhandelt wurde, der Plan ernsthaft zur Reife gediehen zu sein, unter teilweiser Verwendung bündischer Einkünfte einen Prachtbau aufzuführen, welcher die aus dem Schutze des delischen Apollo in den der Athena Polias übergegangenen Schätze des Reiches mit einschliefsen sollte. Wann man aber den Bau eigentlich begonnen hat, ist zweifelhaft. Gilt es ziemlich allgemein als sicher, dafs der herrliche Tempel, das unvergleichliche Meisterstück der in glücklicher Vereinigung zusammenwirkenden attischen Architektur und Plastik, im Jahre 438 eröffnet worden ist, so herrschen sehr verschiedene Meinungen über die Zeit des Anfangs der Arbeiten.[1] Jedenfalls nahmen dieselben eine sehr ausgedehnte Reihe von Jahren in Anspruch; denn ehe man an die Errichtung des eigentlichen Heiligtums gehen konnte, mufsten noch weitere Unterbauten ausgeführt werden. Dazu bedurften die Detailarbeiten der Architektur, die überaus kunstvolle Ausführung der 62 grofsen und 36 kleinen Säulen, die Herstellung von etwa 50 überlebensgrofsen Statuen für die Giebelfelder, der 92 Metopen in Hautrelief, eines flachen Friesreliefs von 160 m Ausdehnung, endlich des chryselefantinen Tempelbildes, sicherlich einer keineswegs kurz zu bemessenden Frist.

Wahrscheinlich unter dem Vorsitz des Perikles selbst führte die entscheidende Stimme bei der Beratung und die oberste Aufsicht bei der Ausführung der Arbeiten, aus deren Zusammenwirken endlich der Parthenon hervorgegangen ist, der bereits mehrfach bewährte Pheidias. Unter seiner Leitung stand an der Spitze der architektonischen Geschäfte der auch (S. 87) mit den eleusinischen Bauten betraute Iktinos; ihm zur Seite, vermutlich als eigentlicher Bauführer, jener Kallikrates, dem (S. 82) auch die Herstel-

---

1) Die neueste Untersuchung unter anderen (von G. Löschke) setzt den Anfang auf 447/6 v. Chr., die gänzliche Vollendung erst 435/4 v. Chr.

lung der mittleren unter den drei „langen Mauern" zugeteilt worden ist. Die Arbeiten an den Skulpturen, unter denen wahrscheinlich die Metopen am frühesten begonnen worden sind, fielen den besten Bildhauern zu, die Athen damals besaſs. Künstler der verschiedensten Richtungen, aus den Schulen des Kritios, des Kalamis, des Myron waren dabei thätig, alle unter der Aufsicht des Pheidias, der für seine Person namentlich das groſse Bild der Athena auszuführen hatte. Die Arbeiten vermochte auch die energische Gegnerschaft der aristokratischen Partei unter dem älteren Thukydides wider die innere Politik des Perikles nicht zu stören; vielmehr wurde 444 oder 442 v. Chr. der letztere groſse Gegner des leitenden Staatsmannes durch den Ostrakismus aus Athen vertrieben.

Nach seiner Vollendung zeigte der Parthenon den Zeitgenossen und den bewundernden Geschlechtern aller späteren Zeiten einen Bau, bei welchem die Elemente des dorischen und des ionischen Stiles überaus fein miteinander verbunden, bei welchem die ganze hochentwickelte Technik der Architektur jener Zeit in staunenswerter Weise verwendet, durch einfache Mittel die groſsartigsten Wirkungen erzielt, endlich auch die vollste Harmonie mit der farbenreichen landschaftlichen Physiognomie von Attika erreicht war.

Der alte Unterbau war mehrfach anders gestaltet worden, namentlich hatte man denselben auf der Nordseite um 5 bis 6 m verbreitert. Auf diesem Terrain erhob sich als unterster Theil des Gebäudes das aus pentelischem Marmor hergestellte Krepidoma, nämlich der Stufenbau aus drei Lagen 52 bis 55 cm hoher Quadern. Diese Stufen dienten nur als Basis des Tempels, zum Emporsteigen hatte man auf den beiden Frontseiten Zwischenstufen von halber Höhe und Breite eingerichtet. Auf dem Stylobat — einer ebenen, für das Auge der späteren Beobachter etwa in gleicher Höhe mit dem First der Propyläen belegenen, Fläche von 30,89 m Breite und 89,54 m Länge — erhob sich nun der eigentliche Tempel in Gestalt eines dorischen achtsäuligen Peripteros. Er zeigte als äufsere Umfassung des innern Kernes 46 dorische Säulen, je 8 an den Fronten, je 17 an den Langseiten (die Ecksäulen doppelt gezählt). Die mittlere Höhe derselben beträgt 10,43 m, der untere Durchmesser 1,905, der obere 1,481 m. Jede Säule zeigt, aufser der Verjüngung nach oben, in der Mitte eine leichte Anschwellung und ist mit 20 scharfkantig aneinander stehenden Furchen kanneliert, die zur Erwirkung eines kräftigen Schattens nach oben an Breite, nicht an Tiefe abnehmen. Der Abstand zwischen den Säulen ist verhältnismäfsig gering, namentlich an den Frontseiten, wo er nur 2,25 m beträgt, gegen 2,47—2,51 m an den Langseiten; am engsten ist der Zwischenraum bei den Ecksäulen, die aufserdem etwa 1 cm höher und stärker sind als die übrigen. Sämtliche Säulen sind endlich nach innen ein wenig geneigt. „Alle diese Mittel", so sagt ein ausgezeichneter Kenner[1], „machen den Gesamteindruck des Tempels seiner grofsen Masse entsprechend, fest und gedrungen, während doch die feine Ausbildung aller einzelnen Formen, der leuchtende Glanz des Marmors und das bei der hohen, freien Lage reichlich zuströmende Licht jeden Gedanken an Schwere verbannen."

Die quadratischen Deckplatten der Säulenkapiteller leiten hinüber zu dem eckigen Gebälke des hier ebenfalls, wie

---

1) Vgl. Ad. Michaelis, der Parthenon, S. 15, wie überhaupt diesem Buche weitaus die meisten Angaben über diesen Tempel entnommen sind.

bei dem Theseustempel, in Marmor ausgeführten Oberbaues. Da in den Brüchen des Pentelikon Blöcke von der für das Architrav des Parthenon nötigen Höhe und Breite nur ausnahmsweise vorkommen, so wurde dasselbe aus drei dicht nebeneinander auf die hohe Kante gestellten Blöcken gebildet. „Mit diesem über alle Säulen ununterbrochen und ungegliedert hinlaufenden, nach dorischer Weise schmucklos belassenen Balken war die Einheit des bis dahin in den vielen einzelnen Säulen aufwachsenden Baues hergestellt und eine gemeinsame Grundlage für die folgenden Deckenstützen geschaffen." Die an dem oberen Rande des Architravs dasselbe krönenden, etwas vorspringenden Deckplatten, die einst mit bunter Mäanderverzierung geschmackvoll bemalt waren, tragen den sogenannten Triglyphenfries. Über jeder Säule und jedesmal über der Mitte des Abstandes zwischen den verschiedenen Säulen steht eine Triglyphe, dem Architrav an Höhe gleich (1,35 m): ein zum Tragen der Decke bestimmter viereckiger Pfeiler, den Säulen entsprechend kanneliert, aber so dafs die einst tiefblau gefärbten Kanäle prismatisch vertieft sind. In die Triglyphen wurden die Reliefplatten eingefalzt, welche die in den ältesten Tempeln hier vorhandenen, von jenen als Pfosten umgebenen, fensterartigen, am Parthenon zwischen 1,24 und 1,33 m breiten Zwischenöffnungen oder Metopen schlossen. Hohe Reliefs lösten sich von dem wahrscheinlich rot gefärbten Grunde ab, nach oben durch den vorspringenden Plattenrand eingerahmt.

Der oberste Rand des Triglyphenfrieses wurde nun in sehr zierlicher Weise durch eine dem ionischen Stil entlehnte, sogenannte Perlenschnur oder „Astragalos" mit dem Kranzgesims oder Geison verknüpft: mit dem äufsersten Rande der flachen inneren Decke, wie des schrägen äufseren

Daches, der mit seinem weiten Vorsprung die darunter liegenden Bauteile, namentlich die Skulpturen schützen und das Regenwasser über den ganzen Tempel hinaus schleudern sollte. Der vorspringende Teil der 59 cm hohen Gesimsblöcke ist in der Art „unterschnitten", dafs über jeder Triglyphe und Metope eine viereckige, geneigte Platte mit sogenannten Hängetropfen stehen blieb. Auch das Kranzgesims war grofsenteils bemalt: unmittelbar über dem „Triglyphon" lief rings um den Tempel ein bunter Mäander, der untere Teil des Geison war rot, die Hängeplatten blau gefärbt, die Tropfen vielleicht vergoldet.

Während das Kranzgesims den äufseren Rand der flachen Innendecke des Tempels bezeichnet, so legte sich darüber das schräge Ziegeldach, welches auf teils hölzernem, teils steinernem Gerüst ruhte, aus 3 cm starken Platten parischen Marmors hergestellt war, und im Winkel von $13^{1}/_{2}\,^{0}$ von den Langseiten nach der Mitte der Front ansteigt. Die grofsen äufsern Hauptbalken an den Frontseiten (ebenfalls Geison genannt) bilden die Einrahmung des 28,35 m langen, 91 cm tiefen, in der Mitte 3,46 m hohen, flachen Giebelfeldes, dessen aus festen Quadern erbaute Rückwand, das sogenannte Tympanon, das Dach trug und nach aufsen mit grofsen, einst rot gefärbten Platten verkleidet ist. Von diesen hoben sich die in dem Giebelfeld aufgestellten Statuen kräftig ab. Auf der Höhe des Giebels erhob sich als Firstschmuck ein mächtiges Anthemion (ein mit Ranken und palmettenartigen Verzierungen besetzter Streifen) und auf jeder Ecke ein goldener Ölkrug. Den unteren Rand des Tempeldaches bildeten zierliche „Stirnziegel", zwischen denen man das Regenwasser über den Stufenbau hinabströmen liefs; die undurchbohrten Löwenköpfe mit aufgesperrten Rachen, die sonst üblichen Wasserspeier, auf beiden Enden der Langseiten hatten hier nur einen dekorativen Zweck.

Die sachverständigen Kenner des Parthenon in unsern Tagen sind einstimmig in der Bewunderung der staunenswerten Kunst, mit welcher die durch Anwendung des feinkörnigen pentelischen Marmors wesentlich unterstützte Technik des Perikleischen Zeitalters wiederholt die erheblichsten Schwierigkeiten zu überwinden verstanden hat. Als ein vorzugsweise bewunderungswürdiges, der Natur abgelauschtes Mittel zur Erhöhung der Wirkung dieses Bauwerks gilt jetzt „die Anspannung oder Kurvatur der gesamten horizontalen Linien des Parthenon": leichte Abweichungen[1] von der starren mathematischen Linie, die „im Verein mit andern Inkongruenzen", wie der Thatsache, dafs am Parthenon kaum eine einzige senkrechte Fläche sich findet, dafs die Vertikallinien aufwärts leicht nach innen geneigt sind, einen wunderbaren Eindruck von Lebendigkeit hervorrufen. In ganz entsprechender Weise war die Bemalung des Tempels mit der umgebenden, „nicht bunten, aber überall mit Farben gesättigten" Natur in Einklang gebracht. Streitig und unentschieden ist, ob und inwieweit auch die Architravbalken, die Wand der Cella und die Säulen bemalt waren. Die letzteren aber haben durch die Arbeit der Natur selbst und der salzigen Seewinde ihr ursprünglich blendendes Weifs längst verloren: „der goldige Überzug, der rötlich-gelbe Ton des Marmors auf der Sonnenseite, der graue auf der Nordseite, entstehen von selbst durch mikroskopische Moose und Oxydation."

Wir gehen nun über zu der Skizzierung des eigentlichen Tempelhauses, welches sich inmitten seines Säulen-

---

1) Vgl. das Detail bei Michaelis a. a. O. S. 19 ff.

kranzes von dem Stylobat auf doppelter Stufe noch um 70 cm erhebt. Es bildet für sich einen sogenannten Amphiprostylos, einen auf zwei Seiten von einer Säulenstellung umgebenen Bau, der bei 59,09 m Länge und 21,76 m Breite auf jeder Front sechs dorische Säulen zu 10,08 m Höhe zeigt. Zwischen den Ecksäulen ziehen sich die 1,17 m dicken Langwände ohne Unterbrechung hin und laufen an jedem Ende in eine Ante aus. Über alle vier Seiten des gesamten Baues zieht sich ein fortlaufendes Architrav oder Epistylion hin, oben durch einen schmalen Plinthos (rechteckige Platte) geschlossen, auf welchem ein fast 160 m langer, einen Meter hoher, das ganze Gebäude umziehender, jedoch nur noch auf der Westseite an Ort und Stelle erhaltener Relieffries ruhte: die schönste Reliefkomposition, welche die alte griechische Kunst hervorgebracht hat. Eine lesbische Rinnleiste (Kymation) aus weifsen und roten Blättern auf blauem Grunde, darüber ein reiches Mäanderband, endlich ein dorisches blau-rotes Kymation bildeten den bunten oberen Abschlufs der Wand; darauf ruhten die Balken, welche eine reich verzierte Kassettendecke trugen.

Die östliche und die westliche Vorhalle des Tempelhauses sind, von kleinen Mafsverschiedenheiten abgesehen, völlig gleich eingerichtet. Die je sieben „Interkolumnien" (die Zwischenräume zwischen den Säulen) beider Hallen waren durch eisernes, bis zu den Kapitellern reichendes Gitterwerk gegen aufsen geschlossen, Thüren nur in den mittleren Interkolumnien angebracht. Die westliche Vorhalle, der Opisthodomos, diente wahrscheinlich als Amtslokal der Schatzmeister, der östliche, der Pronaos, zur Aufnahme kostbarer, meist silberner Weihgeschenke und Geräte. Aus dem letzteren führte über eine 30 cm hohe

Schwelle eine 10 m hohe Doppelthüre in das innere Tempelhaus, in die Cella, in einen grofsen Saal, der bei einer Breite von 19,22 m und, die westliche Rückwand von 95 cm Dicke mitgerechnet, einer Länge von 30,87 m oder fast genau 100 attischen Fufsen den Namen (S. 36) Hekatompedon behielt. Zweimal neun dorische Säulen, und auf beiden Seiten je eine über diese hinlaufende, durch hölzerne Treppen zu erreichende Galerie, ebenfalls mit Säulenstellungen, teilten den Raum in drei Schiffe. In einer Nische, in dem eigentlichen Parthenon, in einiger Entfernung von der Mitte der westlichen Wand, stand das berühmte chryselefantine Bild der Athena. Eine aus Holz gefertigte, reichbemalte, flache Kassettendecke überdachte das Ganze, nur dafs eine viereckige Öffnung in derselben einen Teil des Mittelschiffes zu einem „hypäthralen" (gegen den Himmel geöffneten) Raume machte. Die Wände waren tiefrot gefärbt.

Aus diesen mit Kostbarkeiten und mit Gerät für die attischen Feste reich gefüllten Räumen führte am Ende jedes Seitenschiffes eine einfache Flügelthüre in den viel kleineren Raum, der 19,22 m breit und 13,35 m tief, als Hinter-Cella oder eigentlicher Opisthodomos zwischen der Rückwand der Cella und der westlichen Vorhalle sich befand. Die steinerne Kassettendecke dieses Gemaches wurde von vier ionischen Säulen getragen; hier lagen die attischen Bundesschätze.

Für die Zeitgenossen, überhaupt für die antike Welt, die den Parthenon noch in seiner vollen Schönheit gesehen hat, erhielt der Tempel seine rechte Vollendung durch die glänzenden Schöpfungen der Plastik. Das Meisterwerk des alten Pheidias, das über 12 m hohe Goldelfenbeinbild der Athena Parthenos, vor welchem die Panathenäensieger gekrönt wurden, bestand nach Art dieser Kunstwerke aus einem hölzernen Kern, um welchen die modellierte Masse und dann die Elfenbeinplatten zur Darstellung der nackten Teile, und das feine Goldblech der Gewandung gelegt wurden. Der Wert des hier verwendeten Goldes (1150 kg) wird auf 44 Talente oder mehr als 3 176 000 Mark angeschlagen. In der rechten Hand trug die mit dem Ägispanzer und der von der heiligen Burgschlange umwundenen Lanze bewehrte Göttin die Nike, die linke ruhte auf dem grofsen Schilde, der Helm hatte in der Sphinx und zwei Greifen einen bedeutsamen Schmuck. War in der Gestalt dieses Kolosses das Wesen der Athena in genialer Weise ausgedrückt worden, so sollten die Skulpturen ihre bedeutendsten Thaten oder die wichtigsten sie angehenden Begebenheiten darstellen. Dieser Aufgabe dienten zuerst die **Giebelfelder**, deren Skulpturen in der Gegenwart gröfstenteils im Britischen Museum zu London sich befinden. Im Ostgiebel sah man die erste Erscheinung der aus dem Haupte des Zeus entsprungenen Göttin unter den Olympiern. Der Westgiebel zeigte die Athena auf der Akropolis, als Siegerin in dem Streite mit Poseidon um den Besitz von Attika. Auf den 92 **Metopenreliefs**, von denen jetzt nur noch die 28 der Schmalseiten und 12 der nördlichen Langseite auf der alten Stelle erhalten, 16 nach London, eines nach Paris gebracht, die übrigen zerstört sind, waren Scenen aus den Kämpfen der Olympier gegen die Giganten, der von den Athenern unter Theseus gegen die Kentauren unterstützten Lapithen, der Athener gegen die Amazonen, und endlich die Teilnahme der Athener an der Einnahme von Troja dargestellt. Als das Meisterstück endlich der attischen Flachreliefkunst gilt der von Pheidias entworfene, langgestreckte **Fries** oder Zophoros an dem

7*

(S. 97) oberen Rande der Aufsenseite der Cellamauer.[1] Dieser diente zu einer prachtvollen, durchaus ideal aufgefafsten Darstellung des glänzenden Festzuges an dem durch Peisistratos und Perikles überreich ausgestatteten, zugleich den mythischen Geburtstag der Göttin verherrlichenden, attischen Landesfeste der grofsen Panathenäen. „Von Westen nach Osten umzogen in dieser Bildergruppe den Tempel in zwei langen Reihen die Reiter und die Wagenlenker, untermischt mit den Siegern der festlichen Spiele, und die ganze Rossespracht des Landes entfaltend. Dann die älteren Bürger, darauf die Opfertiere, sowohl die von dem attischen Staate dargebrachte Hekatombe, wie die Sendungen aus den Kolonieen. Endlich die Züge der Frauen und Jungfrauen, die das Opfergerät aus dem Schatze des grofsen Tempels herbeitragen. Über dem Haupteingange, in der Mitte der Ostfront, die Scene der feierlichen Überreichung des gestickten Gewandes (Peplos) an die attischen Götter, die hier unter Vorsitz des Zeus Polieus und der Athena Polias thronten." Zur Vermeidung allzu starken Schlagschattens waren die Relieffiguren nur um $4\frac{1}{2}$ bis 5 cm erhaben gearbeitet; der Hintergrund und manche Teile der Figuren waren, so scheint es, auch bemalt, aufserdem auch das Geschirr der Rosse, die Stäbe der Herolde, die von den Reitern getragenen Kränze aus Gold hergestellt.

Wie gewöhnlich angenommen wird, so war der mit einem Kostenaufwande von 1000 Talenten erbaute Parthenon im Sommer 438 v. Chr. vollendet und das Bild der Göttin

---

[1] Gegenwärtig ist der Fries nur noch an der Westfronte gröfstenteils, an der Südseite in wenigen Resten erhalten. 22 Platten befinden sich im Museum der Akropolis, der Rest in London.

aufgestellt, so dafs beide zum erstenmale an den grofsen Panathenäen dieses Jahres der Bewunderung und der Benutzung der begeisterten Festgenossen übergeben werden konnten. Und nun begannen nach kurzer Pause unter der Leitung des Baumeisters Mnesikles die Arbeiten, welche dem Burghofe erst recht den Charakter eines geweihten Festraumes verleihen sollten, nämlich die Anlage der sogenannten Propyläen. Athen schien jetzt durch seine mächtige Flotte und durch die lange Reihe starker Verschanzungen von Kap Alkimos und Schlofs Munichia bis zum Dipylon und wieder bis zum Musenhügel so ausreichend bewehrt zu sein, dafs Perikles es glaubte wagen zu dürfen, die Akropolis nicht weiter als Citadelle zu behandeln. Von einer Entfestigung im strengen Sinne des Wortes war allerdings nicht die Rede, wohl aber erfuhr seit 437 v. Chr. bis zum Ausbruch des grofsen peloponnesischen Krieges die Westseite des Schlofsberges eine sehr erhebliche Veränderung, bei welcher die noch unter Kimon vorwaltende, wesentlich militärische Behandlung derselben fühlbar hinter der Aufgabe zurücktrat, der westlichen Felsenkrone der alten Kekropia einen „glänzenden Stirnschmuck" zu verleihen.

Seit 437 v. Chr. nämlich erhielt die Westseite der oberen Burgfläche in ihrer ganzen Breite als Abschlufs die unter dem Namen der Propyläen weltberühmte, prachtvolle Eingangshalle[1] aus pentelischem Marmor. Der imposante Bau bestand aus drei Teilen: aus dem nördlichen und dem südlichen Flügel, und aus dem Mittelbau mit der Thorhalle. Wie uns die späteren Kapitel dieser historischen

---

1) Als neue Hauptschrift seit 1883 zu nennen: Rich. Bohn, „die Propyläen der Akropolis zu Athen."

Skizze zeigen werden, so haben die Propyläen in der fränkischen und osmanischen Zeit in verschiedener Weise viel mehr gelitten, als vor der venetianischen Beschiefsung des Jahres 1687 der Parthenon, und der kolossalste Rest der französischen Bauten, die nach dem lateinischen Kreuzzuge an die alten Schöpfungen des Mnesikles angeschlossen worden sind, ist erst seit 1876 wieder verschwunden. Infolge dieser Schicksale ist hauptsächlich nur der herrliche Mittelbau im ganzen auf die Gegenwart gekommen.

Dieser Mittelbau — der nördlich und südlich durch massive, 16,5 m lange, in mächtigen Anten endende Mauern abgeschlossen wird — besteht einerseits aus der von fünf Öffnungen durchschnittenen Thormauer, und anderseits aus zwei Säulenhallen, die eine westlich (aufserhalb), die andre östlich (innerhalb) dieser Mauer. Die westliche, gröfsere Vorhalle, die auf einem Unterbau von vier prächtigen Marmorstufen kühn auf den Abhang und über der Aufgangstreppe vorgebaut ist, zeigt eine Fronte von sechs dorischen Säulen, die bis zu 8,53 — 8,57 m Höhe aufsteigen und nach oben, über einem Fries von Triglyphen und Metopen, tempelartig durch einen Giebel abgeschlossen wurden. Die Decke war durch farbige Kassetten belebt. Diese Säulen haben einen Durchmesser von 1,6 unten, und von 1,2 m oben bei den Kapitellern. Der Abstand zwischen den beiden mittleren, die den Haupteingang einfassen, beträgt 3,85 m, die andern Säulenabstände sind teils 2, teils 1,8 m breit. Hinter den beiden mittleren Säulen erheben sich drei schlanke ionische Säulen, deren Höhe, als sie noch ihre Kapiteller (zu je 7 cm) trugen, 10,25 m erreichte. An diese westliche Vorhalle, die als eine dreifache Halle erscheint, schlossen sich die vorspringenden Flügelgebäude, die nach dem Thorweg zu ebenfalls in Säulenstellungen sich öffneten.

Hinter dieser Vorhalle zieht sich, 2,5 m von den innersten ionischen Säulen entfernt, die **Quermauer** des Thores mit ihren fünf Eingängen von ungleicher Höhe und Breite hin, die im Altertum wahrscheinlich durch Flügelthüren von Erz verschlossen wurden. Zu dem Nebenthore führen fünf Stufen, der Hauptweg dagegen durch das 7,378 m hohe und 4,185 m breite mittelste Thor ist ohne Stufen. Die östliche, innere, dem Burghofe zugewandte Vorhalle mit einer Tiefe von 5,8 m und einer Breite von 18 m entspricht mit ihren sechs dorischen Säulen den vordern Teilen der westlichen.

Von den **Flügelbauten** ist der nördliche noch leidlich erhalten. Er besteht aus einer 10,76 m breiten, 4 m tiefen, gegen Süden offenen Vorhalle, mit drei dorischen Säulen von 5,776 m Höhe zwischen Anten, und einem mit derselben durch eine Thüre verbundenen, 10,76 m breiten und 8,96 m tiefen, inneren Raume, der sogenannten **Pinakothek**, in welcher in der antiken Zeit als Weihgeschenke gestiftete Bilder aufgestellt waren.

Weit kleiner ist der südliche, wie man gewöhnlich annimmt, für die **Wachtmannschaft** der Akropolis bestimmte Flügel, von welchem jetzt nach Abtragung des später zu besprechenden burgundischen Donjeons noch zwei Säulen und die Hinterwand als erhalten erscheinen. Gegenwärtig, so scheint es, dominiert bei der Akropolisforschung unserer Tage die Überzeugung, dafs Mnesikles nicht dazu gekommen ist, seinen Bauplan, der mehrfach noch weitere Anlagen, namentlich auf der Ostseite verlangt habe, ganz auszuführen, und dafs die politischen Störungen, welche sicherlich mit d. J. 432 infolge der heraufziehenden peloponnesischen Kriegsgefahr auch der Weiterführung kostspieliger Prachtbauten hinderlich wurden, namentlich die Vollendung des Südflügels nach dem ursprünglichen Plane verhindert haben.[1]

Dieser Südflügel nun schlofs an seiner Westseite nicht mit einer Mauer ab, sondern öffnete sich vermittelst einer von einer Säule, einem Pfeiler und einer Ante getragenen Halle nach einer der anmutigsten Zierden des Aufgangs zur Akropolis, die nach der gegenwärtig wohl mit Recht zur Vorherrschaft gelangten Annahme derselben Zeit wie die Propyläen ihren Ursprung verdankt, nämlich nach dem sogenannten Tempel der Nike Apteros.

Nicht ohne dafs dadurch die Defensivstärke der Werke Kimons (S. 68) fühlbar geschwächt worden wäre, so ist auf dem Pyrgos, auf der mächtigen Bastion, mit welcher die südliche Burgmauer abschlofs, über dem Wege zur Burghöhe eine Terrasse hergestellt worden, die nunmehr — an einer durch ihre grofsartige, auch von der modernen Dichtung in grandioser Weise gefeierte Aussicht nach den Häfen, nach Salamis und Akrokorinth seit uralter Zeit berühmten Stelle — ein überaus zierliches Tempelchen trug, welches kühn und leicht auf dem äufsersten Rande der Bastion schwebte. Auch dieser Raum, der nur die Gröfse eines mäfsigen Zimmers hat, war der Athena geweiht. Hier stand ein altertümliches Kultusbild der Göttin, die mit unbedecktem Haupte dargestellt war, den Helm in der Linken, einen Granatapfel in der Rechten. Sie befand sich hier als Siegesgöttin, aber nicht wie sonst die Viktorien mit Flügeln, sondern ungeflügelt, sie sollte bleibend hier weilen.[2]

---

1) Vgl. (nach den Angaben von Leopold Julius in den Mitteil. des athen. Instituts. I. S. 216) die Ausführungen von C. Robert bei v. Wilamowitz, Aus Kydathen. S. 188 ff.

2) Vgl W. Vischer, Erinnerungen, S. 130.

Der übliche Name „Nike Apteros" ist nur eine mißbräuchliche Abkürzung, da es nicht um eine besondere Form der Nike, sondern um eine solche der Athena sich handelt. Erst seit 1835/6 ist es möglich geworden, dieses Tempelchen näher zu erforschen. Als nämlich in dem großen Kriege der Venetianer gegen die Osmanen gegen Ende des 17. Jahrhunderts die letzteren am 23. Juli 1687 die Schlacht bei Patrā verloren hatten, eilten sie, die damals als Citadelle benutzte Akropolis auf der Westseite durch eine neue Batterie zu verstärken, welche die alte, hier 8 m hoch aus Porossteinen aufgemauerte Nike-Bastion um 2 bis 3 m überragte und von dieser bis zum Nordflügel der Propyläen sich ausdehnte. Dabei brach man auch das Tempelchen ab und baute aus dessen Marmorblöcken die Bettungen für die Artillerie. Erst vor nunmehr 49 Jahren ist es den Deutschen Ludwig Roß, Schaubert und Hansen möglich gewesen, bei dem Abbruch der alten Türkenschanzen aus den mit Ausnahme des Daches beinahe sämtlich erhaltenen Werkstücken den antiken Bau fast vollständig wiederherzustellen. Der aus pentelischem Marmor erbaute Tempel, ein „Amphiprostylos Tetrastylos", erhebt sich in einer Länge von 5 und in einer Breite von 5,30 m auf einem Unterbau von drei Stufen und zeigt auf beiden Seiten eine von je 4,066 m hohen ionischen Säulen getragene Vorhalle. Über dem Architrav läuft ein Skulpturenfries, der bei 45 cm Höhe in einer Länge von 26,30 m sich rings um den ganzen Bau zieht und zum größten Teile erhalten ist. Die in ziemlich hohem Relief gearbeiteten Skulpturen hat man auf eine Verherrlichung der Kämpfe der Athener in der Schlacht bei Plataä gedeutet.

Am Rande der Terrasse, welche den Tempel trug, war im Altertum eine Balustrade aus Marmorplatten angebracht, auf welcher die Bronzestäbe eines Gitters standen, und die auf der Aufsenseite mit Reliefs geschmückt war. Die letzteren, deren Herstellung die Kritik unserer Tage in die Zeit zwischen 430 und 373 v. Chr. verlegt,[1] stellen eine Anzahl geflügelter Siegesgöttinnen, in Gegenwart der ebenfalls mehrfach persönlich auftretenden Athena, in verschiedenen Stellungen und Beschäftigungen dar.[2]

Bei der Erbauung des Niketempels und der Propyläen wurde auch ein neuer, im wesentlichen die Richtung des alten Weges festhaltender Aufgang zur Burg angelegt; die Hauptsache ist, dafs man auf dem eigentlichen letzten Aufstiege zur Burghöhe, der zu den noch 120' entfernt und 45' höher liegenden Propyläen hinaufführte, eine grofsartige Marmortreppe einrichtete, die durch einen breiten Ruheplatz in eine untere und eine obere Hälfte geteilt wurde. Der obere Teil schlofs ab mit einer sehr breiten Stufe, unmittelbar vor den mächtigen Stufen (S. 102) des Propyläenbaues. Ein mittlerer Weg, welcher die Treppe von unten nach oben in zwei parallele Stiegen teilte, war mit Marmorplatten belegt, in die man zum sicheren Auftritt, namentlich für Tiere, querdurchlaufende Rillen eingehauen hatte. Von dem mittleren Ruheplatz der grofsen

---

1) Unter den Neueren nimmt dafür beispielsweise Kekulé, „die Balustrade des Tempels der Athena Nike", S. 40, als Entstehungszeit 407 v. Chr. in Anspruch. Overbeck, die archäolog. Sammlung zu Leipzig, S. 41. Nr. 37, denkt an die Zeit etwa von 390—380, Wachsmuth, a. a. O. S. 585 weist das Werk der Zeit zwischen 393—373 v. Chr. zu.

2) W. Vischer a. a. O. S. 130 fg.

Treppe führt eine kleine Stiege auf die Terrasse des Niketempelchens.[1]

Als die Unwetter des peloponnesischen Krieges über Athen hereinbrachen, war das grofse Werk der Umwandlung der Akropolis in einen geweihten Raum der Athena vollendet. Ob die Abschwächung der Defensivkraft der Burg, auf die wir vorher hinwiesen, schon damals durch anderweitige Festungsbauten unterhalb des Pyrgos ihre Ergänzung gefunden hat, ist eine Streitfrage der Forschung; sicher nur, dafs erst im letzten Jahrhundert v. Chr. die Akropolis eine wirkliche Belagerung auszuhalten gehabt hat, sicher nur, dafs Perikles und seine Tafelrunde den Athenern einen architektonischen Schmuck von unvergleichlicher Schönheit geschenkt haben. Fünf Jahrhunderte später konnte ein begeisterter Freund der klassischen Vorwelt, der edle Plutarch, von den Hochbauten der Akropolis schreiben: „die Zeit hatte sie nicht angetastet, ein Duft der Frische schwebte darüber, als wäre ihnen ein ewig blühendes Leben und eine niemals alternde Seele eingepflanzt worden." Und dieser Zauber versagte auch viel später nicht gegenüber den fremden Eroberern aus dem Abendland und aus dem osmanischen Stambul, als Athen längst wieder arm und klein geworden war und keinen andern Reichtum mehr besafs, als das marmorne Erbgut, welches Perikles und Pheidias, Iktinos und Mnesikles den späteren Geschlechtern hinterlassen hatten.

---

1) Vgl. Vischer a. a. O. S. 123 ff.

Fünftes Kapitel.
Das Perikleische Athen.

Einstweilen war Athen aber die reichste Stadt der gesamten Griechenwelt jener Tage und vollkommen bereit, mit seiner mächtigen Flotte und mit seinem Mauerpanzer der ingrimmigen Feindseligkeit der peloponnesischen Gegner kraftvoll die Spitze zu bieten. Auch den Feinden mufste die Macht der Athener imponieren, die bei damals 4710000 Mark oder 1000 Talenten jährlicher Einkünfte (darunter 600 Talente bündischer Tribute) auf die Perikleischen Schöpfungen die Summe von 28 $^1/_2$ Millionen Mark unseres Geldes (wie man neuerdings berechnet[1]) hatten verwenden können, und dabei doch in vollster Kriegstüchtigkeit bereit standen, die Existenz ihres Reiches entschlossen zu verteidigen.

Wer aber nicht als erbitterter Feind die Grenzen von Attika überschritt, um die erstaunlich sorgfältige Kultur des attischen Landes zu zerstören und der Stadt der Athena die Quellen ihres Reichtums zu verschütten; wer als Kaufmann oder in andern Geschäften oder auch nur als friedlicher Reisender Athen betrat, der mufste bald finden, dafs die Stadt, wie sie Perikles seinen überlebenden Zeitgenossen hinterliefs, in allen Stücken eine wirkliche Grofsstadt geworden war. Die rührige und wohlhabende Bevölkerung, die mit Ausnahme der Frauen nach Art des südlichen Lebens weit mehr auf den Strafsen und Plätzen sich zeigte,

---

1) So rechnet Adolf Schmidt, „das Perikleische Zeitalter", B. I, S. 139 ff., der einerseits die Kosten der Schiffshäuser und der beiden ersten langen Mauern nicht mit in Betracht zieht, dagegen alles zusammenfafst, was seit Beginn der Arbeiten am Parthenon, im Peiräeus, in Eleusis, Rhamnus, Sunion, bei der mittleren Mauer, und später in Athen auf Anregung des Perikles erbaut worden ist.

als das in den Städten des Nordens der Fall sein kann, hatte eine ganz ansehnliche Höhe erreicht. Neuerdings[1] ist die Zahl der freien Einwohner der Stadt mit Einschlufs der zahlreichen Metöken auf rund 100000 Seelen berechnet worden, zu denen dann noch etwa das Doppelte an Sklaven kam. Manches allerdings fehlte in und bei Athen, was weder die Römer der Kaiserzeit, noch die Bewohner der Grofsstädte in den modernen Kulturländern entbehren mögen. So reich der Anbau der umliegenden Landschaft sich entwickelt hatte, so lebhaft noch lange der Zusammenhang eines grofsen Teiles der guten Familien mit ihren Landgütern war, so kannten doch die Athener jenes Zeitalters noch nicht den Reiz des Villenlebens, wie ihn später Herodes Attikos und seine Zeitgenossen gar sehr zu würdigen wufsten. Die anmutigen Landhäuser also, die in der Gegenwart in so vielen Teilen Europas die Umgegend gröfserer Städte schmücken, dürfen wir bei der Stadt des Perikles jetzt noch nicht suchen. In dieser selbst war keine Rede von so stolzen Palästen,. wie sie die grofsen Römer der ausgehenden Republik und der Kaiserzeit aufführten und mit allen Mitteln der Technik und des Luxus verschönerten. Neben der soliden Pracht und Schönheit aller öffentlichen Gebäude und Anlagen jeder Art waren die Privathäuser im ganzen noch immer einfach und schmucklos. Immerhin aber zeigte das Innere der Wohnungen eine freundliche und anmutige Einrichtung; bereits fingen auch reichere Bürger, wie der junge, glänzende Alkibiades an, ihre Häuser durch wirkliche Künstler ausmalen zu lassen. Ab und zu gab es auch schon einzelne Privatbauten, die das gewöhnliche Mafs überschritten. Und in der nordwest-

---

1) Vgl. Wachsmuth a. a. O. S. 564 ff.

lichen Stadt kannten auch die Athener wirklich regelmäfsige, auf Schönheit berechnete Strafsen. Zu diesen gehörten die Linie, welche (S. 62) das peiräische Thor mit der Agora verband, vor allen aber die von dem Dipylon nach der Nordseite des Marktes. Hier führte in der That von dem grofsen Hauptthore der Stadt nach dem Herzen von Athen eine eigentliche Prachtstrafse, jener Dromos (S. 62), auf der einen Seite durch einfache Kolonnaden, auf der anderen durch stattliche Hallen eingefafst.[1]

Von einer regelmäfsigen nächtlichen Strafsenbeleuchtung, wie sie die grofsen Städte der römischen Kaiserzeit, später namentlich Konstantinopel kennen, erfahren wir noch nichts. Desto grófsartiger hatte die Perikleische Staatsleitung mit Hilfe des Mathematikers Meton, im Anschlufs an die (S. 35) älteren Anlagen die Wasserversorgung der Stadt weitergeführt. Ostwärts in den Gärten, in der Gegend des Schlofsgartens des modernen königlichen Athen, wo noch jetzt alles von tiefen, auch heute fungierenden Wasserkanälen durchzogen erscheint — (bei den tiefsten und ältesten ist der Wasserstand c. 60 Fufs unter dem jetzigen Boden) — war ein noch gegenwärtig vorhandenes, tiefgelegtes Wasserreservoir hergestellt. Hier sammelten sich die von den nördlichen und östlichen Bergen herabgeführten Gewässer, und von hier aus wurden sie in Röhren durch die ganze Stadt verteilt, derart dass auch manche höher gelegene Gegenden damit versorgt werden konnten; so erhielt auch die Pnyx einen solchen Strang. Das Wasser war für Athen jetzt in so reicher Fülle vorhanden, dafs auch der äufsere Kerameikos versorgt, und öffentliche Badehäuser eingerichtet wurden. Da jedoch der Druck nicht hinreichte, um auch

---

1) Vgl. Curtius, Erläuternder Text, S. 50.

die höchsten Teile von Melite zu bewässern, so begann allmählich diese nur auf Cisternenwasser angewiesene Gegend einigermafsen zu veröden. Die erste grofse Phase des peloponnesischen Krieges unterbrach die noch nicht vollendeten Arbeiten; nach dem Frieden des Nikias (421 v. Chr.) wurden sie fortgesetzt und auf die (S. 84) Hafenstadt ausgedehnt. Daneben ist die Stadt auch kanalisiert worden. Eine gewaltige, bis zu 4,20 m breite Kloake mit einem Tonnengewölbe aus Peiräeusstein geht ziemlich parallel dem Hauptstrange der Wasserleitung von den Gärten nach dem Dipylon und darüber hinaus. Diese Kloake führte ihren Inhalt den Gemüsegärten, Veilchenbeeten und Ölpflanzungen jenseits des äufseren Kerameikos zu.[1]

Vor dem Dipylon in dem äufseren Kerameikos befand sich endlich der Hauptbegräbnisplatz des alten Athen. In der Nähe der früher bereits mehrfach erwähnten Kapelle Hagia Trias sind seit 22 Jahren sehr ansehnliche Teile desselben durch Ausgrabungen der Kenntnis der Gegenwart wieder zugänglich geworden.

So drängte sich auf dieser Seite für die Fremden, wie für die von Feldzügen oder von auswärtigen Geschäften zurückkehrenden Athener das meiste zusammen, was Athen in jener grofsen Zeit sehenswert machte. Die Landung in dem grofsen Hafen des Peiräeus und ein Besuch der Hafenstadt gab bereits ein gewaltiges Zeugnis von der Macht, von der Kraft und den Reichtümern dieser herrlichen Stadt. Die stattlichen Dreidecker erinnerten an die

---

[1] Curtius, Erläuternder Text, S. 28 und 37. v. Wilamowitz, a. a. O. S. 163 und 170 ff. Curtius und Kaupert, Heft I, S. 8. Ziller, Mitteil. d. archäol. Instituts zu Athen, 1877. II. S. 107. 119. Pöhlmann, die Übervölkerung der antiken Grofsstädte. S. 127. 130.

stolzen Siegesthaten der rüstigen attischen Seeleute, der Mastenwald der Handelsschiffe und der lebendige Verkehr am Strande zeigte handgreiflich, wie der attische Handel die fernsten Küsten und Häfen des schwarzen Meeres, der ganzen Levante, der Adria, der italiotischen und sikeliotischen Gestade, endlich selbst des tyrrhenischen Meeres mit Athen verband. Ein Gang oder Ritt an den langen Mauern hin brachte jedem die Energie zum Bewufstsein, mit welcher von Themistokles bis zu den ersten grofsen Schlägen des Archidamischen Krieges das junge Herrenvolk der Athena aus ziemlich primitiven Verhältnissen zu einer Grofsmacht, wenigstens nach griechischen Dimensionen, sich emporgeschwungen hatte. Wer das Dipylon betrat, hatte bereits den weitgedehnten Friedhof gesehen mit den Denkmälern zahlreicher Bürger und mit den Erinnerungen an die Blüte der attischen Heldenjugend, die für die Gröfse ihres Vaterlandes den tapfern Tod gefunden. Vielleicht war auch ein Gang nach den anmutigen Gärten von Kolonos und nach den schattigen Alleeen der Akademie unternommen worden. Hatte man die drohenden Mauern und Türme des Thorhofes hinter sich und weiter die langgedehnte, prächtige Strafse vom Dipylon bis zur Nordseite der Agora zurückgelegt, so stand man im Herzen von Athen. Der hier sich öffnende Anblick war jedenfalls im höchsten Grade fesselnd und imponierend. Von Süden her überragte der steile Schlofsberg mit seinen Felsenwänden, mit der mächtigen nördlichen Mauer und nunmehr mit den in jugendlicher Schönheit strahlenden Hochbauten der Propyläen und des Parthenon, und neben ihm die starre graue Felsenkuppe des Areiopagos die ganze Fülle der stattlichen Bauten, die von dem Theseion an gerechnet den weitgestreckten Platz teils überhöhten, teils rings umgrenzten.

Die Agora war namentlich am Vormittag durch ein überaus reges Volksgewühl belebt. Sammelte sich hier mit Vorliebe die politisch, künstlerisch, litterarisch interessierte Bevölkerung, so war der nördliche Teil des weiten Raumes vorzugsweise dem geschäftlichen Verkehr gewidmet. Hier wurde (S. 27) nach der auch der Gegenwart wohl bekannten Weise der levantinischen Städte, wie wir schon bemerkt haben, der Umsatz in Gestalt eines Bazars betrieben. Das heifst, das alte Athen kannte im ganzen nicht die moderne Art der Verteilung von Läden durch die sämtlichen Strafsen und Plätze der Stadt, vielmehr wurden die verschiedenen Waren je nach ihrer Art an je einer Hauptstelle feilgeboten. Für den Handel hatte man daher auf der Agora besondere Abteilungen ausgezeichnet, in denen, teils innerhalb einfacher Umzäunungen, teils in langen Reihen von Buden, alles zum Verkauf ausgeboten wurde, was der tägliche Gebrauch nötig machte, oder was die bereits reich entwickelte Zivilisation als Bedürfnis erscheinen liefs. Hier fand man Lebensmittel aller und jeder Art, mit Ausnahme des Fleisches; wie immer in den griechischen Küsten- und Inselstädten hatte der reichbesetzte Fischmarkt seine ganz besondere Bedeutung. Küchen- und Hausgeräte wurden in grofser Auswahl, Kleidungsstücke und Ähnliches in Menge zum Verkauf gebracht, aber auch Blumen, vor allen die besonders beliebten Veilchen und Anemonen, und Kränze waren in Fülle zu haben. Auch die Erzeugnisse der attischen Industrie und des Gewerbfleifses erschienen in zahlreichen Läden und Buden am Markte oder auch in dessen nächster Umgebung zusammengedrängt. Auf dem Kolonos Agoräos aber boten Dienstmänner ihre Arbeitskraft an. Endlich hatte das alte Athen auch seine Börse auf dem Markte. Ein Teil nämlich des weiten Raumes war für die

Buden und Tische der Wechsler oder Trapeziten bestimmt, wo die finanziellen Geschäfte gemacht, wo auch die in Masse zusammenströmenden fremden Münzen aus allen Teilen der damaligen Welt, die mit Athen in Verbindung standen, untergebracht wurden, und dabei mannigfachen Schwankungen der Kurse unterlagen.

Für das antike Leben ist nun ferner durchaus charakteristisch, dafs neben der lebendigen Bevölkerung der Agora im Laufe der Zeit auf derselben auch eine andere aus Marmor und Erz sich gesammelt hat. Sowohl die Freude an dem Besitz solcher Werke der bildenden Kunst, wie die patriotische Dankbarkeit, in der Zeit des Verfalls freilich auch servile Gesinnung und Hang zu derber Schmeichelei, veranlafsten die Athener, von einer Generation zur anderen ihre Stadt mit den Standbildern der Männer zu füllen, die in irgend bedeutsamer Weise um das attische Gemeinwesen sich Verdienste erworben hatten. Seit dem traurigen Ausgange des peloponnesischen Krieges und seit der Wiederaufrichtung des attischen Staates durch Konon nahmen dabei neben den grofsen Männern attischer Abkunft auch Auswärtige, wie zunächst des trefflichen Siegers von Knidos fürstlicher Freund, der kyprische Euagoras, einen sehr breiten Raum ein. Nicht ausschliefslich, aber doch vorzugsweise die Agora — wo noch im vierten nachchristlichen Jahrhundert einer der gefeiertsten Professoren der Universität, zugleich ein grofser Wohlthäter der Stadt, der alte Proäresios, bei Lebzeiten sein Standbild aus Erz erhalten hat — und deren nächste Umrahmungen sind seit Aufstellung der Statuen, hier der eponymen Heroën der Phylen des Kleisthenes, dort der Mörder Hipparchs, neben zahlreichen anderen Kunstwerken mit dieser Art zugleich historischen wie künstlerischen Schmuckes immer ausgiebiger bedacht worden. In noch weit höherem Grade war dieses jedoch der Fall mit dem eigentlichen Zentrum der Stadt, nämlich mit dem Burghofe auf der Akropolis. Wie sich von selbst versteht, so unterliefs im Altertum, wie noch heute, nicht leicht ein gebildeter Fremder den Besuch dieses Raumes, dessen vorzugsweise prächtigen Bauwerke wir bereits geschildert haben. Diese letzteren und der erst in den spätesten Jahren des peloponnesischen Krieges, wie noch zu zeigen sein wird, vollendete Neubau des Erechtheion stellten natürlich die auf dem Burghofe sonst noch vorhandenen kleineren Heiligtümer, wie das der Artemis Brauronia, deren Kultbild später Praxiteles schuf, und den ionischen Tempel der Athena Ergane, beide in der südwestlichen Ecke der Burgfläche zwischen dem Südflügel der Propyläen und dem sie um neun Stufen überragenden Parthenon, vollständig in Schatten. Aber auch diese kleineren Tempel, die ein Kranz von Kunstwerken aller Art umgab, wirkten im Verein mit den Hochbauten der Perikleischen Zeit, mit einem immer dichter sich füllenden „Walde" von Statuen und Statuengruppen, und mit der unablässig zunehmenden Masse der kostbaren Weihgeschenke an den die Burgfläche durchschneidenden Hauptwegen, zur Erzeugung eines wahrhaft überwältigenden Eindrucks.

Mit einem Besuche der Agora und der Akropolis war auch in der nächsten Zeit nach Perikles die Reihe der in erster Linie bedeutungsvollen Plätze der Weltstadt am Ilisos noch lange nicht erschöpft. Von der erstaunlichen Menge anderer interessanter Heiligtümer und politisch wie historisch denkwürdiger Punkte abgesehen, so fesselten namentlich noch zwei Stellen in der Umgebung des Burgfelsens in sehr verschiedener Weise die Aufmerksamkeit aller, die Athen nicht gar zu flüchtig besuchten. Wir bemerkten schon, wie seltsam das graue, kahle Felshaupt des Areiopagos inmitten des attischen Marktgewühls sich ausgenommen haben muſs. Diese Kuppe erinnerte allerdings in ganz anderer Art als die jugendliche, morgenfrische Schönheit der Akropolis an die mythische und legendare, wie an die moderne, demokratische Geschichte des attischen Volkes. Nahe dem nordöstlichen Fuſse des Felsens stand der Tempel des Ares, östlich in der Einsattelung am westlichen Fuſse des Schloſsberges der heilige Bezirk der Eumeniden, welcher das geheimnisvolle Grab des Ödipus einschloſs. Dabei ein tiefer Erdspalt, der wahrscheinlich nach älterer Auffassung bis in den Tartarus hinabreichte, mit einer schwarzen Wasserlache, und ein Erinnerungszeichen an die Blutschuld, die 616 v. Chr. die Alkmäoniden bei der vertragswidrigen Niedermetzelung der Anhänger Kylons auf sich und auf die Stadt gebracht hatten. Der Berg selbst zeigte auf seiner Kuppe gegen Osten eine künstlich geebnete Fläche, zu welcher von Süden herauf eine in den Felsen gehauene Treppe von 15 Stufen führt. Hier trat Athens ehrwürdigster Blutgerichtshof zusammen, der auch von Solon bis zu dem Staatsstreich des Ephialtes 460 v. Chr. in den groſsen Staatsfragen gegenüber den Beschlüssen von Rat und Gemeinde ein „diskretionäres Veto" geführt hatte. Hier urteilten die Areiopagiten unter freiem Himmel über vorsätzlichen Mord, über andere Verbrechen in einer einfachen Hütte; als Rednerbühne für den Kläger und den Angeklagten dienten zwei uralte, formlose, unbehauene Steine, der des Übermutes und der der Unverschämtheit, die wahrscheinlich als Altäre der als Dämonen personifizierten Hybris und Anaideia galten. Ein wirklicher Altar der Athena Areia, der sich hier befand, sollte von Orestes errichtet worden sein, als ihm die Vermittelung der Athena die Lossprechung von der Schuld des Muttermordes von seiten des Areiopagos erwirkt hatte.

Gänzlich andere Eindrücke suchte und fand man, wenn man von der südöstlichen Ecke des Marktes aus dem nördlichen Abhange des Burghügels folgte und dann in die schöne und für Athen ganz charakteristische Strafse eintrat, welche in weitem Halbbogen die Ostseite des Schlofsberges umschlang und endlich den heiligen Bezirk des Dionysos erreichte. Es war die Tripodenstrafse, die ihren Namen von einer anmutigen attischen Sitte führte. Bei den Dionysischen Wettkämpfen nämlich wurden als Preise bronzene Dreifüfse ausgesetzt; die Sieger nun im choragischen Ringen stellten diese kostbaren Trophäen nicht bei sich zu Hause auf, sondern öffentlich und bleibend zur Schau, und zwar auf mehr oder minder künstlerisch ausgeführten Unterbauten. Zu diesem Zwecke war die nach solchen „Tripoden" benannte Strafse auf beiden Seiten mit zahlreichen kleinen Rundtempelchen aus Marmor eingefafst, auf deren kuppelförmigen Dächern die Dreifüfse ihren Platz fanden.

Wenn man diese schöne Strafse, die bei allmählich zunehmender Fülle und Pracht dieser kleinen Kunstwerke ein Lieblingsspaziergang der Athener geworden ist, bis zu ihrem Ende verfolgte, erreichte man, nachdem das Odeion des Perikles passiert war, den östlichen Eingang des Dionysostheaters.[1] Damit betrat man den Raum, der gerade in der Perikleischen und in der Folgezeit auf die Athener wie auf die Tausende der diese Stadt besuchenden Fremden griechischer Zunge den allerstärksten Einflufs und die gröfste Anziehungskraft ausübte. Denn hier wurden ja die herrlichen Tragödien und die geistvollen

---

1) Vgl. Wachsmuth a. a. O. S. 242.

Komödien der grofsen Dramatiker aufgeführt, die heute noch, so viele ihrer auf die Gegenwart gekommen sind, empfängliche Gemüter bezaubern, und deren grofsartige Schönheit in den Tagen der antiken Vorwelt nicht nur die Zeitgenossen der attischen Dichter von Äschylos bis Agathon in Athen selbst zu immer neuer Bewunderung hinrifs, sondern auch weit über die Grenzen von Attika hinaus selbst die Gegner der attischen Herrschaft und Politik zu widerwilliger Huldigung vor der Hoheit des attischen Geistes und seiner Schöpfungen zwang. Die abschliefsende Vollendung des monumentalen, in unserer Zeit in seiner ganzen Ausdehnung wieder aufgegrabenen Theaters ist, wie wir noch sehen werden, allerdings erst im Laufe des vierten vorchristlichen Jahrhunderts erfolgt. Aber schon viel früher hatten die Athener die vorhandenen und für die dramatische Kunst hergerichteten Räumlichkeiten mit ihrem gewohnten praktischen Takte auszunutzen verstanden. Der Felshang, an welchem das Theater lag, fing den Schall des in der Orchestra Gesungenen und des auf der Bühne Gesprochenen vortrefflich auf. Von den Sitzplätzen hatten die Zuschauer, gegen den Nordwind vollständig geschützt, einen weiten Blick auf Land und Meer. Den Räumlichkeiten entsprechend, bildete sich hier [1]) die Bühnensitte aus, dafs man die von der rechten, nämlich der östlichen Seite Auftretenden als vom Lande, die von der anderen als aus den Häfen oder aus der Stadt Kommenden ansah.

Die ganze Fülle endlich der Schönheit und des Reichtums des Perikleischen Athen und die immer wachsende Masse neuer Denkmäler der architektonischen und der bildenden Künste entfaltete sich vor den Augen der Fremden,

---

1) Vgl. Curtius, Erläuternder Text, S. 34.

wie vor denen der Blüte des attischen Volkes selber, bis herab zu den spätesten Zeiten der Antike vor dem Obsiegen der christlichen Lebensformen, wenn von vier zu vier Jahren, im dritten Jahre des Cyklus der Olympien, vom 25. bis zum 28. Tage des Monats Hekatombäon (Juli), bald nach der Sonnenwende des Sommers die Feier der grofsen **Panathenäen** begangen wurde. Das seit den Zeiten zuerst der Peisistratiden und nun weiter des Perikles mit ganz besonderer Pracht gefeierte Hauptfest des Landes verlief zuerst in einer Reihe von Wettkämpfen: **musischer** in dem Odeion, **gymnischer** in der üblichen Weise der Griechen als Wettlauf, als Kämpfe im Ringen, im Faustkampf, im Pentathlon und Pankration (ungewifs freilich ob schon jetzt auf dem Stadion jenseit des Ilisos), und endlich **altritterlicher** Art mit Rofs und Wagen (Wagenrennen und Wettreiten verschiedener Art), im peiräischen (S. 84) Hippodrom. Die Nacht vor dem vierten Festtage begann mit dem Fackellaufe der Epheben von der Akademie durch den Kerameikos und das Dipylon nach der Stadt. Am **vierten** Festtage selbst folgte die schönste Feier, nämlich die grofse Prozession nach der Akropolis, wo der **Athena Polias** der Erntekranz dargebracht und das uralte (S. 21) Holzbild der Göttin mit einem neuen „Peplos" geschmückt wurde, welchen ausgewählte attische Jungfrauen unter Leitung von Priesterinnen jedesmal für das Fest kunstvoll zu Ehren der göttlichen Schützerin der Webekunst herstellten. Es war ein Gewand von Scharlach, in welches nacheinander die bedeutendsten Züge des Athenamythos, am liebsten die Kämpfe der Göttin gegen die Giganten, eingewebt oder gestickt wurden. Am Morgen des festlichen Tages sammelte sich das Volk aus Stadt und Land im äufseren Kerameikos, die waffenfähige Mannschaft erschien mit Schild und Speer, alle in Festkleidern und mit Kränzen, die Reiter ordneten sich unter ihren Führern. Die Priester eröffneten die Prozession, hinter ihnen kamen die Archonten, dann folgten die Opfertiere der Hekatombe, weiter in roten Gewändern die Metöken (die in Athen ansässigen Fremden) welche die zum Opfer nötigen Geräte trugen. An diese Gruppe reihte sich, durch die Sonnenschirme der Metökentöchter vor der Glut der attischen Julisonne geschützt, die Schar der edlen athenischen Jungfrauen, mit Körben, welche heilige Gerste, Honig und Opferkuchen enthielten, auf den Köpfen. In ihrer Mitte wurde der Peplos in der Art geführt, dafs er wie ein Segel an einem Mast auf einer Triere (dem „panathenäischen Schiffe") befestigt war, die auf Rädern im Zuge gefahren wurde. Weiter aber zogen die attischen Epheben auf, Myrtenzweige in den Händen; nach ihnen gewahrte man, je nach den Phylen geordnet, die Kernkraft des Landes, die massiven Hopliten, mit Schild und Lanze bewehrt und ebenfalls mit Myrten bekränzt. An diese schlossen sich auserlesene Greise von stattlicher Erscheinung, Ölzweige in den Händen zum Lobe der göttlichen Spenderin des Ölbaumes. Dann wurden die Preise für die Sieger in den Wettkämpfen, Olivenkränze und mit Öl von den heiligen Olivenbäumen der Athena gefüllte Krüge getragen. Nun folgten die Gespanne und die Reitpferde der Wettspiele, und endlich hoch zu Rofs die gesamte ritterliche Jugend des Landes. Das Ganze sollte in echt antiker Weise die Macht, Schönheit und Herrlichkeit des attischen Volkstums zur Schau stellen.

Der Festzug selbst betrat mit Tagesanbruch von Musikchören begleitet durch das Dipylon die Stadt, wo der Weg der Prozession mit Eichenlaub geschmückt war, und bei den berühmtesten Heiligtümern geopfert und gesungen wurde. Durch die grofse Korsostrafse ging der Zug nach der Agora, nahm hier die in der inneren Stadt gebildeten kleineren Züge auf, um dann, hier erst vollständig geordnet, nach Umwandelung des inneren Marktraumes durch die Hauptstrafsen nördlich von der Akropolis nach dem Eleusinion (S. 16) sich zu wenden, nun in die Tripodenstrafse einzumünden, endlich die Südseite des Burghügels zu umschreiten und zuletzt nach den Propyläen sich hinaufzuwinden.[1] Nach dem Eintritt in den festlich geschmückten Burghof teilte sich der Zug, der eine Teil ging rechts, der andere links, bis die Vordersten vor der Ostseite des Parthenon einander begegneten. Dann machte man Halt, legte die Waffen ab, der Peplos wurde in das Erechtheion, die zahlreichen Weihgeschenke in den Parthenon gebracht, und die Siegespreise verteilt. Während auf einem Altar vor dem Tempel das grofse Bundesopfer sich entzündete, sprach der Herold das Gebet für das Heil aller Athener,

---

1) Nach A. Mommsen, Heortologie, S. 185 ff. sind noch einige Spezialitäten genauer zu bestimmen. In Athens republikanischer Blütezeit scheint ein Peplos sogar jährlich überreicht zu sein, nur dafs der für die grofsen Panathenäen bestimmte viel schöner und kunstvoller war, als der an den kleinen dargebrachte. Die Führung desselben auf einem „Schiffe" ist erst seit der Diadochenzeit sicher bezeugt. Das Schiff und die Wagen (vielleicht auch die Rosse) stiegen nicht mit in die Burg, sondern blieben an deren Aufgang zurück, und zu Fufs wurde die Höhe erstiegen. — Die Wettkämpfe folgten einander wahrscheinlich in der Art, dafs mit den musischen begonnen, mit den gymnischen fortgefahren, mit den hippischen geschlossen wurde. Für die Blütezeit ist das Fest wohl auf mehr als nur vier Tage ausgedehnt worden. M. berechnet (mit Einschlufs der Regatta) 6 oder unter Umständen gar 9 Tage, so dafs dabei die Feier der grofsen Panathenäen auf den 21. oder 24. bis 29. Hekatombäon gefallen wäre. Über das Lokal der Kampfspiele s. S. 152. 162.

stimmten die Festgenossen den heiligen Päan zu Ehren der Göttin an. An das Opfer schlofs sich der Festschmaus, und am anderen Tage folgte seit den Perserkriegen noch als Nachspiel in dem Peiräeus ein Schiffs-Wettspiel, eine sogenannte Regatta.[1]

Die Bauten in und bei Athen und der Glanz der Panathenäen wurden natürlich durch den peloponnesischen Krieg in sehr empfindlicher Weise gestört. Abgesehen von gewissen Anlagen, wie sie der Krieg selbst nötig machte, wie von der Herstellung zahlreicher Hütten und Häuser zwischen den langen Mauern nach dem Peiräeus für Flüchtlinge aus der Landschaft, von einer Verstärkung der Festungswerke zwischen den Stellen, wo die langen Mauern die Stadt erreichten, und von der Ausdehnung der Werke zur Wasserversorgung des Peiräeus, so konnte natürlich von neuen kostbaren Bauten jetzt nicht mehr die Rede sein. Nichtsdestoweniger gab es eine noch von Perikles veranlafste, monumentale Schöpfung auf der Akropolis, die gerade während der Pausen und der für Athen glücklichen Momente dieses unheilvollen Kampfes zu Ende geführt worden ist, nämlich das neue Erechtheion. Dieser letzte Prachtbau aus Athens kurzer Glanzzeit vollendete die Umgestaltung des Burgplateaus zu einem grofsen Kunstwerk, und galt der Einreihung des in ebenbürtiger Schönheit verklärten, altehrwürdigen Heiligtums der Landesgöttin in die Gruppe der neuen monumentalen Werke. Die Notlage der Zeit und die Schwierigkeit der Aufgabe, mit allen Mitteln der Kunst die Umwandlung des alten Heiligtums unbeschadet seines ursprünglichen Planes und Charakters zu vollziehen, die verschiedenartigen Örtlichkeiten (S. 21 ff.)

---

1) Vgl. Mommsen, a. a. O. S. 197 ff.

zu einem künstlerisch schönen Ganzen zu verweben, und dasselbe trotz seiner niedrigeren Lage und seiner geringeren Ausdehnung neben dem Parthenon würdig erscheinen zu lassen, erklärt es, dafs dieser Tempel einerseits erst etwa 407 v. Chr. im wesentlichen zu Ende geführt worden ist, anderseits eine von allen übrigen bekannten Tempeln der griechischen Welt abweichende Konstruktion zeigt. Es kam bei diesem Tempel darauf an, unter Benutzung der gebotenen Mannigfaltigkeit in der Anlage und der verschiedenen Höhenlage des Bauterrains die ganze Pracht und Zierlichkeit zu entwickeln, zu welcher der ionische Stil einlud. Die mancherlei Schicksale, welche das Erechtheion später während der christlichen Zeit, dann unter den Osmanen erfahren hat, und die Beschädigung durch türkische Vollkugeln i. J. 1826/7, haben allerdings ihre Spuren deutlich genug hinterlassen. Nichtsdestoweniger ist das Werk der Hauptsache nach bis auf die Gegenwart erhalten und gilt im grofsen wie in mehreren seiner Einzelheiten als ein wahres „Juwel" der attischen Baukunst.

Der schöne Bau erhebt sich auf einer dreifachen Stufenunterlage. Sein eigentlicher Kern, ein von Westen nach Osten gestrecktes, länglich viereckiges Gebäude, hat eine Länge von 20,3 m und eine Breite von 11,21 m. (Der oberste Teil der nördlichen und der südlichen Mauer ist 1838 aus antiken Werkstücken neu hergestellt worden.) Vor der Ostfronte, wo der Haupteingang sich befand, vor welchem ein Altar des Zeus errichtet war, erhebt sich eine der drei vorzugsweise durch Zierlichkeit und graziöse Schönheit ausgezeichneten Vorhallen des Tempels. Sechs ionische Säulen, von denen die nördlichste nicht mehr vorhanden, trugen hier das Dach mit dem Giebelfelde. Die Säulen sind je 6,8 m hoch, bei einem unteren Durchmesser des Schaftes von 75 cm. Ein von sogenannten Perlenschnüren oder Astragalen eingefafster Palmettenfries bildet den Übergang zu den reich geschmückten Kapitellern. Der auf den Deckplatten der letzteren ruhende Epistyl schliefst nach oben ab mit einem lesbischen Kymation und Kranzgesims. Darüber befand sich, unter dem Dache, ein nur noch in einigen Stücken erhaltener, das ganze Gebäude umziehender Fries aus schwarzem, eleusinischem Marmor, auf welchem Reliefs aus weifsem Marmor angebracht waren. Aus dieser mit drei Altären besetzten Halle trat man in die Osthälfte des Tempelhauses, welche der Athena Polias speziell angehörte; die östliche Mauer ist in byzantinischer Zeit grofsenteils abgebrochen worden, die innere Quermauer war von dem Eingang etwa 7 Meter entfernt. In dieser Cella stand das mehrerwähnte uralte Xoanon oder Holzbild der Athena, und ein angeblich vom König Kekrops geweihtes hölzernes Bild des Hermes; hier auch leuchtete in einer von Kallimachos gefertigten goldenen Lampe das ewige Licht.

Der westliche Teil des Tempelhauses war noch einmal durch eine Quermauer in zwei verschiedene Räume gegliedert, die aber erheblich tiefer lagen als die Cella der Athena. Der Raum an der Westfronte hatte auf der Westseite keine Vorhalle, dagegen — bei griechischen Tempeln sonst ohne Beispiel — in bedeutender Höhe über dem Boden drei viereckige Fenster zwischen vier ionischen Halbsäulen, denen auf der Innenseite Pilaster entsprachen: vermutlich die Cella des Poseidon-Erechtheus. An diese Cella schlofs sich, mit ihr auf gleichem Niveau, gegen Norden gerichtet, mit ihrer Rückwand dabei über die nordwestliche Ecke des Tempelhauses hinausreichend, eine grofse prächtige Vorhalle, die von sechs ionischen Säulen gebildet wurde. Vier dieser Säulen, die etwas gröfsere Verhältnisse und noch reichere ornamentale Ausarbeitung zeigen, als die der Osthalle, stehen in der Fronte in einer Reihe, zwei an den Seiten hinter den Ecksäulen, zwischen ihnen und den aus der Rückwand der Halle vortretenden Anten. Das gegiebelte Dach, von dem noch ein Teil mit prächtigen Marmorkassetten erhalten ist, wurde erst gegen Ende Januar 1827 durch eine türkische Bombe zertrümmert. Um von der Ostseite des Tempels zu dieser nördlichen Vorhalle zu gelangen, stieg man zwischen der östlichen Halle und der Nordmauer der Akropolis auf einer breiten Freitreppe von zwölf Stufen hinab zu der etwa drei Meter tiefer gelegenen Felsenterrasse, auf welcher jene aufgesetzt ist. Aus der Halle selbst in das Innere der Cella des Erechtheus führte eine noch jetzt wohl erhaltene, grofse Thüre mit besonders prachtvoller Einfassung. Es standen in der Vorhalle ein zu unblutigen Opfern bestimmter Altar des Zeus Hypatos, in der Cella die des Poseidon-Erechtheus, des Hephästos und des attischen Heros Butes. Gegenüber der grofsen Prachtthüre führt auf der Südseite der westlichen Cella eine kleinere Pforte, zu welcher mehrere Stufen hinauf leiten, nach einem südlich ansetzenden kleineren Vorbau, nach der dritten Vorhalle, die nicht über die südwestliche Ecke des Tempelhauses hinausspringt. Dieser Anbau ist auf seinen drei äufseren Seiten von einer ziemlich hohen, mit einem Gesims umgebenen Marmormauer umschlofsen, in der nur an der Ostseite, dicht an dem Tempelhause, ein kleiner Eingang gelassen ist. Auf dieser Mauer aber, auf einer 2,6 m hohen Brüstung, stehen, um das flache, grofsenteils noch erhaltene, zierliche Marmordach zu tragen, nicht Säulen, sondern sechs etwas überlebensgrofse Statuen von festlich reich gekleideten athenischen Jungfrauen: Gestalten von edler, kräftiger und dabei anmutiger Schönheit mit ernstem und doch heiterem Ausdruck, nach welchen die Halle die „der Koren" (minder richtig die der Karyatiden) genannt wird. Eine derselben ist bekanntlich durch Lord Elgin nach England entführt und später durch eine nach derselben geformte Nachbildung in Terracotta ergänzt worden. Auf dem Kopfe, über dem üppigen, über der Stirn zusammengefassten, in dichten Flechten über Nacken und Schultern herabfallenden Haupthaar tragen sie einen korbartigen Aufsatz, der nach oben sich zu einem besonderen dorisch-ionischen Kapitell entwickelt. Das flache Dach bestand aus vier langen Deckplatten, von denen drei noch an ihrer Stelle sich befinden. Unter dieser Halle scheint sich das angebliche Grab des Kekrops, etwa mit einem Altar zu Heroenopfern für denselben, befunden zu haben.[1]

Das zwischen der Cella der Athena und der westlichen, und zwar tiefer als beide belegene, eingeschlossene mittlere Gemach des Tempelhauses, welches anscheinend durch eine äufsere Treppe auf der Südseite mit jener verbunden war, stand durch eine kleine Thür in dem Unterbau der Nordmauer in Zusammenhang mit einer Krypta unter der südöstlichen Ecke der nördlichen Vorhalle, wo (S. 21) die Spuren des Dreizacks und die Quelle des Poseidon gezeigt wurden. Das Pandroseion endlich, der heilige Bezirk der Pandrosos mit deren Kapelle, mit dem Ölbaum der Athena, und mit einem Altar des Zeus Herkeios,

---

1) Über das Erechtheion vgl. die Ausführungen und Kupfer (wie auch für die andern Hochbauten auf der Akropolis) bei Otto Jahn, Pausaniae descriptio arcis Atheniensis; editio altera, recognita ab Adolfo Michaelis (1880) p. 22 sqq. Bursian, Geographie von Griechenland, Th. I. S. 315 ff. W. Vischer, a. a. O. S. 136 ff. Michaelis a. a. O. S. 40. Wachsmuth S. 547 und 569.

befand sich wahrscheinlich auf der Westseite des Tempels vor der (s. oben) Fensterfronte, und war sowohl durch eine schmale Pforte auf dieser Seite, wie durch eine andere, etwas gröfsere in der Westseite der nördlichen Vorhalle unmittelbar zu erreichen.

Nach dem Urteile der Kenner ist es in der That der attischen Kunst gelungen — ganz abgesehen von aller unübertrefflichen Technik, Lieblichkeit und Schönheit der Architektur im einzelnen — trotz der grofsen und hier unvermeidlichen Abweichung von symmetrischer Regelmäfsigkeit, einen durchaus harmonischen Gesamteindruck hervorzurufen und ein Bauwerk zu schaffen, welches auch durch den gegenüber sich erhebenden Prachtbau des Parthenon durchaus nicht erdrückt wird. Ganz besonders die „Halle der Koren" leistete „in ihrem Ersatz architektonischer Stützen durch Menschengestalten das Höchste in ionischer Freiheit gegenüber dem ernsten dorischen Säulenbau." Zu voller Freude freilich an dem schönen Bauwerk sind die Athener noch lange nicht gekommen. Denn 406 v. Chr. brach in dem Tempel ein Brand aus, der namentlich den westlichen Teil des Heiligtums beschädigt zu haben scheint. Die immer gefahrvoller sich gestaltende Kriegslage machte es unmöglich, sofort auf eine Herstellung zu denken. Und nun begann mit der Niederlage bei Ägospotamoi (405 v. Chr.) die Reihe der Vernichtungsschläge, welche die grofsen politischen und einen Teil der architektonischen Schöpfungen des Zeitalters seit 479 bis 432 v. Chr. zertrümmerten und Athen zu einem Staate dritten Ranges degradierten. Der unglückliche Friede des April 404 entschied aufser anderem, dafs Athen die „langen Mauern" und die Verschanzungen des Peiräeus schleifen, dafs die Flotte bis auf 12 Schiffe ausgeliefert, die Arsenale vernichtet werden sollten. Hatte diese Zerstörung der Grundlagen der attischen Seemacht unter dem Jubel der feindlichen griechischen Truppen begonnen, so sorgte nachher die oligarchische Regierung der „Dreifsig" für die solide Fortsetzung der Entwaffnung der Stadt; namentlich wurden auf deren Veranlassung die seit Jahren mit schweren Kosten in den Häfen errichteten Schiffshäuser auf den Abbruch verkauft. Soweit es möglich, war der alte Glanz der Athener i. J. 403 vernichtet.

Sechstes Kapitel.
Vom peloponnesischen bis zum lamischen Kriege.

Allerdings ist es schon i. J. 403 v. Chr. dem tapfern und klugen Thrasybulos und seinen Freunden gelungen, unter Zulassung der Spartiaten nach dem Sturze der Dreifsig wenigstens die demokratische Verfassung für Athen zu retten. Dagegen bedurfte es eines vollständigen Umschwunges in der grofsen Politik jener Zeit, bis den Athenern wieder die Aussicht sich öffnete, wenigstens einen Teil ihrer alten maritimen Macht und damit neue Quellen des Wohlstandes zu gewinnen. Denn nach dem Verlust des Inselreiches und nach der wiederholten systematischen Verwüstung der blühenden Landschaft Attika, nach den unermefslichen, nun völlig verlorenen finanziellen Opfern der Bürgerschaft während der letzten Phasen des langen und zuletzt so unheilvoll abschliefsenden peloponnesischen Krieges war es unmöglich, binnen kurzer Zeit lediglich mit den Mitteln des Eigenhandels und der einheimischen gewerblichen und

Kunstindustrie wieder zu Kräften zu kommen. Wie stark indessen der alte Geist auch in dem tief herabgekommenen Athen noch lebte, beweist recht deutlich der Umstand, daſs nach nur zehnjähriger Ruhepause seit Ägospotamoi, nämlich i. J. 395/4, die Arbeiten zur Herstellung des durch jene Feuersbrunst beschädigten Erechtheions beschlossen und sogleich mit Erfolg in Angriff genommen worden sind.[1]

Für die Wiederaufrichtung eines bedeutenden Teiles der attischen Seemacht, zunächst für die Wiederherstellung der Grundlagen neuer maritimer Kraftentwickelung in dem alten Sinne des Themistokles, wurde es nun im höchsten Grade wertvoll, daſs die Hauptgegner des seebeherrschenden Athen, daſs Persien und Sparta schon seit Ausgang d. J. 400 einander als Feinde gegenüber traten. Der seit 399 von den Spartanern in Kleinasien geführte Krieg, der seit 396 unter des Agesilaos Oberbefehl durchaus glücklich verlief, nahm eine für die lakedämonische Suprematie höchst bedenkliche Wendung, als der Ausbruch einer furchtbaren Erhebung zahlreicher, um Korinth und Theben gruppierter griechischer Stämme gegen Sparta (im Spätsommer 395) den siegreichen König zur Rückkehr nach Europa (394) nötigte. Denn nun gelang es dem attischen Flüchtling Konon, an der Spitze der persischen Flotte, zu Anfang des August 394 die spartiatische bei Knidos vollständig zu zertrümmern und dann mit schrecklicher Raschheit die Seeherrschaft der Spartaner bis zu den Küsten ihres eigenen Landes zu vernichten. Konon war auch als Flottenführer des Groſskönigs ein treuer Sohn seiner unglücklichen Vaterstadt geblieben und eilte daher, die Gunst der

---

1) Vgl. Wachsmuth a. a. O. S. 578.

Hertzberg, Athen. 9

Umstände zur raschen Wiederaufrichtung Athens zu benutzen. Als er nämlich an der Seite des persischen Oberfeldherrn Pharnabazos, der ihm jetzt sein ganzes Vertrauen zugewandt hatte, im Mai 393 an dem korinthischen Isthmos in unmittelbare Verbindung mit den gegen Sparta verbündeten Griechen getreten war, erreichte er es leicht, dafs ihm jener bei seiner Rückkehr nach Asien 80 Schiffe mit ihrer Mannschaft und ausreichende persische Gelder überliefs, mit deren Hilfe nun so schnell als möglich unter eifriger Mitwirkung der Böoter, Argiver und anderer griechischer Verbündeten die zerstörten Ringmauern des Peiräeus, und zwei der „langen Mauern" wiederhergestellt werden konnten.

Bei der Lage der Verhältnisse mufste man sich damals allerdings auf das Notwendigste beschränken. Die Hauptsache war, dafs es gelang, den Peiräeus nur erst wieder „sturmfrei" zu stellen. Die Verschanzungen auf der Landseite zeigten noch 16 Jahre später manche Lücken. So weit es sich um die langen Mauern handelte, so wurde die bereits während des peloponnesischen Krieges vernachlässigte nach dem Phaleron überhaupt nicht wiederhergestellt. Wie jetzt der Seeverkehr so gut wie ganz auf das System des Peiräeus sich konzentrierte, so wurden auch nur die beiden Mauern wieder aufgeführt, welche diese Halbinsel mit Athen verbanden. Dieser Bau ist erst im folgenden Jahre ganz zu Ende geführt worden. Dabei vergafsen Konon, der in dieser Weise seine Thätigkeit jener des Themistokles und Perikles ebenbürtig angereiht hatte, und die Athener auch die Götter und den Schmuck der Seestadt nicht. Der tapfere Admiral selbst erbaute auf einer in das Peiräeusbecken vorspringenden Landzunge zwischen dem Kantharos und dem Handelshafen mit seinen

Hallen der knidischen Aphrodite-Euploia einen Tempel; bei seinen Mitteln jedoch sicherlich nicht aus Marmor, sondern aus dem peiräischen Porosgestein.[1] Dann wurde auch dem Zeus Soter (wahrscheinlich zum erstenmal) Bild und Altar der Athena Soteira von Kephisodotos beigesellt.

Die Hauptsache war jetzt, dafs die wieder in alter Weise wehrhaft gewordene Stadt Athen sich in den Stand gesetzt sah, allmählich einen Teil ihrer früheren Seeherrschaft zurückzugewinnen. Nach der politischen Seite bemerken wir in aller Kürze, dafs dieses den Athenern allerdings nur schrittweise gelungen ist. Ein rechter Aufschwung erfolgte erst seit d. J. 378/7 v. Chr., und der neue Inselbund der Athener blieb an Bedeutung weit hinter dem alten Delischen zurück. Nichtsdestoweniger hat in der Stadt Athen, die jetzt in noch weit höherem Grade, als vor ihrer Katastrophe zu Ende des fünften Jahrhunderts, die Interessen des Handels und der Industrie pflegte, der frühere Wohlstand grofsenteils sich wiedereingestellt. Auch die empfindlichen Verluste, welche später der Abfall so starker Bundesgenossen, wie Chios, Rhodos, Kos und Byzantion, und der daran sich schliefsende Krieg 357—355 v. Chr. der alten Metropole des ägäischen Meeres bereiteten, wirkten nicht tödlich. Im Gegenteil vermochten die Athener noch lange eine sehr bedeutende Kriegsflotte zu unterhalten, die in der zweiten Hälfte des vierten Jahrhunderts v. Chr. wieder bis auf 300 Segel angewachsen war, und vor wie nach dem sogenannten Bundesgenossenkriege sind sie unablässig bemüht gewesen, die Verschanzungen ihrer Hafenstadt zu verstärken und zu verbessern, ihr Arsenal in gutem Zustande zu erhalten und neue Schiffshäuser herzustellen.

---

1) Vgl. den Erläuternden Text zu den „Karten von Attika", Heft I, S. 31 und 49.

Dagegen ist doch eine ziemlich lange Zeit verstrichen, bis wieder ein zugleich als Finanzmann ersten Ranges, wie als hochgesinnter Patriot ausgezeichneter Mann auch in der Architektur der Stadt die starken Spuren einer grofsartigen, planmäfsigen Wirksamkeit zurückliefs. Während des vierten Jahrhunderts machte vor dem Auftreten des Demosthenes und des Lykurgos, bei unleugbarer Erschlaffung der alten Spannkraft des attischen Volksgeistes, auch in Athen die nachher von jenen grofsen Rednern bitter beklagte Erscheinung sich bemerkbar, dafs man bei öffentlichen Bauten kargte oder sie doch minder solide und stattlich als in älterer Zeit ausführte, allmählich dagegen mit Vorliebe prächtige Privatwohnungen anzulegen anfing. Nur darf man dabei noch immer nicht an römischen oder an hellenistischen Zuschnitt denken. Athen blieb trotzdem bei dem Mangel an massiven Privatbauten und bei dem Vorherrschen des Fachwerks noch lange eine vergleichsweise schlichte Erscheinung unter den Grofsstädten der Länder griechischer Zunge.

Nichtsdestoweniger unterliefsen die Athener zu keiner Zeit, für immer neuen Schmuck ihrer Stadt und ihrer Burg zu sorgen, nur dafs unter Mitwirkung der immer reicher sich entwickelnden plastischen Kunst und der Malerei, bei verhältnismäfsig geringeren Mitteln als früher, mit Vorliebe Schöpfungen mäfsigen Umfanges ins Leben gerufen wurden. Wie während des peloponnesischen Krieges, so häuften sich jetzt namentlich auf der Akropolis die Trophäen attischer Siege, die kostbaren Weihgeschenke (darunter freilich auch im Parthenon ein goldener Ehrenkranz des Lysandros), die Standbilder und andere Kunstwerke; unter letzteren namentlich auch sehr zahlreiche, in Stein eingegrabene und mit einem geschmackvollen Reliefschmuck versehene Ehrenbeschlüsse des Rates und der Gemeinde zu Gunsten irgendwie verdienter Bürger oder Ausländer. Schon während des peloponnesischen Krieges hatte sich die Gegend um die Propyläen mit Bronzewerken Myrons und seiner Schüler gefüllt; später benutzte man namentlich den Platz zwischen der Nordseite des Parthenon und der Prozessionsstraße zur Aufnahme von Statuen und Gruppen aus Marmor und Erz. Immer zahlreicher wurden die Porträtstatuen; neben der des Perikles, einem Meisterwerke des Kresilas, imponierte namentlich das 371 v. Chr. in der Nähe des Einganges zum Parthenon errichtete Standbild des vielbewährten Generals Iphikrates.[1] In ähnlicher Weise (S. 114) wurde die Agora mit ehernen Standbildern um Athen verdienter Männer geschmückt. Bei dem Zeus Eleutherios (S. 70) fand vor allen Konon seinen Platz, der erste Athener, dem seit den Mördern des Hipparchos solche Ehre von Staatswegen und zwar noch bei Lebzeiten widerfuhr, und später die seines Sohnes, des siegreichen Admirals Timotheos, eines der bedeutendsten Seehelden der Zeit des zweiten Inselbundes, nicht minder die des mit ihm wetteifernden Chabrias.[2] Dazu sind außer anderen auf dem Raume zwischen dem Arestempel und dem Altar der Zwölfgötter später die Statuen des Demosthenes und des Lykurgos gekommen, jene allerdings erst seit etwa 280, diese ca. 306 v. Chr.

Wie in Kimons Tagen, so verherrlichte auch jetzt die Malerei die denkwürdigen Ereignisse der Zeit: so zeigte die stattliche Halle am Markt bei dem Zeus Eleutherios, wie den Theseus mit den allegorischen Gestalten des Demos und der Demokratie, so den Kampf der attischen Reiter

---

1) Vgl. Michaelis a. a. O. S. 40 ff.
2) Vgl. Wachsmuth, S. 583 ff.

(362 v. Chr.) in der Schlacht bei Mantineia mit den böotischen Geschwadern.

Wenn ferner mehr und mehr die altertümlichen, kunstlosen Götterbilder durch neue Prachtwerke aus den Händen zeitgenössischer Meister ersetzt, und in entsprechender Weise grofsen Athenern der Vorzeit, wie unter anderen dem Solon, „nachträglich" Standbilder errichtet wurden, so fand weiter die Kunst ein neues Gebiet in der feinen und geschmackvollen Herstellung von Grabdenkmälern, deren gerade aus dieser Zeit eine grofse Zahl sich erhalten hat. Findet sich auf denselben die Darstellung der Verstorbenen, meist bei ihren Lieblingsbeschäftigungen, so dafs durch diese Scenen ein leiser Hauch der Wehmut und Rührung geht, so gilt als besonders wertvoll das Denkmal des Dexileos (auf dem grofsen Friedhofe vor dem Dipylon), der in der Schlacht am Nemea-Bache vor Korinth (394) als heldenmütiger Kämpfer einen tapfern Reitertod gefunden hatte. Der rüstige Kriegsmann ist dargestellt, wie er einen feindlichen Soldaten niederwirft. Die Waffen der Männer und die Zügel des Pferdes waren aus Erz angefügt. Mit zwei davor stehenden Stelen bildete das Ganze ein gemeinsames Familiengrab.

Parallel mit solcher Verherrlichung tapferer Kriegsthaten der attischen Jugend lief nun gerade in diesem vierten Jahrhundert die stets wachsende Neigung, in der Tripodenstrafse die kleinen Denkmäler immer kunstreicher und geschmackvoller zu gestalten, welche die (S. 117) Trophäen choragischer Sieger tragen sollten. Unter anderen Künstlern hohen Ranges, die jetzt die Aufträge von Privatleuten in dieser Richtung ausführten, zählt auch der grofse Praxiteles, der drei solcher Tripoden hergestellt hat; zu diesen gehörte eines seiner bedeutendsten Werke, „der Satyr", der in einem offenen Tempelchen aufgestellt war. Nicht von den Dreifüfsen, wohl aber von den Tempelchen an der Tripodenstrafse hat wenigstens eines, unter den auf unsere Zeit gekommenen antiken Bauwerken eines der zierlichsten, sich erhalten. Etwa auf der südöstlichsten Ausbiegung der Tripodenstrafse, östlich vom Theater und von der Südostecke des Burghügels, kannte man noch in der zweiten Hälfte des 17. Jahrhunderts zwei solcher kleinen Bauwerke. Das eine, von den Bewohnern des damals modernen Athen wunderlich genug „die Laterne (Fanari) des Diogenes" genannt,[1] ist jetzt verschwunden. Dagegen ist demselben gegenüber ein zweites Tempelchen, etwas über 120 m vom Burgfelsen entfernt, mit gegen Südost gekehrter Fronte, dadurch gerettet worden, dafs die Mönche eines bis Anfang des 19. Jahrhunderts hier befindlichen Kapuzinerklosters desselben als Bibliothek sich bedient haben. Bis zu der Einbeziehung des heutigen Athen in das abendländische Kulturleben nannte das neugriechische Volk dieses Rundtempelchen „die Laterne des Demosthenes" und hatte die Sage ausgebildet, dieser grofse Redner habe hier zum Zweck seiner rhetorischen Studien sich eingeschlossen. In Wahrheit rührte der Bau von dem Athener Lysikrates, Lysitheides' Sohn, aus dem Demos Kikinna her, welcher Ol. 111, 2 (335/4 v. Chr.) einen Sieg als Choragos eines Knabenchores der Phyle Akamantis gewonnen hatte. Das Gebäude besteht aus einem 4 m hohen würfelförmigen Unterbau von peiräischen Steinen und einer oberen Schicht von hymettischem Gestein. Auf dieser Basis erhebt sich ein turmähnlicher Rundbau aus pentelischem Marmor, bei 2,80 m

---

1) Vgl. L. Rofs, Archäologische Aufsätze. Th. I. S. 264 Anm. 51. Th. II. S. 260.

Durchmesser bis zu 6,50 m Höhe. Das Tempelchen ist nicht offen, sondern durch aneinander gefügte Marmorplatten geschlossen, in deren Stofsfugen sechs mit grofser Zierlichkeit ausgeführte korinthische Halbsäulen stehen. Auf letzteren ruht der Architrav und der mit Skulpturen reich geschmückte Fries. Über der Mitte des sanft gewölbten konischen Daches erhebt sich eine mit Akanthosblättern reich verzierte „Knaufblume", die eine einst zur Aufnahme des Dreifufses bestimmte, dreieckige Platte trägt. Es ist das älteste uns bis jetzt bekannte, erhaltene Gebäude, bei welchem die korinthischen Säulen allein zur Anwendung gekommen sind. Der Fries ist unter Anlehnung an den sechsten homerischen Hymnus mit einer Darstellung aus dem Mythenkreise des Dionysos geschmückt. Während Dionysos in Begleitung seines Panthers und zweier Satyrn als schlanker Jüngling mit heiterer Ruhe in der Mitte sitzt, vollziehen andere Satyrn die Bestrafung tyrrhenischer Korsaren, die nach der Angabe des Mythos den Gott für einen Königsohn gehalten und es versucht hatten, ihn zu entführen. Das kleine, allerdings zum Teil zerstörte, flache Relief ist nach dem Urteil der Kenner mit ungemein viel Geist und Leben entworfen, obwohl nicht ganz ohne Flüchtigkeit in der Ausführung.[1]

Eine ähnliche Schöpfung hat sich wenigstens zum Teil erhalten, zwar nicht mehr in der Gegend der alten Tripodenstrafse, wohl aber in nicht sehr grofser Entfernung von ihrem Zuge. Auch die östliche und südöstliche Seite des Schlofsberges zeigt, wie die nördliche, mehrere sehr bedeutende Grotten. Eine derselben befindet sich gerade über der Mitte des Halbrundes des Dionysostheaters, über dessen

---

1) Vgl. Vischer a. a. O. S. 174 ff.

obersten Sitzstufen. Dieselbe ist in der christlichen Zeit zu einer Kapelle der Panagia Spiliotissa (oder Chrysospiliotissa) d. i. der „Madonna von der (goldenen) Grotte" eingerichtet worden. Im Altertum war sie dem Dionysos geweiht, und noch im zweiten Jahrhundert n. Chr. sah man in derselben eine Reliefdarstellung der Tötung von Niobe's Kindern durch Apollo und Artemis. Am Ausgange nun des Zeitraumes, den wir in diesem Kapitel behandeln, liefs sie der Athener Thrasyllos von Dekeleia zum Andenken an einen von ihm Ol. 115, 1 (319 v. Chr.) mit einem Männerchore der Phyle Hippothoontis errungenen, choragischen Sieg durch einen stattlichen, hallenartigen Vorbau schmücken, der erst in unserem Jahrhundert (1827) durch türkische Bomben zerstört worden ist. Derselbe bestand aus zwei Eckpfeilern und einem mittleren; auf denselben ruhte das Gebälk mit einer sogenannten Attika darüber, auf deren Mitte eine erst zu Anfang unseres Jahrhunderts nach England entführte, sitzende Statue des langbekleideten Dionysos sich befand, vermutlich mit dem Dreifufs auf dem Schofse. Zwei andere Dreifüfse zu beiden Seiten dieser Statue hat nicht ganz 50 Jahre später (271/0 v. Chr.) des Thrasyllos Sohn Thrasykles als Agonothet geweiht.[1]

Zu solchen Gründungen, wie sie die dankbare Pietät und die niemals welkende Freude der gebildeten Athener an der Kunst in erstaunlicher Menge hat entstehen lassen, traten im Laufe des vierten Jahrhunderts andere, äufserlich weit unscheinbarere, die aber in späteren Jahrhunderten, wo der Weltruhm der Stadt des Perikles nur noch auf geistigem Gebiete zu suchen war, zu erheblicher Bedeutung gelangt sind. Dieselben hängen mit der Wissenschaft zu-

---

[1] Vgl. Bursian a. a. O. S. 298. Vischer a. a. O. S. 173.

sammen. Wir erinnern hier daran, dafs in diesem Zeitalter die Schüler und die geistigen Erben des Sokrates das alte glänzende Athen für volle neun Jahrhunderte zu dem Herd und Ausgangspunkt der nachmals die alte Welt beherrschenden Philosophie gemacht haben. Noch freilich konnte Athen weder als Schul- noch als Universitätsstadt gelten. Aber schon jetzt hatte der Park der Akademie seine unsterbliche Weihe durch Platon erhalten, der mit Vorliebe in den schattigen Räumen und anmutigen Spaziergängen dieser immer reizvoller gestalteten Anlagen mit seinen Schülern sich aufhielt und seine Vorträge hielt. Der gefeierte Denker hat für seine Person die vielen in und bei der Akademie sich sammelnden Kultstätten noch durch ein von ihm gestiftetes Heiligtum der Musen vermehrt, in welchem sein Schwestersohn Speusippos, nach ihm der Führer der Schule, Standbilder der Chariten errichtete. Dieses „Museion" bildete gleichsam das Zentrum des für 3000 Drachmen angekauften Grundstücks zwischen Kolonos Hippios und der alten Akademie, welches Platon, seit er in seinen späteren Lebensjahren hier seinen bleibenden Wohnsitz nahm, durch Erbauung einer Exedra oder Halle in dem anmutigen Garten speziell zum Sitze seiner Schule ausgestaltete. Nach Platons Tode (348 v. Chr.) wurde für seine Richtung und für die auf Grund derselben allmählich in bestimmterer Weise sich ausbildende Schule der Name der „Akademie" allgemein üblich. Nicht nur dafs deren Räume, und der Garten, wo in dem Museion ein von Silanion hergestelltes Standbild Platons seinen Platz fand, ihr natürlicher Mittelpunkt blieben: der grofse Philosoph, dessen Grab wahrscheinlich in seinem Garten angelegt wurde, hatte diesen seinen Grundbesitz seiner Schule als bleibendes Erbgut vermacht. Bis zu den Zeiten des byzantinischen Justinian I., des Vernichters der Antike auch in Athen, verblieb derselbe in den Händen der Akademiker, indem er durch testamentarisches Vermächtnis immer in den „fideikommissarischen" Besitz des jedesmaligen Schulhauptes überging.[1] Es ist bekannt, dafs in analoger Weise die Peripatetiker im Lykeion, die Kyniker in dem Kynosarges ihren Sitz zu jener Zeit aufgeschlagen hatten.

Die politische Geschichte Athens zeigt uns, dafs weder die Gunst der Musen noch der Tiefsinn seiner Weisen, um mit dem deutschen Dichter zu sprechen, von der Stadt des Demosthenes die Katastrophe von Chäroneia (2. August 338 v. Chr.) abzuwenden vermocht hat. So schmerzlich nun aber auch die athenischen Patrioten, überhaupt die griechische Nationalpartei jener Tage, die Wendung empfanden, durch welche die Hellenen von ihrer Stellung an der Spitze der historischen Bewegung der alten Welt zu Gunsten der makedonischen Kriegsfürsten verdrängt wurden, — materiell hatte Athen durch den unglücklichen Krieg mit König Philipp doch so wenig gelitten, dafs gerade während der Herrschaft seines grofsen Sohnes Alexander ein ausgezeichneter Athener noch einmal Gelegenheit und Mittel fand, um in einer an das Zeitalter des Perikles erinnernden Weise Athen und Peiräeus gleichzeitig durch grofsartige Bauten auszustatten, die einerseits die Wehrkraft und die Seetüchtigkeit der Athener verstärken, anderseits als neuer Schmuck harmonisch zu den älteren Werken sich fügen sollten.

Die Finanzwirtschaft des attischen Staates war seit d. J. 354 v. Chr. längere Zeit teils unmittelbar, teils

---

1) Wegen der topographischen Beziehung und Sonderung zwischen Platons Garten und der alten eigentlichen Akademie s. jetzt Wachsmuth a. a. O. S. 270 ff. und 591 ff. Vgl. auch v. Wilamowitz, „Antigonos von Karystos" S. 279 ff.

indirekt durch den Einfluſs des Eubulos bestimmt worden. Aus der politischen Geschichte dieser Zeit wissen wir allerdings, wie verderblich das System dieses Mannes und seiner Anhänger, welche den Makedonen gegenüber den Frieden um jeden Preis vertraten, und zugleich das durch Eubulos erzielte Übergewicht der Theorikenkasse für die Machtstellung des attischen Staates in jener überaus kritischen Epoche gewirkt hat. Indessen rein technisch betrachtet war seine Finanzverwaltung doch durchaus ergiebig, und auch in dieser Zeit hatte man gröſsere Unternehmungen ins Auge gefaſst und wenigstens eingeleitet, wie namentlich bedeutende Bauten am Dionysostheater und die Anlage eines neuen groſsartigen Arsenals in der Hafenstadt. Der Ruhm aber, die neuen monumentalen Groſsbauten und dazu noch manche andere wirklich ausgeführt zu haben, sollte einem viel edleren Athener, einem der besten Patrioten dieser Zeit zufallen. Der Sturz des Eubulischen Systems durch die Energie des Demosthenes i. J. 341 hatte freilich das Unheil von Chäroneia nicht mehr abwenden können. Aber in eben dem Unglücksjahre 338 v. Chr. war Lykophrons Sohn Lykurgos als Generalschatzmeister an die Spitze des attischen Finanzwesens gestellt worden. Die Verwaltung dieses auch als Finanzmann ausgezeichnet veranlagten Staatsmannes, der (obwohl nicht immer unter Behauptung der ersten Stelle) bis 325 v. Chr. sein System durchführen konnte, ist für die Baugeschichte von Athen und Peiräeus noch einmal epochemachend gewesen.

Das erste freilich, was während seiner Verwaltung in dieser Richtung geschah, wurde noch durch seinen Freund Demosthenes veranlaſst. Sobald König Philipp nach der Neuordnung der politischen Verhältnisse Griechenlands in makedonischem Interesse zu Anfang d. J. 337 v. Chr. nach

Pella zurückgekehrt war, setzte der grofse Redner bei Rat und Gemeinde den Antrag durch, dafs mit den Mitteln des Staates die Festungswerke von Athen und Peiräeus und die langen Mauern einer durchgreifenden Herstellung und Reparatur unterworfen werden sollten. Diese Arbeiten wurden nach der Zahl der attischen Phylen in zehn Sektionen geteilt, und in jeder Sektion hatte ein aus der entsprechenden Phyle gewählter Bauherr, dem ein Schatzmeister zur Seite stand, die Aufsicht über den Bau und die Zahlungen zu führen. Die Kosten waren sicherlich bedeutend. Unter anderem hatte Demosthenes, welcher als Bauherr der Phyle Pandionis die Herstellung der Ringmauern des Peiräus leitete, fast 10 Talente (etwa 50000 Mark) auszuzahlen; für die aus eigener Anregung von ihm noch weiter vorgelegten Gräben gab er aus seinem Privatvermögen 7500 Mark dazu.[1]

Da nun die Athener neben den Kosten des unglücklichen Krieges in dem nach Chäroneia mit König Philipp geschlossenen Frieden die ergiebigen thrakischen Besitzungen hatten aufgeben müssen, und seit der durch den makedonischen Sieger beliebten Gründung des neuen griechischen Bundes unter der Hegemonie der Argeaden nicht mehr über die Einkünfte aus ihrer bisher bestehenden Symmachie mit den Inseln zu verfügen hatten, so war die finanzielle Aufgabe Lykurgs sicherlich nicht leicht. Nichtsdestoweniger ist es dem ernsten, verständigen und energischen Manne gelungen, wahrscheinlich auch unter Anwendung weiser Sparsamkeit und praktischer Reformen auf dem sakralen Gebiete des Staatshaushaltes, speziell unter Eindämmung der übertriebenen Ausgaben zu Festlichkeiten und der

---

[1] Vgl. Arnold Schäfer „Demosthenes und seine Zeit." Bd. III. Abtlg. 1, S. 73 ff.

üblichen Geldverteilungen an die Bürgerschaft — ohne doch den Glanz und die Würde des Kultus und der von ihm sorgsam gepflegten Götterdienste zu schwächen — die öffentlichen Einkünfte bis auf die Höhe von jährlich 1200 Talenten (5658000 Mark) zu bringen. Mit Hilfe solcher Mittel konnte Lykurg seine grofsartige Bauthätigkeit sowohl der Hafenstadt wie dem alten Athen höchst erfolgreich zuwenden.

In dem Peiräeus haben ihm namentlich die ebenso grofsartigen und praktischen, wie äufserlich schön ausgeführten Arsenalbauten bis auf Sullas Zeit einen grofsen Namen gemacht. Die Einleitung zu diesen Bauten, auf welche später die Athener mit nicht geringerem Stolze als auf die Perikleischen zu blicken sich gewöhnten, fällt allerdings schon in d. J. 347/6 v. Chr.; aber erst in der für Athen politisch stilleren Zeit nach dem Austoben des makedonischen Orkans konnten diese höchst ausgedehnten Arbeiten solide und systematisch weitergeführt werden. Die unmittelbare Leitung des grofsartig entworfenen Arsenals lag in den Händen eines feingebildeten Mannes, des Baumeisters Philon: dieses würdigen Nachfolgers der Zeitgenossen des Perikles, der noch bis in die Tage des Demetrios von Phaleron hinein für Athen und Eleusis thätig sein konnte, um dann die Reihe der Athener zu beschliefsen, die vor der Zeit des Herodes Attikos ihre Namen untrennbar mit der Baugeschichte der Heimat verknüpft haben. Leider hat die brutale Rücksichtslosigkeit der Römer i. J. 86 v. Chr. den imposanten Bau so gründlich zerstört, dafs der modernen Forschung nur eine schwache Nachlese bei den Alten und auf dem Boden des heutigen Peiräeus übrig geblieben ist. Nach dem gegenwärtigen Stande der Untersuchung wird aber mit höchster Wahrscheinlichkeit angenommen, dafs der gewaltige und sehr komplizierte Bau, der unter anderem Raum für die Gerätschaften von 400 (nach älterer Lesart sogar von 1000) Kriegsschiffen hatte, auf der Höhe zwischen den beiden Kriegshäfen Zea und Kantharos errichtet worden ist, und dafs die Anlage in dorischer Ordnung gehalten war. Schon i. J. 330 v. Chr. war das riesige Seezeughaus, im Gegensatze zu einem älteren von den Athenern nun kurz und bündig „die Skeuothek" genannt, dessen Einrichtung dann Philon selbst durch einen eigenen Kommentar erläutert hat, für den öffentlichen Dienst fertig gestellt. Zur gänzlichen Vollendung ist man erst i. J. 323 v. Chr. gelangt.[1] Von Anfang an bis dahin hatte zum Zwecke dieser Schöpfung die Gemeinde von Bürgern und Metöken eine jährliche Vermögenssteuer von 10 Talenten erhoben.

Parallel mit diesen grofsartigen Anlagen war die Thätigkeit des alten Lykurgos auf die Herstellung neuer Kriegsschiffe und der zugehörigen Schiffshäuser gerichtet; i. J. 330 v. Chr. gab es deren nicht weniger als 372. Zur Skizzierung weiter der Lykurgischen Bauten in Athen leitet uns die Beobachtung, dafs — wie jetzt die Lokalforschung für die Hafenstadt die Sache darstellt — der berühmte Staatsmann neben dem alten, bekannten „Munichia-Theater" des Peiräeus noch ein zweites mit Raum

---

1) Vgl. Wachsmuth a. a. O. S. 598 ff. Schäfer, Bd. II. S. 288 ff. und jetzt neben den neuen Untersuchungen von E. Fabricius im Hermes XVII. 551 ff., R. Bohn im Centralblatt für Bauverwaltung II. 295 ff. und W. Dörpfeld in Bd. VIII. der Mitteil. d. arch. Instituts, 147 ff., die Darlegungen bei Curtius u. Kaupert in dem Erläuternden Text zu den Karten von Attika, Heft I. S. 32 und 47 ff.

für etwa 2000 Zuschauer hat anlegen lassen. Man glaubt jetzt mit voller Bestimmtheit dessen Überreste in der Nähe des grofsen Arsenals, westlich über der südwestlichen Ausbuchtung des Zeahafens gefunden zu haben.[1]

Während nun aber sowohl von dem Arsenal des Philon wie von diesem neuen Theater nur geringe Überreste sich erhalten haben, liegt nach den ausgedehnten Ausgrabungen unserer Tage in weitem Umfange der Anschauung und dem Studium unserer Zeitgenossen offen die mächtige Ruine des alten grofsen Dionysostheaters an der Südostecke der athenischen Akropolis, welches unter der Aufsicht Lykurgs zu seinem Abschlufs gelangt ist. Grofse Neubauten an diesem altgefeierten Heiligtum der dramatischen Kunst waren allerdings schon zur Zeit des Eubulischen Systems in Angriff genommen, jedenfalls seit 343 v. Chr. im Gange. Es handelte sich anscheinend um eine Erweiterung, namentlich nach Westen hin, und um einen umfassenden, mit prachtvoller Ausschmückung verbundenen, in Stein ausgeführten Umbau des alten einfachen Bühnengebäudes, den zuerst der Buleut Kephisophon von Aphidnä als „kommissarischer Epistates" leitete. In derselben Stellung übernahm nun Lykurgos die erst halbvollendeten Arbeiten, die dann wahrscheinlich bis Ol. 112, 3 (330/29) sich hingezogen haben. Da jedoch auch in späterer, namentlich in der römischen Zeit das Theater noch mehrfachen Umgestaltungen unterworfen, namentlich (im Gegensatz zu der altgriechischen Anlage) die Bühne und die mit Marmorplatten gepflasterte und durch eine niedrige Mauer von dem Gange am Fufse des Zuschauerraumes getrennte Orchestra diesem näher gerückt worden ist, so wird man sich für

---

1) S. jetzt Curtius u. Kaupert a. a. O. S. 45 u. 66 ff.

den Zustand des Theaters in Athens letzter Glanzzeit vor der Katastrophe des lamischen Krieges nur mit einigen Andeutungen begnügen müssen. Wir erinnern uns (S. 46) dafs der Zuschauerraum nach antiker Art an den Felsen der Akropolis sich anlehnt, in welchen die konzentrisch sich erweiternden Sitzreihen eingeschnitten sind. Entsprechend der Zahl der attischen Phylen, die im Verlaufe der Zeit von den Kriegen der Diadochen bis zu dem römischen Kaiser Hadrian bis auf 13 vermehrt wurden, erscheinen diese Reihen durch schmale Treppen in ebensoviele „Keile" gegliedert. Durch einen auf halber Höhe umlaufenden Weg wurde ferner eine obere und eine untere Abteilung hergestellt. Die aus peiräischem Stein gearbeiteten Sitze in dem für 30000 Zuschauer berechneten, weiten Raume sind in den unteren Reihen noch erhalten. Für die Forschung besonders wichtig und interessant ist es, dafs Lykurgos die vorderen der unteren Sitzreihen mit Marmorsesseln versehen liefs, die nach Angabe ihrer Inschriften zunächst für die Priester der in Athen angesehensten Gottheiten und für einige der höchsten Staatsbeamten bestimmt waren. So thronte in dem mit Reliefs gezierten, mittleren Sessel der vordersten Reihe der Priester des Dionysos. Nachher wurde es in Athen Sitte, hervorragenden Wohlthätern der Stadt, namentlich fürstlichen Philhellenen, solche Ehrenplätze im Theater zu verleihen. Daneben füllte sich der der dramatischen Kunst geweihte Raum mit den Standbildern beliebter tragischer und komischer Dichter. Hatte man bereits früher an den beiden Enden des Zuschauerraumes, rechts und links von der Orchestra, Erzbilder der alten Helden Miltiades und Themistokles auf Säulen errichtet, so schmückte Lykurg sein Theater zunächst durch die bronzenen Statuen der grofsen Tragiker Äschylos, Sophokles und Euripides, denen in der folgenden Zeit viele andere, wie beispielsweise die des gefeiertsten Komikers der nächsten Generation, des Menander, sich angereiht haben.

Nicht schon durch die Vorarbeiten seiner Vorgänger in Angriff genommen, sondern lediglich durch Lykurgos veranlafst waren dagegen die sehr ausgedehnten Neugestaltungen, denen das Terrain in Agrä (S. 28) zum Zwecke der Wettkämpfe bei den Panathenäen unterworfen wurde. Wie so vieles in der Topographie von Athen, so ist auch das ein noch unerledigter Streitpunkt, ob das sogenannte panathenäische Stadion schon seit alters auf dem Platze sich befunden, auf welchem es die Späteren kannten, oder ob es Lykurgos nicht nur in grofsartiger Weise ausgebaut, sondern auch den Raum für seine Anlage überhaupt zuerst für die Kampfspiele in Anspruch genommen hat. Sicher nur dafs auf seine Veranstaltung gegen 333 v. Chr. eine Kommission ernannt wurde, welche während einer längeren Reihe von Jahren (anscheinend bis 323 v. Chr.) unter seiner Oberaufsicht die höchst ausgedehnten Arbeiten zu leiten hatte. Persönlich bestimmte Lykurg einen attischen Grundbesitzer, mit Namen Deinias, zu dieser Anlage erhebliche Teile seiner am Ilisos sich ausdehnenden Güter dem Staate abzutreten. Das Werk wurde so kräftig gefördert, dafs es bereits i. J. 330 zu der Feier der panathenäischen Festspiele benutzt werden konnte. Auch das Stadion ist in spätrömischer Zeit noch einmal durch einen reichen Athener, den Herodes Attikos, den wir seiner Zeit ausführlich zu besprechen haben, wesentlich verschönert worden. Doch läfst sich hier noch ziemlich deutlich unterscheiden, was von ihm und was aus Lykurgs Tagen herrührt. Für die Periode des letzteren sind wahrscheinlich die grofsen Erdarbeiten charakteristisch gewesen, die nötig waren, um der Rennbahn in der grofsen Thalmulde (S. 28) ihre horizontale Lage zu geben; man hat berechnet, dafs zu diesem Zwecke 80 000 kbm Erde und teilweise auch Felsen ausgehoben werden mufsten. Dazu kam dann der Abschlufs der Rennbahn auf ihrer Schmalseite im Südosten durch Aufmauerung und die steinerne Verschalung der gegen den Ilisos vorspringenden Höhen der beiden Thalränder. Die Rennbahn hatte bis zu der Sphendone, nämlich bis zu dem halbkreisförmig aufgemauerten Rand auf ihrer südöstlichen Schmalseite die Länge von 204 m bei 33,36 m Breite. Eine steinerne Brüstung sollte von ihr einen 2,82 m breiten Korridor trennen, durch welchen die Zuschauer zu den unteren Sitzen gelangten. Auf den beiden Langseiten erhoben sich 40 bis 60 Sitzreihen übereinander, an der südlichen Schmalseite halbkreisförmig miteinander verbunden, während 'sie an der nördlichen einander nicht berührten und der Raum hier nur durch eine niedere Mauer abgeschlossen war. Jede Langseite war von elf, das südliche Halbrund von sieben Aufgangstreppen durchschnitten. Auf diesen massenhaften Plätzen konnten 40—50 000 Zuschauer Platz finden. Die jetzt noch vorhandenen Reste der Brücke über den Ilisos vor dieser Rennbahn gehören in das Zeitalter des Herodes; ob bereits Lykurgos an dieser Stelle eine solche erbaut hat, ist weder zu bestreiten noch zu beweisen.[1]

In sehr gründlicher Weise erfuhr endlich das Lykeion die Gunst Lykurgs, der hier das Gymnasion erneuerte und

---

[1] Die Gegensätze in der Auffassung der das Stadion betreffenden Spezialfragen sind gesammelt namentlich bei Curtius, erläuternder Text der sieben Karten u. s. w. S. 39 fg. und bei Wachsmuth, a. a. O. S. 236 ff., 600 ff. und 696.

erweiterte, eine grofsartige Palästra hinzufügte und nach Art der Akademie den Platz durch die Anpflanzung von grofsen Alleeen wesentlich verschönerte.

Wenn wir endlich hören, dafs dank seiner trefflichen Verwaltung Lykurg neben solchen und andern Ausgaben noch Mittel übrig behielt, um neues kostbares Tempelgerät herstellen und der Athena weihen zu können, wie goldene Niken, goldene und silberne Pompgefäfse, Goldschmuck für hundert Korbträgerinnen, so führt uns das noch einmal zurück zum Parthenon und damit zur Akropolis, die gerade in den letzten Zeiten der hier in Rede stehenden Periode mehrfach durch — im Sinne der alten Athener — fremdartigen Schmuck eine neue Art der Füllung erhalten hat. Nicht nur dafs unter den immer zahlreicher auf dem Burghofe aufgestellten Standbildern neben denen vieler Männer geringeren Ranges, darunter der Redner Demades, ein Mann von sehr bedenklichem Charakter, auch die der stolzen makedonischen Heerkönige Philipp und Alexander erschienen, so fanden hier die 300 persischen Rüstungen ihren Platz, die der jugendliche Held Alexander nach der Siegesschlacht am Granikos (i. J. 334 v. Chr.) aus der persischen Beute den Athenern als ehrenvolles Geschenk zugehen liefs. Neuere Beobachter vermuten, dafs davon 26 Schilde ausgewählt und kunstvoll an den Epistyl des Parthenon angebracht worden sind.[1]

Weder die erhöhte Schönheit indessen der Stadt Athen, noch die durch Lykurg erzielte neue solide Fundierung des attischen Finanzwesens und die prachtvollen Arsenalbauten vermochten zu verhindern, dafs der nach Alexanders des Grofsen plötzlichem Tode zur Abschüttelung der makedonischen Oberhoheit gewagte und mit gutem Erfolg begonnene

---

1) Vgl. Ad. Michaelis, der Parthenon, S. 42.

Krieg der Hellenen, den man den lamischen zu nennen pflegt, schliefslich zu einer vollständigen politischen Niederlage der verbündeten Griechen führte, die mit schrecklicher Wucht vor allen anderen die Athener traf. Die Katastrophe des Spätjahres 322 v. Chr. wirkte auf Athen noch schlimmer, als einst die von Ägospotamoi. Von Zerstörung freilich der langen Mauern und der Schanzen des Peiräeus war nicht die Rede. Dagegen erhielt der Rest auswärtiger Macht jetzt den Todesstofs, und die Demokratie wufste der siegreiche makedonische Reichsverweser Antipater ohne Blutvergiefsen ebenso schwer zu treffen, wie einst Lysander. Dafs die Zeit der alten Freiheit wirklich vorüber war, zeigte den Athenern der Anblick der makedonischen Besatzung, die seit dem 16. Sept. 322 zur Beherrschung der Häfen die Schanzen von Munichia bezogen hatte. Die Felsenkuppe dieses Namens (S. 48) erhielt jetzt eine neue Bedeutung; in ein makedonisches Kastell verwandelt, bot sie den Diadochen Alexanders und ihren Feldherren die bequeme Möglichkeit, Athen nicht nur zu überwachen, sondern auch in ihrem Interesse und nach ihrem Gutdünken in die jedesmaligen Zeitbewegungen hineinzuziehen.

Siebentes Kapitel.
Von Antipater bis auf Sulla.

Die Niederlage d. J. 322 und ihre Folgen haben Athens Kraft zwar noch nicht vollständig vernichtet, wohl aber der Hauptsache nach gebrochen. Jedenfalls ist nach Ablauf der stürmischen Diadochenzeit die alte politische Bedeutung des attischen Staates für immer zu Ende gegangen, und es beginnen die langen Jahrhunderte, während welcher wenigstens die architektonische Weiterentwickelung der alten Stadt des Perikles und des Lykurgos ganz überwiegend durch auswärtige Machthaber bestimmt worden ist.

Nach der blofs materiellen Seite fand allerdings dieser Staat nicht lange nach der Niederwerfung seiner besten Patrioten noch einmal eine längere, für den Wohlstand der Bürger durchaus ergiebige Ruhepause. Zunächst hatte bekanntlich die durch Antipater in Athen eingeführte Ordnung der Dinge keinen langen Bestand. Als nach seinem Tode (zu Anfang d. J. 319) zwischen seinem Nachfolger, dem alten Reichsverweser Polysperchon, und seinem Sohne Kassander, zu welchem die Oligarchie und die makedonischen Kommandanten in Griechenland hielten, der namentlich auf dem Boden dieses Landes geführte, von entsetzlichen Thaten begleitete Kampf ausbrach, schlossen die Athener der Oberstadt an jenen sich an, während die Hafenstadt im Besitze der Truppen Kassanders blieb. Ein glückliches Gefecht (318) attischer Reiter mit letzteren gab dabei Veranlassung,[1] an der Agora, in der Nähe der „bunten Halle" (S. 71) ein „Triumphalthor" zu errichten, das erste Bauwerk dieser Art in hellenischen Städten. Als aber die Athener im November 318 sich genötigt sahen, mit Kassander sich zu vergleichen, mufsten sie auch einen ihm verantwortlichen Stadtverweser an ihre Spitze stellen; damit kam für eine Reihe von zehn Jahren die Regierung in die Hände eines bekannten Oligarchen, des in der Geschichte dieses Zeitalters vielgenannten Phalereers Demetrios. Was nun auch sonst gegen die Person und gegen verschiedene Verfügungen dieses Philosophen eingewendet werden konnte, jedenfalls

---

[1] Vgl. über diese Episode jetzt Wachsmuth a. a. O. S. 609.

ist es ihm noch einmal gelungen, die Finanzen der Stadt in Ordnung zu bringen, und nach den stürmischen Tagen, die seinem Antritt vorangingen, das materielle Gedeihen des attischen Staates in Frieden zu sichern. Auch dieser Staatsmann war noch einmal im stande, die öffentlichen Einkünfte bis auf 1200 Talente zu bringen; dabei ist er indessen, wie die moderne Forschung annimmt, durch namhafte makedonische und ägyptische Hilfsgelder unterstützt worden. Die Bevölkerung von Stadt und Kanton, die schon unter den Leiden des peloponnesischen Krieges und in den auf Ägospotamoi folgenden harten Zeiten, neuerdings wieder auf Grund der Katastrophe seit Ausgang des lamischen Krieges fühlbar abgenommen hatte, erreichte unter Demetrios wieder eine ganz ansehnliche Höhe. Eine i. J. 309 v. Chr. angestellte Zählung ergab, dafs in ganz Attika noch immer gegen 400000 Sklaven lebten; neben diesem wertvollen „Material" fanden sich 10000 sogenannte Metöken und namentlich 21000 erwachsene eigentliche Bürger, unter denen allerdings nicht wenige erst in den letzten Jahren neu aufgenommen sein mögen.[1] Dabei war der Verkehr ungemein lebhaft und gewinnbringend. Noch hatte vermutlich die neue übermächtige Konkurrenz von Rhodos und von Alexandria den blühenden Handel der Athener nicht überflügelt. Die gewerbliche Thätigkeit der alten Stadt und des Peiräeus, ebenso die sehr ausgedehnte der Kunstwerkstätten stand in hohem Flor. Schon fing die Jugend der griechischen Welt in stets wachsender Menge zu den Vorträgen der berühmten zeitgenössischen Philosophen sich zu drängen an. Bereits auch hatte die Zeit begon-

---

[1] Vgl. Wachsmuth, S. 566 und 608 ff. und Droysen, Geschichte der Diadochen (2. Aufl.) zweiter Halbband, S. 106 ff.

nen, wo Athen das Reiseziel zahlreicher Fremder wurde, die — ohne gerade durch bestimmte Geschäfte nach dem Peiräeus geführt zu werden — mit Vorliebe die überreiche Fülle der architektonischen wie der plastischen Monumente zu studieren und zu bewundern wünschten.

Haltbar war die Stellung des Stadtverwesers darum doch nicht. Mochte immer in den Tagen seines Glanzes die Gemeinde ihm zu Ehren die Errichtung von angeblich 360 bronzenen Standbildern beschlossen haben: sobald des grofsen vorderasiatischen Regenten Antigonos leidenschaftlich griechenfreundlicher Sohn Demetrios, den die Zeitgenossen den Poliorketen nannten, im Frühling 307 mit starker Macht als Befreier Griechenlands von Kassanders Herrschaft in den attischen Gewässern erschienen und in den Hafen Peiräeus eingedrungen war, verlor der Phalereer seinen Halt und räumte Athen. Der junge Prinz dagegen belagerte und erstürmte das Schlofs von Munichia und liefs dessen Werke abbrechen, um dann tief im Sommer 307 seinen Einzug in Athen zu halten. Den Dank für ihre sogenannte Befreiung, für die Überlassung der Insel Imbros und für andere Geschenke trugen ihm die Athener durch eine wahre Fülle von Auszeichnungen ab, die zum grofsen Teile bereits den Charakter eines schmählichen Servilismus tragen. In der Richtung, die wir bei unserer Darstellung allein berücksichtigen, lag neben der Bildung von zwei neuen attischen Phylen, der Antigonis und der Demetrias, namentlich die Aufstellung der Standbilder der neuen Eponymen bei den alten, von Pheidias gearbeiteten, die Einwebung ihrer Bilder in den Peplos der Athena, und die Errichtung goldener oder vergoldeter Quadrigen mit den Bildern der „Retter" Demetrios und Antigonos neben den alten Statuen der Mörder Harmodios und Aristogeiton. Während aus der

Bewegung dieser Zeit heraus endlich dann doch auch der alte treffliche Lykurgos seine Bildsäule erhielt, hatte das in Hafs wie in Liebe gleich leidenschaftliche Volk der Kekropiden die Standbilder des Phalereers, von denen die Späteren nur eines auf der Burg gerettet sahen, umgestürzt und zertrümmert, viele sind eingeschmolzen, manche in gesucht cynischer Weise zu Nachttöpfen verwendet worden.

Viel Gewinn hatte freilich Athen von der neuen Freiheit nicht. Die Bedrängnis, welche nach des Demetrios Rückkehr nach Asien (zu Anfang d. J. 306) Kassander der Stadt bereitete, nahm erst ihr Ende, als der kriegerische Poliorket im Spätjahr 304 wieder die Zeit fand, den makedonischen Machthaber aus Mittelgriechenland zu vertreiben. Aber die schmachvolle Lebensweise, der sich Demetrios während des Winters 304/3 in dem von der Stadt ihm als würdigster Wohnsitz überwiesenen Opisthodomos des Parthenon hingab, und zahlreiche Züge einer ungezügelten Tyrannenlaune, die allmählich bei ihm zum Vorschein kamen, entfremdeten ihm die Athener, deren edlerer Teil ohnehin die Kriecherei und Wegwerfung seiner Anhänger von Anfang an nur mit tiefem Widerwillen angesehen hatte. Die Stellung des jungen Prinzen in Athen war so wurzellos, dafs nach der zerschmetternden Niederlage und nach dem Tode seines Vaters in der Entscheidungsschlacht bei Ipsos im Sommer 301 v. Chr. die Stadt sich kurz und rücksichtslos von ihm lossagte. Als er bei einem neuen Glückswechsel in seinem an solchen Wendungen so reichen Leben einige Jahre später Athen ernsthaft anzugreifen versuchte, fand er (298 v. Chr.) die Führer sowohl der demokratischen, wie die der zu König Kassander von Makedonien neigenden Partei, unter ihnen Lachares, zu festem Widerstande entschlossen. Erst im Frühjahr 294 v. Chr., etwas über zwei Jahre nach des

297 verstorbenen Kassanders Tode, ergaben sich die Athener. Die Stadt hatte nicht blofs durch die in den letzten Zeiten des Kampfes über sie verhängte gänzliche Sperrung und die daran sich knüpfende Hungersnot schwer gelitten. Lachares, der 296 v. Chr. die Tyrannis an sich gerissen und ein hartes Regiment geführt, hatte auch bei der Flucht aus der Stadt einen erheblichen Teil der goldenen Schätze des Parthenon gestohlen. König Demetrios verfuhr nach seinem Siege allerdings sehr schonend gegen die Bürgerschaft, hielt es aber doch für sachgemäfs, sie fortan durch kräftige Mittel an seine Sache zu fesseln. Daher legte er nicht allein nach Peiräeus und Munichia eine Besatzung, sondern liefs auch auf dem oft erwähnten Musenhügel, auf dem der Akropolis gegenüber im Südwesten aufsteigenden Felsen, eine starke Citadelle errichten, welche das Terrain zwischen den langen Mauern beherrschte und den Einmarsch in die Stadt ihm jeden Augenblick möglich machte. Lange behauptete der kühne Abenteurer, der bekanntlich 294/3 v. Chr. auch die Krone von Makedonien gewann, die Herrschaft über Athen freilich nicht. Als im Sommer d. J. 288 seine Macht vor einem gewaltigen Stofse des epirotischen Helden Pyrrhos jäh zusammenbrach, erhoben sich die Bürger von Athen unter dem tapfern Feldherrn Olympiodor und nahmen die neue Citadelle in ruhmreichem Kampfe mit Sturm. Vor gefährlichen Angriffen der dem gestürzten König in Griechenland noch zu Gebote stehenden Truppen wurde Athen durch das Vorrücken des Pyrrhos und den Abzug des Demetrios nach Asien geschützt (287/6).

Der Gang der grofsen Politik der folgenden Zeiten machte es möglich, dafs die Athener im Laufe der nächsten Jahre, namentlich nach des Demetrios Ableben (283/2 v. Chr.)

auch die Häfen und andere von fremden Truppen besetzte Teile ihres Gebietes zurückgewinnen, nachher aber auch bei der Verteidigung der Thermopylen (278 v. Chr.) gegen die wilden Scharen raubgieriger Kelten eine ganz achtbare Rolle spielen konnten.

Der Eintritt in die Zeit der Epigonen zeigt uns die Athener in gutem Einverständnis mit König Ptolemäos II. Philadelphos von Ägypten. Die Zeit war gekommen, wo die verschiedensten der s. g. hellenistischen Machthaber, namentlich der Levante, es liebten als Wohlthäter der herrlichen Stadt aufzutreten. Der alte Ruhm von Athen, die edlen Monumente, die immer reicher sich entwickelnden philosophischen Schulen, der Nimbus, der auf dieser Lieblingsstätte der bildenden Künste, der Poesie, der Wissenschaften ruhte, hat seit dieser Zeit für lange Jahrhunderte das wärmste Interesse, oft die leidenschaftlichste Liebe der ganzen gebildeten Welt des Altertums an diese altgriechische Metropole gefesselt. Vor dem Niedergange freilich der Lagiden spielten dabei auch politische Motive ihre Rolle. Der Gegensatz gegen die makedonische Politik, jetzt gegen die der klugen und energischen Antigoniden, erlosch zu keiner Zeit in Athen; daher wurde die Stadt einer der Punkte Griechenlands, wo die Ptolemäer ihre Hebel ansetzten, um dem Königshause von Pella andauernd neue Schwierigkeiten zu bereiten.

Die Sympathie des zweiten Ptolemäers hat nun in Athen kenntliche Spuren zurückgelassen. Von besonderer Bedeutung war, dafs dieser König eine neue Bildungsstätte für die attische Jugend ins Leben rief, mit welcher (wahrscheinlich) auch die Anlage einer Bibliothek verbunden war. Das Ptolemäon, der Hauptsache nach ein neues Gymnasium, welches um 275 v. Chr. erbaut zu sein scheint, fand im Gegensatze zu den drei älteren seinen Platz innerhalb der Stadt. Teils die beginnende Entvölkerung von Athen, teils die allmählich bemerkbare Neigung vieler Bürger, ihre Wohnungen nach anmutigen Vorstädten zu verlegen, machte es nicht gerade schwer oder kostspielig, für eine solche Schöpfung innerhalb der Ringmauern Raum zu gewinnen. Die Lage ist bis jetzt nicht mit voller Sicherheit zu bestimmen gewesen; nach den Angaben der Alten wäre das Ptolemäon in der Nähe der Agora und des Theseion zu suchen.

Die Athener ihrerseits erwiesen sich dem neuen Freund in ihrer Weise sehr dankbar, diesmal jedoch nicht in der völlig mafslosen Art wie früher gegenüber Demetrios Poliorketes. Es verstand sich von selbst, dafs dem König verschiedene Standbilder von Erz errichtet wurden; das eine in dem neuen Gymnasium, das andre, wie auch das seiner Gemahlin Berenike und seiner Tochter Arsinoë, vor dem Odeion. Aufserdem aber haben sie, ähnlich wie zur Zeit des Demetrios, neben ihren alten zehn Phylen die eilfte, die Ptolemaïs, formiert, und dem entsprechend eine Statue des Königs unter die übrigen Eponymen eingereiht. Infolge der Verbindung aber mit Ägypten wurde nun auch ein Hauptkultus des Reiches der Lagiden, nämlich der der Sarapis, in Athen angepflanzt; der Staat rief in der Gegend nördlich vom Schlofsberge ein Heiligtum dieser Art ins Leben.[1] Die Einführung dieses fremden Dienstes in die alte Stadt des Perikles, dem in den späteren Jahrhunderten noch manche andere gefolgt sind, gehörte durchaus zu der gesamten (nach Droysens Ausdruck) auf „Theokrasie" zugespitzten religiösen Richtung des Zeitalters der Diadochen

---

1) Vgl. Wachsmuth S. 624 ff.

und Epigonen. Schon in Alexanders Tagen war i. J. 333/2 v. Chr. im Peiräeus [1] den Kitiern durch Beschlufs der attischen Gemeinde die Gründung eines Heiligtums der syrischen Aphrodite, kurz vorher bereits den Ägyptern die Einführung ihrer Isis gestattet worden. Die ägyptische Allianz war aber nicht im stande, die Athener vor dem politischen Mifserfolg zu bewahren, mit welchem ihr Staat überhaupt aufgehört hat, zu solchen Machtelementen der griechischen Welt, wie damals etwa Rhodos, noch weiter zu zählen. Der nach dem attischen Feldherrn Chremonides benannte Krieg der mit den Lagiden verbündeten griechischen Staaten gegen Antigonos Gonatas (seit 266/5) schlofs 263/2 mit vollständiger Demütigung Athens ab. Obwohl der Sieger nicht weiter grausam gegen die Stadt verfuhr, so mufste sie es doch dulden, dafs abermals eine makedonische Besatzung in die Citadelle auf dem Musenhügel, und ebenso in die Hafenschanzen von Munichia und Peiräeus gelegt wurde. Als der König einige Jahre später (256/5 v. Chr.) das Museion räumte, liefs er dafür die „langen Mauern" militärisch unhaltbar machen; sie wurden also teilweise abgebrochen, wahrscheinlich auf mehreren Punkten durch Schleifungen grofse Lücken geschaffen, oder auch nur die während des Krieges gelegten Breschen nicht wieder gestopft. Jedenfalls sind diese Linien seitdem niemals wiederhergestellt worden, die noch sehr bedeutenden Reste der Mauern aber nur ganz allmählich verschwunden.

Ohne in der Art innerlich gebeugt zu sein, wie zu Lysanders Zeiten, war Athen damals doch für immer zu einer sehr untergeordneten politischen Rolle degradiert worden. Noch bedenklicher mufs allmählich die sieg-

---

1) Vgl. bei Curtius und Kaupert, Heft I, S. 31 ff.

reiche Konkurrenz von Rhodos und Alexandria, dann auch die der neu emporgeblühten ionischen Handelsstädte nach der merkantilen Seite sich fühlbar gemacht haben. Wenn nicht seit dem Siege des Antigonos Gonatas die Nachrichten über Athen spärlicher zu werden anfingen, so würden wir wahrscheinlich die Fortschritte langsamen, aber nicht mehr aufzuhaltenden Sinkens der alten materiellen Kraft ziemlich deutlich beobachten können. Allerdings ist den Athenern bis in die byzantinische Zeit ein Teil ihres Eigenhandels geblieben, wie ihn einige kostbare Landesprodukte, noch längere Zeit ihr Gewerbfleifs, noch weit länger ihre grofsartigen Kunstwerkstätten möglich machten. Bereits aber nimmt Athen mehr und mehr den Charakter einer Stadt der Monumente und mit wachsender Bestimmtheit den der Schulstadt an. Sehr bedeutsam hatte in dieser Richtung unter erheblicher Förderung des Stadtverwesers Demetrios und in den Blütetagen der allgemein beliebten Gründer der modernen Komödie, Philemon und Menander, der berühmte Peripatetiker Theophrast gewirkt, der (322 bis gegen 283 in Athen thätig) durch seinen grofsen Ruf Tausende junger Griechen nach Athen zog und nach Platons Vorgange (S. 138 fg.) für seine Schule am Lykeion ein ausgedehntes Gartengrundstück erwarb, welches mit dem nunmehr üblichen Heiligtum der Musen und mit Räumen für den Unterricht ausgestattet, nachher aber von einem Scholarchen auf den andern vererbt wurde.[1] Bekanntlich hatten aber vor Ablauf des vierten Jahrhunderts noch zwei andre grofse philosophische Schulen in Athen festen Fufs gefafst, nämlich etwa seit 308 die Zeno's, die, weil dieser und seine Nachfolger die „bunte Halle"

---

1) Vgl. Wachsmuth, S. 617 ff.

an der Agora für ihre Vorträge benutzten, den Namen der „Stoa" erhielt, und die Epikurs, welcher letztere seit 306 in Athen verweilte und aufser seinem Hause in Melite auch noch in[1] der Nähe des Dipylon, ungewifs ob innerhalb der Stadt, einen grofsen Garten für 80 Minen (6285 M.) erwarb, der dann auch das Eigentum seiner Schule blieb. Später, namentlich seit dem zweiten Jahrhundert v. Chr., wurden auch die Räume des Ptolemäon, wo man das Standbild des berühmten Chrysippos aufgestellt hatte, zur Abhaltung philosophischer Vorträge benutzt.

Volle äufsere Unabhängigkeit gewannen die Athener erst wieder i. J. 229 v. Chr. Als nämlich des Antigonos Gonatas Nachfolger, König Demetrios II., gestorben war, ergriff der damals einflufsreichste griechische Politiker des Peloponnes, Arat, die Gelegenheit, den makedonischen Befehlshaber in Attika, Diogenes, durch 150 Talente zu bestechen. Wirklich räumte dieser Offizier die durch seine Truppen besetzten Posten Peiräeus und Munichia, Sunion und Salamis, und setzte die Athener endlich wieder in den unbeschränkten Besitz ihres ganzen Landes. Dafür hat ihn die attische Gemeinde in geradezu mafsloser Weise ausgezeichnet. Er erhielt das attische Bürgerrecht, einen Ehrensitz (S. 145) im Theater, ja man stiftete ihm ein besonderes Heiligtum mit feierlichen Opfern und schmückte ein in der nordöstlichen Gegend der inneren Stadt, wo jetzt ohne Mühe für solche Anlagen Raum zu gewinnen war, neu errichtetes Gymnasium, das Diogeneion, mit seinem Namen. Hier wurde in der römischen Kaiserzeit auch mathematischer, rhetorischer und musikalischer Unterricht erteilt.[2]

---

1) Vgl. Wachsmuth, S. 265, 618, 634, 649. u. s. dagegen v. Wilamowitz, Antigonos von Karystos, S. 288 ff.

2) Vgl. Wachsmuth, S. 630 ff. und 635.

Eine nähere Verbindung der Athener mit dem Bunde der Achäer ist trotz jenes Schachzuges des Aratos nicht eingetreten. Vielmehr zogen es die Athener, die nun mehr und mehr von den griechischen Dingen sich abwendeten und die Anlehnung an starke auswärtige Machthaber suchten, es vor (vielleicht schon 228 v. Chr.) mit den Römern sich zu verbünden. Diese Allianz, die seit 209 v. Chr. noch enger geknüpft worden ist, verschärfte auf der einen Seite den alten Gegensatz zwischen Athen und dem makedonischen Hofe, auf der andern trug sie dazu bei, das Verhältnis immer intimer zu gestalten, in welches das römerfreundliche und dabei eifrig philhellene Geschlecht der Attaliden von Pergamon zu den Athenern getreten war. Als bereits der Krieg zwischen den Römern und König Philipp V. von Makedonien in der Luft lag, gab ein Streit zwischen letzterem und den Athenern den Anstofs zum Losschlagen. Die blutige Bigotterie, mit welcher diese im September 201 v. Chr. zwei junge Männer des mit Philipp treu verbündeten akarnanischen Volkes wegen eines ahnungslos begangenen „Mysterienfrevels" hingerichtet hatten, bestimmte nämlich den König, Attika durch akarnanische und makedonische Truppen unter seinem General Nikanor bis zur Akademie grausam verheeren zu lassen. Da griff der mit Philipp bereits in offenem Kriege befindliche König Attalos I. von Pergamon (241—197 v. Chr.) der mit seiner und der rhodischen Flotte gerade bei Ägina vor Anker lag, auf den Hilferuf der Athener rettend ein. Sein und einer römischen Gesandtschaft Einschreiten bestimmte den makedonischen Feldherrn wieder zum Abmarsch. Attalos aber, den Athenern schon von früher her wert, weil er als Freund der akademischen Schule für deren Schulhaupt Lakydes (241—215) in oder bei der Akademie einen neuen schönen Garten, das Lakydeion genannt, angelegt und weiter auf der Akropolis eine Reihe prachtvoller Bildwerke, die seinen Sieg (229) über die Galater in Kleinasien feierten, aufgestellt hatte, wurde von den Athenern in derselben Weise, wie (S. 156) früher Ptolemäos II. geehrt, indem man nun auch für ihn eine Phyle, jetzt also wieder die zwölfte, Attalis genannt, bildete und sein Standbild zu denen der andern eilf Eponymen gesellte.[1] Freilich vermochte der neue Wohlthäter die liebliche Umgebung von Athen nicht vor einer ganz rohen Mifshandlung zu schützen, mit der die Makedonen sie demnächst heimsuchten. Als nämlich König Philipp im Spätjahr 200 v. Chr. die Nachricht von dem Übergang der Römer nach Illyrien und von dem Handstreich der im Peiräeus ankernden feindlichen Flotte gegen seine Festung Chalkis erhielt, wollte der leidenschaftliche Mann von Demetrias aus in raschem, rächendem Anlauf Athen überrennen. Er ist wirklich in den festen Thorhof des Dipylon eingedrungen, hier aber in solche Gefahr geraten, dafs er nur mit Mühe wieder ins Freie sich retten konnte. Wütend über diesen Mifserfolg liefs Philipp in arger Brutalität alle ihm irgend erreichbaren Anlagen der Umgegend, vor allem die prachtvollen Pflanzungen der grofsen Gymnasien aufserhalb der Ringmauer niederbrennen, und schonte dabei weder die Heiligtümer noch die Gräber, die systematisch verwüstet wurden. Auch die Umgegend des Peiräeus und die von Eleusis litt unter dieser sinnlosen Barbarei. Damit noch nicht zufrieden, liefs der wüste Mensch, als ihm nach einem vergeblichen Versuche, die Achäer für sich unter die Waffen zu bringen, ein neuer Angriff auf Athen und Peiräeus mifsglückt war,

---

1) Vgl. Wachsmuth, S. 271 und 636 ff.

bei wiederholter Vertilgungsarbeit nun selbst die einzelnen Steine der zerstörten Tempel und sonstigen Denkmäler zerschlagen. Nach echt attischer Praxis stürzten dafür die erbitterten Athener in ihrer Stadt sämtliche Statuen und Bilder Philipps und seiner Vorfahren um, und bemühten sich auch sonst auf alle Weise, Namen und Andenken der Antigoniden zu beschimpfen.

Um so dankbarer war die auch materiell schwer geschädigte Stadt, als nun verschiedene ihrer mächtigen Freunde sie im Geschmack dieses Zeitalters mit Wohlthaten überhäuften. Für die Staatskasse besonders ergiebig war die durch die Römer nach Philipps Besiegung i. J. 196 v. Chr. verfügte Überlassung der Inseln Skyros, Imbros und Paros an Athen. Die hellenistischen Könige Asiens dagegen fuhren fort, die alten Monumente durch neue Bauten zu ergänzen, derart dafs neben der Beschäftigung zahlreicher darbender Menschen durch solche Unternehmungen auch die monumentale Anziehungskraft der herrlichen Metropole immer neu gestärkt und gesteigert wurde. Zunächst sehen wir als Bauherren auf diesem Schauplatze zwei Fürsten thätig, deren philhellene Sinnesweise sonst freilich sehr abweichende Richtungen eingeschlagen hat. Des kriegerischen Pergameners Attalos Nachfolger Eumenes II. (197—159) der es auch sonst an Wohlthaten zu Gunsten der Griechen nicht fehlen liefs, erbaute, wahrscheinlich nach kleinasiatischem Muster, im Zusammenhange mit dem Theater des Dionysos eine nach ihm benannte stattliche Säulenhalle, welche — anscheinend hinter dem Skene- oder Bühnengebäude und weit gegen Westen am Fufse des Burghügels sich ausdehnend — teils zu Vorübungen für die Chöre, teils dazu dienen sollte, den in dem dachlosen Theater sich sammelnden Zuschauern Schutz gegen die allzu grofse Hitze und noch mehr gegen jähe und ungestüme Regenschauer zu gewähren.[1] Weit grofsartiger noch waren die Pläne eines der letzten Seleukiden, der auch sonst durch seinen geradezu leidenschaftlichen Hellenismus einen tragischen Ruf gewonnen hat, nämlich des syrischen Grofskönigs Antiochos IV. Epiphanes (175—164 v. Chr.) Dieser Philhellene, der auch zahlreiche andere Städte Griechenlands reich beschenkt hat, ahmte zunächst den alten Fürsten Peisistratos nach, der, wie wir uns erinnern, einst als riesiges Amulet (S. 40) an dem Pelasgerschlofs eine grofse Heuschrecke hatte anbringen lassen. Wie auch sonst in Griechenland das Gorgoneion, dem man eine Zauber und Unheil abwehrende Kraft zuschrieb, vielfach an Mauern, Thoren und Bauten aller Art befestigt wurde, so liefs Antiochos jetzt oberhalb des Theaters an der südlichen Mauer der Akropolis eine aus Gold gefertigte Aegis der Athena mit dem Medusenhaupte in der Art anschlagen, dafs sie alles Unheil abwendend nach dem Meere zu sich wandte. Vor allem aber wies er den Athenern bedeutende Geldmittel an, damit endlich der Bau des seit der Vertreibung des Hippias (S. 41) als kolossaler Torso liegen gebliebenen Tempels des olympischen Zeus über dem Ilisos weiter geführt werden könnte. Die Leitung der Arbeiten wurde dem römischen Baumeister Decimus Cossutius übertragen, der das Werk auf Grund eines neuen Planes in der grofsartigsten Weise in Angriff nahm, zuerst die Cella aufführte und namentlich durch eine Menge prachtvoller korinthischer Säulen schmückte. Bereits zur Hälfte ausgeführt, mufste jedoch die glänzende Schöpfung auch dieses Künstlers noch einmal für beinahe

---

1) Vgl. Bursian, Geogr. v. Griechenl. Bd. I. S. 297 ff. Curtius, Erläut. Text, S. 42. Wachsmuth, S. 243 u. 641 ff.

drei Jahrhunderte auf ihren wirklichen Abschlufs harren, weil mit des Seleukiden Ableben (164) natürlich die Mittel versiegten, um das ebenso geschmackvoll als prächtig entworfene Riesenwerk fortzusetzen. Die Athener selbst waren gerade in dieser Zeit weniger als je zuvor in der Lage, um irgend nennenswerte Mittel auf ihr Olympieion verwenden zu können. Die auf Befehl des syrischen Grofskönigs unternommenen Arbeiten waren zum Teil mit dem mehrjährigen Kriege zusammengetroffen, den die Römer gegen König Perseus von Makedonien führten. Die Treue der Athener hinderte die Führer der römischen Heere und Flotten durchaus nicht, auch die alte Stadt des Perikles, die ohnehin durch die lange Störung alles Verkehrs erheblichen Schaden litt, durch die ausgedehntesten Forderungen von Lieferungen jeder Art für die Truppen des Senats in Wahrheit zu Grunde zu richten. Allerdings hat die Politik der Römer nach des Perseus Sturze die Athener mehrfach zu entschädigen sich bemüht. Im J. 166 wurden das Gebiet der im Kriege zerstörten böotischen Stadt Haliartos, vor allem aber die Inseln Lemnos und Delos ihnen zugeteilt, und die Gemeinde dankte für dieses Geschenk der weltbeherrschenden Nation, indem sie in ihrer Stadt nun auch einen Tempel und den Dienst der Dea Roma, der personifizierten Tyche von Rom, einrichtete. Obwohl nachher gerade Delos, wo eine attische Kleruchie angesiedelt wurde, als neuer Freihafen im Mittelpunkte des ägäischen Meeres auf Kosten des rhodischen Handelsflors ein überaus lebhafter Verkehrsplatz geworden ist, und seit 145 v. Chr. auch einen Teil des Handels des zerstörten Korinth an sich zu ziehen vermochte, so dauerte es doch sicherlich lange genug, bis die attischen Finanzen auch nur einigermafsen wieder ins Gleichgewicht kommen konnten. Dieses um so mehr, weil der Aufstand und die Überwältigung der in den laurischen Silberbergwerken beschäftigten Sklaven (135 oder 133 v. Chr.) diese Quelle der Einkünfte für Athen gründlich verdorben hat. Der verrufene und in seinen Folgen für Griechenland so verhängnisvoll gewordene Raubzug d. J. 156 v. Chr. nach Oropos wirft auf die damalige Lage der einst reichsten Stadt Griechenlands ein ebenso scharfes als unerfreuliches Licht.

In dieser kläglichen Zeit, wo sicherlich auch die Volkszahl der Stadt fühlbar gesunken ist, wurde wieder einer der pergamenischen Philhellenen ein treuer Wohlthäter der heruntergekommenen Athener. Des zweiten Eumenes Bruder und Nachfolger, König Attalos II. (159 bis 138 v. Chr.) schuf ihnen noch einmal einen imposanten Neubau, dessen erhebliche Reste bis auf die Gegenwart sich erhalten haben. Auf der Ostseite nämlich der, wie wir uns erinnern, für den Verkehr bestimmten Nordhälfte der Agora wurde an Stelle der vielen kleinen und wenig ansehnlichen Buden, die sonst hier standen, eine von Nordwest nach Südost sich ausdehnende prachtvolle zweistöckige Kaufhalle, ein herrlicher Bazar, errichtet. Die „Stoa des Attalos" hatte eine Länge von 112 bis 113 m und eine Tiefe von 19,43 m. Eine wahrscheinlich mit Holz überdachte, gegen Westen geöffnete Vorhalle, welche durch eine äufsere Reihe von 44 dorischen und eine innere, von jener 6 m entfernte, von 22 ionischen Säulen aus Porosstein getragen, und auf der Südseite durch eine aus pentelischem Marmor bestehende Wand abgeschlossen wurde, war dem eigentlichen Erdgeschofs vorgelegt.[1] Wahrscheinlich diente

---

1) Vgl. Wachsmuth, a. a. O. S. 155 ff. und 642, und jetzt auch R. Bohn, die Stoa des Königs Attalos des Zweiten zu Athen. (1882.)

jene den Kaufleuten zum Auslegen ihrer Waren; dieses dagegen, welches aus 21 geschlossenen Räumen von 4,8 bis 4,90 m Tiefe und verschiedener Breite bestand und mit dem oberen Stockwerk durch Treppen verbunden war, wurde zur Aufbewahrung der Vorräte und zu deren Sicherung bei Nacht benutzt. Zum Dank stiftete das attische Volk den Königen Eumenes und Attalos Ehrenstandbilder von kolossaler Gröfse.

Der Platz vor dieser neuen Kaufhalle gewann in der römischen Zeit auch für die politischen Verhältnisse der Athener eine gewisse Bedeutung. Obwohl ihr Staat mit der römischen Weltmacht dem Namen nach vollkommen zu gleichen Rechten verbündet war, so mufsten sie doch es sich gefallen lassen, dafs bei der Niederwerfung des achäischen Bundes der Senat (seit 145 v. Chr.) in seiner Abneigung gegen die Demokratie und namentlich gegen die „sitzenden" Gemeindeversammlungen der Griechen den sogenannten aristokratischen Elementen in Athen ein fühlbares Übergewicht verlieh. Die Pnyx, die noch im Zeitalter des Demosthenes das gewöhnliche Lokal für die Versammlungen der Gemeinde gewesen war, hatte jetzt längst aufgehört es zu sein. Seit der Zeit der Diadochen pflegte man die schönen Räume des Dionysostheaters für die Ekklesieen zu benutzen; die Pnyx wurde nur noch bei den Wahlen der Beamten besucht, aber auch das nicht mehr regelmäfsig, — hier scheinen die durch die makedonischen Festungsbauten auf dem Musenhügel veranlafsten Veränderungen störend gewirkt zu haben. Die Römer nun richteten vor der Stoa des Attalos eine Tribüne ein, von welcher herab der senatorische Statthalter Makedoniens oder dessen Vertreter, dann aber auch die attischen Beamten, namentlich der jetzt bedeutendste, der Stadthauptmann, der nun wieder auf der Agora sich sammelnden Gemeinde wichtige Mitteilungen zu machen pflegten. Wie es scheint, so ist allmählich die Pnyx völlig in Vergessenheit gekommen, und neben dem nun thatsächlich bevorzugten Raume vor der Attaloshalle das Theater, auch für Wahlen, Schauplatz der regelmäfsigen Gemeindeversammlungen geblieben.

Die starke Begünstigung, welcher die attische Aristokratie von Seiten der Römer sich zu erfreuen hatte, und die fühlbare Lähmung der alten Art demokratischer Thätigkeit rief allmählich eine tiefgreifende Verstimmung des attischen Volkes gegen die italische Schutzmacht. hervor. Man wird ihr auch alles zur Schuld geschrieben haben, was sonst das Volk bedrückte: den materiellen Verfall und das gänzliche Hinschwinden der politischen Bedeutung, an deren alte Herrlichkeit die Athener doch täglich durch jeden Blick auf ihre Monumente erinnert wurden. So wird es begreiflich, dafs das Zusammentreffen der furchtbaren Bürgerkriege, die Italien erschütterten, mit dem siegreichen Vordringen des „grofsen" pontischen Königs Mithradates in Kleinasien dem attischen Demos den Mut geben konnte, unter den Einwirkungen der frevelhaften Agitation des Peripatetikers Aristion von Rom abzufallen und sich den Asiaten anzuschliefsen, 88 v. Chr. Dieser falsche Schritt hatte für die Athener wahrhaft entsetzliche Folgen und schlug der Stadt und ihrem Wohlstande Wunden, die niemals wieder geheilt worden sind. Der Verlust der Insel Delos, die dann noch in demselben Jahre durch die pontische Flotte für alle Zeiten ruiniert worden ist, kündigte die grofse Katastrophe an. Seit dem Frühling d. J. 87 begann der Römer L. Cornelius Sulla die Angriffe auf Athen und Peiräeus, wo der pontische Feldherr Archelaos mit starker Macht stand. Während die Oberstadt einstweilen mehr nur blockiert wurde, richteten die Römer ihre Kraft hauptsächlich gegen die Hafenstadt. Um Material zu einem Einschliefsungswall zu gewinnen, liefs Sulla die Reste der langen Mauern rasieren; die Bäume der Akademie und des Lykeion wurden gefällt, um Belagerungsmaschinen in Menge herzustellen. Als der römische Feldherr auf dieser Seite nicht schnell genug vorwärts kam, verwandelte er die Belagerung des Peiräeus in eine Blockade und griff seit Ausgang des Winters 86 v. Chr. Athen mit furchtbarem Nachdruck an. Die durch schwere Hungersnot und durch die rücksichtslose Gewaltthätigkeit des Aristion, der aus einem Demagogen ein arger Tyrann geworden war, grausam heimgesuchten Athener vermochten den Römern auf die Dauer nicht standzuhalten. Als endlich der furchtbare Sulla in der Nacht zum 1. März 86 v. Chr. am Heptachalkon, einer kleinen Anhöhe südwestlich vom Dipylon, über welche die Ringmauer geführt war, eine breite Bresche geöffnet hatte, konnten die erschöpften Verteidiger das Eindringen der mordlustigen Römer nicht mehr hindern. Das nachfolgende Gemetzel, dem die umfassendste Plünderung zur Seite ging, war so entsetzlich, dafs endlich der grofse Korso (S. 110) buchstäblich im Blute schwamm und breite Blutbäche durch das Dipylon nach aufsen strömten. Nur Zerstörung von Gebäuden erlaubte der römische Feldherr nicht. Was damals in dieser Richtung geschah, fiel dem Aristion zur Last, der bei seiner Flucht nach der jetzt wieder einmal in schwerem Ernst als Citadelle benutzten Akropolis sich nicht scheute, das Odeion des Perikles in Brand zu stecken. Er wollte es seinen Gegnern unmöglich machen, das Holzwerk dieses Hauses zu Belagerungsmaschinen zu verwenden. Das hat ihm freilich nicht viel geholfen. Denn der Legat Gajus Scribonius Curio, dem Sulla die Belagerung der Burg übertrug, wufste, so scheint es, dem Aristion die Benutzung der Klepsydra abzuschneiden, und nun nötigte der eintretende Mangel an Wasser den Tyrannen, das Schlofs den Römern zu übergeben.

Noch aber war die Reihe der vernichtenden Schläge, welche den Wohlstand der Athener damals zerstörten, nicht abgeschlossen. Sulla hatte nach dem Falle der oberen Stadt sich mit erhöhter Energie gegen den Peiräeus gewendet. Vor der Kraft seiner Angriffe vermochte Archelaos endlich nicht mehr sich zu behaupten; er gab daher den gröfsten Teil der Hafenstadt und ihrer Schanzen auf und zog sich nach dem kleinen, starken Kastell (S. 64) auf der Landzunge, welche den durch seine Flotte besetzten Hafen Munichia von Süden her umschliefst, zurück.[1] Als endlich der thörichte Befehl seines Grofskönigs den pontischen Feldherrn genötigt hatte, auch diese Stellung aufzugeben und den Kampf gegen die Römer auf einem andern Punkte fortzusetzen, schritt Sulla zu einem schauderhaften Vertilgungswerke. Bei der nur geringen Zahl seiner Truppen konnte er die ausgedehnten Werke der attischen Häfen weder ausreichend besetzt halten, ohne dadurch seine Feldarmee in gefahrvoller Weise zu schwächen, noch auch ohne die schwersten Bedenken diese hochwichtige Stellung jeder beliebigen neuen Landung der Asiaten offen lassen. Für einen so brutal rücksichtslosen Soldaten wie Sulla gab es einen sehr einfachen Ausweg aus diesem Dilemma: zu den Zerstörungen, welche die römischen Widder in den Ringmauern des Peiräeus bereits erzielt

---

1) Vgl. Wachsmuth, S. 327.

hatten, traten jetzt die durch das Feuer. Alles was durch die Flammen verwüstet werden konnte, vor allem die Werften, die Schiffshäuser, und ganz besonders das Arsenal des Philon, gingen mit der Hafenstadt damals in Rauch auf. Das Werk Lysanders ist von Sulla dreifach überboten, die grausame Verwüstung niemals wieder gut gemacht worden. Wohl sind bis zu dem Wiederaufleben des Peiräeus in der neugriechischen Gegenwart noch wiederholt bedeutende Flotten in sein Hauptbecken vorübergehend eingelaufen, aber die alte Bedeutung desselben blieb für neunzehn Jahrhunderte verloren. Lange Mauern und Hafenschanzen stellte kein Wohlthäter Athens wieder her; indessen sind in der Nähe einiger weniger Reste der alten Hafenstadt, wie etwa des Heiligtums des Zeus Soter [1], und an den Wasserbecken allmählich wieder einige unansehnliche Ansiedlungen entstanden. Der Verlust des Peiräeus, der auch die militärische Bedeutung Athens überhaupt wesentlich schwächte, ist von der Bürgerschaft nicht wieder überwunden worden. Diese selbst war durch die Schrecknisse jener schauerlichen Episode ihrer Geschichte in grauenhafter Weise decimiert worden; die herrliche Stadt lag weithin verödet, ihr Wohlstand war eingestampft, viele Bürger zu Grunde gerichtet, der kleine Staat als solcher, der auch die Wegschleppung (83 v. Chr.) mehrerer für das Olympieion bestimmt gewesener Säulen nach Rom sich gefallen lassen mufste, finanziell für lange in schwerster Bedrängnis.

---

1) Vgl. Wachsmuth, S. 660 ff.

Achtes Kapitel.
Von Sulla bis auf Hadrian.

Seit diesen Schicksalsschlägen ist Athen für lange sehr wesentlich auf das Wohlwollen der fremden Machthaber angewiesen geblieben. In der That sind aber neben den hellenistischen Asiaten nunmehr gerade die Römer der verschiedensten Parteistellungen in immer wachsendem Mafse die Wohlthäter der tief heruntergekommenen Stadt geworden. Ihre Reihe eröffnete noch während des ersten Mithradatischen Krieges der von 86 bis 65 v. Chr. in Athen angesiedelte berühmte Banquier T. Pomponius (Atticus), der neben andern Gaben der Gemeinde wiederholt bei öffentlichen Anleihen die nötigen Geldmittel zu humanen Zinsen gewährte. Aus eigenen Mitteln heraus half sich Athen in wenig erfreulicher Weise durch den wiederholten Verkauf seines noch immer hochgeschätzten Bürgerrechtes. Edleren Ursprungs waren natürlich die Hilfsmittel, die ihr immer von neuem der Zauber zuführte, den die Monumente auf die Fremden ausübten. Die Zeit war gekommen und sie hat zunächst bis tief in das dritte nachchristliche Jahrhundert gewährt, wo der antike Reiseverkehr einen wahrhaft grofsartigen Aufschwung nahm. Gerade Athen hatte davon sehr erhebliche Vorteile, und nun waren es in immer wachsendem Umfange die vornehmen Römer, welche auf solchen zum Vergnügen wie zur Belehrung unternommenen Wanderungen den Weg nach Attika fanden. Noch ungleich zahlreicher traten die jungen römischen Studenten auf, die in den nunmehr auch von seiten der attischen Staatsregierung mit wohlbegründeter Aufmerksamkeit gepflegten Schulen der Philosophen ihre Studien zu machen gedachten — unter ihnen vor allen i. J. 79 v. Chr.

Marcus Tullius Cicero. Daneben beeiferten sich andauernd namhafte Männer, der unglücklichen Stadt, die bis auf Justinians I. Zeiten nun einmal das Lieblings- und Schmerzenskind der alten Welt geblieben ist, unmittelbar wertvolle Geschenke zuzuwenden und sie zur Erhaltung und Herstellung ihres architektonischen Schmuckes in den Stand zu setzen. Ganz besonders dankbar wurde es aufgenommen, daſs der groſse Pompejus bei seiner siegreichen Rückkehr aus dem durch ihn bis zu den armenischen Hochlandschaften und bis zum Euphrat unter Roms Suprematie gebeugten Asien i. J. 62 den Athenern die Summe von 50 Talenten (210,488 M.) anwies, um die Stadt zu verschönern; das Geld ist doch wohl vorzugsweise der Herstellung der in der Schreckenszeit Aristions und Sullas verwüsteten öffentlichen Bauten und Anlagen zu gute gekommen. Nicht lange nachher lieſsen die kappadokischen Könige Ariobarzanes II. Philopator (59 — 52 v. Chr.) und sein Sohn Ariobarzanes III. Eusebes das verwüstete Odeion des Perikles durch die Architekten Gajus und Marcus Stallius und Menalippos wiederherstellen. Zum Danke errichteten ihnen die Athener nach altem Brauche Denksäulen. Eine ganz neue Anlage endlich verdankte die Stadt einem syrischen Philhellenen, dem Andronikos aus Kyrrhos, dieselbe, die als „Turm der Winde" zu den nicht sehr zahlreichen noch heute erhaltenen antiken Denkmälern von Athen zählt. In der Litteratur der Römer zuerst i. J. 37 v. Chr. erwähnt und wahrscheinlich kurz zuvor, etwa um die Mitte des letzten Jahrhunderts v. Chr. errichtet, sollte der Marmorbau dieses neuen Wohlthäters ein „Horologion", ein Uhrgebäude werden. In der Nordhälfte der Stadt erhob sich nämlich auf einer kleinen Anhöhe inmitten eines freien Platzes, der östlich von der Agora und westlich vom Diogeneion zu suchen ist, ein achtseitiger Bau, der bei einem Durchmesser von 7,95 m eine Höhe von 12,8 m erreicht, dieses mit Einrechnung eines dreistufigen Unterbaues. Die beiden nach Nordost und Nordwest sich öffnenden Thüren waren durch zweisäulige korinthische Vorhallen geschmückt. Die obere Fläche jeder der acht Wände, die den Himmelsrichtungen der Hauptwinde zugekehrt sind, und dazu bestimmt waren, den Stand der Sonne anzugeben, trägt eine Reliefdarstellung des entsprechenden Windgottes. Unterhalb der Reliefs waren die Striche für die Sonnenuhren angebracht. Das Dach zeigt die Form einer niedrigen, achtseitigen Pyramide und besteht aus trapezförmigen Marmorplatten mit einem runden Schlufsstein in der Mitte. Dieser letztere trug im Altertum einen beweglichen bronzenen Triton, der mit einer Windfahne oder einem Stabe den Wind anzeigte.[1]

Gröfsere Neubauten sind in Athen erst nach dem Austoben der römischen Bürgerkriege wieder in Angriff genommen worden. Bekanntlich begannen nicht gar lange nach dem Besuch des Pompejus die gewaltigen Kämpfe im Römerreiche, die endlich mit dem Siege Oktavians abschlossen. Griechenland hat als ein Hauptschauplatz derselben wiederholt furchtbar gelitten. Auch der bei dem Verfall der alten Handelswege nur sehr langsam wieder aufkeimende Wohlstand der Athener ist durch die Leiden dieser harten Zeiten noch einmal gründlich vernichtet worden. Nur die Schrecknisse der Sullanischen Episode haben sich nicht wiederholt. Obwohl die Athener, die bei diesen Kämpfen mit altgewohnter Leidenschaftlichkeit Partei

---

1) Vgl. Vischer, S. 185. Bursian, Geogr. v. Griechenl. Bd. I. S. 293. Curtius, Erläuternder Text S. 44. Wachsmuth, S. 669.

ergriffen, dabei das Unglück hatten, regelmäfsig auf Seiten der unterliegenden Richtung sich zu finden, so sind sie doch von den Siegern stets mit grofser Schonung behandelt worden. Bei dem Ausbruche des Krieges zwischen Cäsar und Pompejus hielten die Athener sehr eifrig zu dem letzteren. Als daher der Kampf auf der griechischen Halbinsel ausgefochten wurde (48 v. Chr.), eilten sie, die noch von der Sullanischen Belagerung herrührenden Breschen in ihren Mauern zu stopfen. In der That vermochten die Athener den Angriffen des Cäsarianischen Legaten Quintus Fufius Calenus mit Erfolg zu widerstehen. Aber ihr Kanton wurde wieder gründlich verheert, und nach der Niederlage des Pompejus bei Pharsalos im Sommer 48 v. Chr. mufsten sie doch kapitulieren. Die schonende Rücksicht, mit welcher der Sieger die Stadt der grofsen Toten, der Monumente und der Musen behandelte, hielt die Athener durchaus nicht ab, nach Cäsars Ermordung mit demselben Enthusiasmus wie die jungen römischen Studenten in ihren Mauern die Sache des „Befreiers" Brutus zu ergreifen, als derselbe im Herbst 44 in Athen erschien, um auf dem Boden der griechischen Halbinsel den Krieg gegen M. Antonius zu organisieren. Man ging in der Begeisterung soweit, die bronzenen Standbilder des Brutus und Cassius neben denen der einheimischen Mörder Harmodios und Aristogeiton aufstellen zu lassen. Auch dieser politische Fehlgriff blieb für Athen ohne verderbliche Folgen. Denn als nach der Entscheidungsschlacht bei Philippi im Spätherbst 42 v. Chr. der sieggekrönte Triumvir Marcus Antonius in Griechenland erschien, um überall die Suprematie der Erben Cäsars herzustellen und Geldmittel für die Veteranen aufzutreiben, da wufste die in Athen zu höchster Vollendung entwickelte Kunst geistreicher Schmeichelei und serviler Grazie den für solche Eindrücke sehr empfänglichen Römer so vollständig zu bezaubern, dafs er schliefslich der Stadt i. J. 41 v. Chr. die Inseln Ägina, Ikos, Keos, Skiathos und Peparethos, und vielleicht auch die Stadt Eretria, zuteilte, derart dafs nunmehr deren Einkünfte in die attische Staatskasse fliefsen sollten. Seit dieser Zeit bestanden für etwa zehn Jahre sehr nahe Verhältnisse zwischen den Athenern und dem Gebieter über die östliche Hälfte des römischen Reiches. Antonius hat noch zweimal für längere Zeit seinen Sitz in Athen genommen, zuerst an der Seite seiner edlen römischen Gemahlin Octavia, vom Ende d. J. 39 bis zum Frühjahr 36 (mit einer kurzen Unterbrechung i. J. 38), und später mit seiner ägyptischen fürstlichen Geliebten, mit der stolzen Lagidentochter Kleopatra i. J. 32 v. Chr., vor dem Ausbruch des grofsen Weltkampfes mit Oktavian. Mochte nun immerhin die Freigebigkeit des Triumvirs und die Üppigkeit seines Hofhaltes der Bürgerschaft manchen Verdienst zuwenden, so fiel doch sein Auftreten während der letzten Zeit vor seinem Sturze schwer und vernichtend auf die Reste ihres Wohlstandes. Die Geschmeidigkeit der Athener hatte schon 39/38 v. Chr. dahin geführt, dafs man nicht allein — das erste für Athen nachweisbare Beispiel dieser damals einreifsenden rohen Praxis — durch Umschreibung der Inschriften die einst (S. 162) den Pergamenern Eumenes II. und Attalos II. (S. 166) auf der Burg errichteten kolossalen Ehrenstandbilder auf den Namen des Triumvirs dem Antonius weihte, sondern auch mit naivem Servilismus den letzteren als „neuen Dionysos" mit der Athena Polias verlobte. Der praktische Römer bat sich dann als Hochzeitsgeschenk die Summe von 1,000,000 Drachmen aus der Stadtkasse aus. Im J. 32 aber wurden Antonius und Kleopatra in aller Form unter die Burggottheiten aufgenommen und die Bilder beider fürstlicher Persönlichkeiten in göttlicher Haltung auf der Akropolis aufgestellt. Dabei machte sich aber der Druck der Rüstungen und der von Antonius gegen Oktavian gesammelten Heeresmassen zu Wasser und zu Lande, durch den Griechenland in der Zeit bis zur Schlacht bei Actium für lange Zeit so gründlich ruiniert worden ist, auch für Athen so nachdrücklich fühlbar, daſs die Stadt wahrscheinlich in dieser Notzeit sich gezwungen fand, die Einkünfte der Insel Salamis an einen Gläubiger zu verkaufen oder zu verpfänden.[1] Wenn wir dabei zugleich erfahren, daſs ein reicher patriotischer Bürger mit Namen Nikanor wahrscheinlich schon unter Augustus die Insel auf seine Kosten für Athen zurückerworben und sich dadurch den Namen eines neuen Themistokles gewonnen hat, so führt uns das hinüber in das Zeitalter, welches durch Oktavians (2. Sept. 31 v. Chr.) entscheidenden Seesieg bei Actium, wie für die römische Welt überhaupt, so speziell für Griechenland und Athen insbesondere eingeleitet wurde.

Besonderes Wohlwollen brachte Octavianus-Augustus den Athenern als eifrigen Anhängern seines Gegners Antonius nicht gerade von vornherein entgegen. Bei der groſsen Regulierung aller levantinischen Verhältnisse (22 bis 19 v. Chr.) entzog der neue Kaiser ihnen 21 v. Chr. den Besitz von Eretria und Ägina, so daſs jetzt das attische Staatsgebiet auſser Attika und Salamis die Mark von Haliartos, Oropos, das ruinierte Delos und neben Inseln wie Keos, Skiathos, Peparethos und Ikos, namentlich noch die alten Inseln Imbros, Lemnos und Skyros umfaſste.

---

1) Vgl. K. Keil im N. Rheinischen Museum. XVIII, S. 57 ff. 61. u. Wachsmuth, a. a. O. S. 665.

Nichtsdestoweniger folgte auch Augustus allmählich dem Zuge jener griechenfreundlichen Sinnesweise, welche — Sulla ausgenommen — die römischen Machthaber und nun vorzugsweise die Kaiser bestimmt hat, bis tief hinein in das Zeitalter der Konstantiner gerade Athen mit Wohlthaten mancherlei Art zu überschütten. Dem Zwecke dieser Skizze entsprechend verfolgen wir das natürlich nur nach der architektonischen Seite.

Ganz besonders wohlgesinnt für Athen und durch seinen grofsen Einflufs bei dem Kaiser daher den Athenern besonders wert war Oktavians mächtiger Freund M. Vipsanius Agrippa. Der volle Umfang seiner Wirksamkeit zu Gunsten der Stadt ist uns allerdings nicht mehr bekannt; speziell ist uns überliefert, dafs der baulustige Staatsmann im Kerameikos ein neues Theater, das Agrippeion, aufführen liefs, welches, so scheint es, hauptsächlich für Recitationen, später für die Vorträge der Rhetoren benutzt worden ist. Zum Danke für seine Verdienste um ihre Stadt haben die Athener, die ohnehin seit der Mitte des letzten vorchristlichen Jahrhunderts immer mehr daran sich gewöhnt hatten, fremden Gönnern und Wohlthätern Ehrenstandbilder, namentlich auf Burg und Markt aufzustellen, Agrippas Reiterstatue auf dem denkbar glänzendsten Punkte ihres Gebietes errichtet, anscheinend nicht lange nach 27 v. Chr.: nämlich links vom Aufgange zu den Propyläen, unterhalb des nördlichen Flügels derselben, der Nike-Bastion nördlich gegenüber. Die 16,75 m hoch aufsteigende, viereckige, turmartige Basis ist in unserm Jahrhundert (1835) aus dem türkischen Mauerwerk wieder herausgeschält worden und im ganzen unverletzt an der alten Stelle erhalten.

Teilweise noch erhalten sind weiter die neuen Anlagen, die auf dem Wege der panathenäischen Prozessionslinie von der Agora nach Osten, an dem während der Kaiserzeit als Ölmarkt benutzten Platze (S. 172 fg.) des Uhrgebäudes des Andronikos aus reichen, durch Cäsar und Augustus der Stadt gespendeten Mitteln geschaffen wurden. Es war eine der Athena Archegetis geweihte und zugleich mit Ehrenstandbildern verschiedener Mitglieder des julischen Kaiserhauses, namentlich des jugendlichen Lucius Cäsar, geschmückte Thorhalle: ein aus vier Säulen von 7,87 m Höhe und 1,22 m Durchmesser mit mächtigem Architrav, Metopen- und Triglyphen-Fries und Giebel bestehendes, in Gestalt einer dorischen Tempelfassade gehaltenes, mit der Fronte gegen Westen gerichtetes Gebäude, welches bis gegen das Jahr 2 v. Chr. Geb. vollendet wurde. Der für Wagen bestimmte mittlere Durchgang zwischen den Säulen ist 3,42 m breit, die den Fufsgängern dienenden Seitendurchgänge 1,42 m. Das System von Säulenhallen, welches im Anschlufs an dieses Thorgebäude den ganzen Platz umgab, wird erst der Zeit nach Augustus zuzuschreiben sein. Dagegen wurde in derselben Zeit, wo die neue Thorhalle entstand, auch eine auf Bögen ruhende Wasserleitung eingerichtet, welche Wasser von der Burgquelle Klepsydra nach dem Horologion des Andronikos führen und eine in demselben eingerichtete Wasseruhr speisen sollte;[1] das nördlichste Stück dieser Anlage ist noch jetzt erhalten. Das kleine runde Nebengebäude des Andronikosturmes diente dabei als Wasserreservoir. Aus demselben lief das Wasser nach den kreisförmigen Rinnen im Boden des Gebäudes und flofs dann durch einen unterirdischen Gang ab.

---

1) Vgl. Curtius, Erläuternder Text, S. 43 ff. B. Schmidt im Rheinischen Museum. XX. S. 164 ff. Wachsmuth, S. 302 ff. und 669 ff.

Die Richtung endlich dieser Zeit, welche die Griechen und noch mehr die Völker der griechischen Levante dahin trieb, den Kaisern und andern Mitgliedern des fürstlichen Hauses schon bei Lebzeiten göttliche Ehren zu erweisen, wirkte in Athen schon unter Augustus auch auf die Architektonik. Kurz vor Christi Geburt wurde auf der Akropolis, auf der Plattform gleich östlich von der Ostfronte des Parthenon, für die Göttin Roma und den Augustus ein kleiner Rundtempel von etwa 7,15 m Durchmesser erbaut, von welchem Architrav nebst Inschrift noch erhalten sind, der Kaiser also in den Kreis der Burggottheiten aufgenommen, und sein Fest mit dem der Panathenäen verbunden.

Es ist endlich nicht unwahrscheinlich, daſs damals im Zusammenhange sei es mit der Aufstellung des Agrippabildes, sei es, was wohl noch eher anzunehmen, mit einer Herstellung der Festungswerke der Akropolis, auch der Aufstieg zum Burghofe sorgfältig erneuert wurde. Die Vermutung liegt allerdings nahe, daſs die Kämpfe zur Zeit Sullas und Aristions, die sich zum Teil um die Akropolis drehten, vielfach zu Verwüstungen auf der Westseite des Schloſsberges Veranlassung gegeben haben, und daſs nun die neue Zeit ungestörten Friedens und fürstlicher Gunst auch hier zu einer Restauration aufforderte, die dann freilich mehr prunkend als technisch und künstlerisch vollendet ausfiel. Es handelte sich um die Wiederherstellung der nach den Propyläen (S. 106) führenden Marmortreppe; eine Anlage, deren architektonisches Detail allerdings noch jetzt zu den nicht völlig erledigten Streitfragen der Topographie der Akropolis gehört.[1]

---

1) Vgl. W. Vischer a. a. O. S. 124—131, der in der Hauptsache Beulé's Auffassung teilt. Curtius, erläuternder Text, S. 43 und Wachsmuth, S. 674 ff.

Mit den römischen Machthabern wetteiferten nun nach wie vor auch die hellenistischen Fürsten in Wohlthaten, die sie der Stadt Athen spendeten. Ein ganz besonderer Freund, wie der Hellenen überhaupt, so speziell der Athener war der berühmte König von Judäa, Herodes der Grofse, der durch reiche Geschenke wesentlich zur Verschönerung ihrer Stadt beigetragen hat. Was dieser zum Danke für seine Güte durch Aufstellung seines Standbildes auf der Burg geehrte Herrscher in Athen geschaffen hat, ist uns freilich ebensowenig überliefert, wie näheres über Ausdehnung und Durchführung einer andern, gleichzeitigen vielleicht ebenfalls von ihm angeregten Unternehmung. Wir hören nämlich, dafs mehrere der Vasallenfürsten des römischen Reiches sich vereinigten, das Werk des Cossutius fortzusetzen und das Olympieion, welches dann dem „Genius des Augustus" geweiht werden sollte, auf ihre Kosten ausbauen zu lassen.

In der That sollten noch weit über hundert Jahre verstreichen, bis endlich der Riesenbau am Ilisos seinen Abschlufs erreicht hat. Nicht die Gunst des kaiserlichen Hofes, wohl aber die Fülle unmittelbarer Wohlthaten setzte mit Ablauf der Augusteischen Episode wieder für längere Zeit aus. Die Athener waren zunächst darauf angewiesen, die seit Actium für mehrere Menschenalter völlig ungestörte Friedensruhe zu einiger Herstellung ihres Wohlstandes zu benutzen. Die alten mächtigen Quellen desselben waren freilich nicht wiederzufinden. Die Gemeinde als solche war und blieb zu grofsen Schöpfungen, wie etwa die Herstellung des Peiräeus gewesen sein würde, andauernd unfähig; der Grofshandel war vollständig in die Hände der Alexandriner, Rhodier und Neukorinthier übergegangen, und das in Attika noch vorhandene Kapital zeigte keine Neigung zu grofsen kaufmännischen und industriellen Unternehmungen. In der Zeit vor der Herrschaft der Antigoniden die Metropole des griechischen Handels, sah Athen es nun, noch im zweiten nachchristlichen Jahrhundert, als ein Ereignis an, wenn ein grofses ägyptisches Kauffahrteischiff den Peiräeus besuchte. Doch waren die Athener wieder im stande, aus dem Vertrieb ihres kostbaren Marmors, aus dem Absatz ihres ausgezeichneten Öls und der daraus hergestellten Ölsalben, aus dem Verkauf ihres vielbegehrten Honigs erheblichen Vorteil zu ziehen. Und bei der neuen Blüte zahlreicher Provinzen des römischen Reiches, besonders der erstaunlich schnell aus ihrem Elend zu frischem Wohlstand emporwachsenden griechischen Städte von Asia, fanden die athenischen Kunstwerkstätten auch wieder zahlreiche Bestellungen. Goldene, marmorne und chryselefantine Götterbilder wurden in Athen in grofser Menge zur Ausfuhr angefertigt.

Unter solchen Umständen legten die Athener den höchsten Wert darauf, ihre Bedeutung als die neben dem ägyptischen Alexandria bedeutendste Schulstadt der griechischen Welt nicht einzubüfsen. Zum Glück für die alte Stadt Platons und Epikurs ist es den Athenern gelungen, die in der Periode des julisch-claudischen Herrscherhauses wirklich gefahrdrohende Konkurrenz zahlreicher östlicher und westlicher Studiensitze auszuhalten und allmählich zu überwinden. Schon zu Neros Zeit wird wieder der Scharen junger Studierender gedacht, die jetzt aus allen Teilen der griechisch redenden Welt und aus verschiedenen romanischen Provinzen nach Athen ziehen. Damit gewinnen für die Athener — und nunmehr in unablässig wachsendem Mafse bis herab auf Justinians I. Zeit — die Interessen der Schulen, später noch weit bestimmter die recht eigentlich (nach unserer Art zu reden) „akademischen" Interessen das entscheidende Gewicht. Namentlich seit Ausgang des ersten nachchristlichen Jahrhunderts verleiht die Ansiedelung der modernen Kunstrhetorik, der sogenannten jüngeren Sophistik, von den kleinasiatischen Griechenstädten her dem athenischen Leben einen ausgeprägt akademischen Charakter. Soweit die Thätigkeit der attischen Staatsregierung dabei in Betracht kommt, tritt, lange vor den Neugestaltungen der Antoninenzeit, namentlich die Sorge für die Unterrichtsanstalten der Epheben in den Vordergrund, derart dafs der in jener Zeit wichtigste Staatsbeamte, der Stadthauptmann, auch auf diesem Gebiet die Oberaufsicht erhielt und die Bedeutung der Gymnasialbeamten zunehmend sich steigerte.[1]

Der reiche monumentale Schmuck, der in ähnlicher Weise wie die Schulen die alte Stadt ohne Unterlafs zum Reiseziel zahlreicher griechischer, levantinischer, romanischer Fremden machte, wuchs einstweilen für längere Jahre nur in einer bestimmten Richtung. Welche architektonischen Stiftungen etwa der Kultus hervorgerufen hat, den die Athener den verschiedenen römischen Kaisern und manchen andern Mitgliedern der herrschenden Dynastieen geweiht haben, ist nicht weiter überliefert. Dagegen mehrte sich unablässig die Zahl der Ehrenstandbilder, die auf der einen Seite den Kaisern und sonst namhaften Männern ihres Geschlechts, den Statthaltern von Achaja und andern römischen Grofsen, auf der andern Seite den verschiedensten um Athen irgendwie, und sei es auch nur als Künstler, verdienten Leuten, fremden wie einheimischen, galten: nur dafs man immer häufiger zur Ersparung der Kosten den Ausweg einschlug, irgendwie passende

---

1) Vgl. Wachsmuth, S. 676.

ältere Standbilder von Göttern oder Menschen neu zu verwenden, und denselben oft nur auf ihre Basis eine neue Inschrift eingrub. Zuweilen mag allerdings auch nur eine alte Basis für eine wirklich neue Statue verwendet worden sein. Jedenfalls aber hatte sich die Masse solcher beweglicher Denkmäler in Athen allmählich so sehr vermehrt, dafs auch die Kunsträuberei, die seit 64 n. Chr. Kaiser Nero hier wie an andern Punkten Griechenlands in gröfserem Umfange zu Gunsten des aus seiner Asche wieder erstehenden Rom betreiben liefs, der Stadt Athen und ihrer Burg den Eindruck der überreichsten Fülle nicht zu nehmen vermochte.

Abgesehen nun von der Restauration des Asklepiostempels im Süden der Burghöhe der Akropolis, unmittelbar am Burgfelsen auf der oberen, westlich vom Dionysostheater sich hinziehenden Terrasse, durch Diophanes, den Priester des Gottes, in der Mitte des ersten nachchristlichen Jahrhunderts,[1] so ist aus der Zeit vor Hadrian nur noch ein monumentaler Bau von erheblicher Bedeutung bekannt. Der römische Kaiser Vespasian hatte 72 n. Chr. die nordsyrische Landschaft Kommagene zur Provinz gemacht

[1] Vgl. Pervanoghlu im Philologus XXIV. S. 462 ff. Nach den Ausgrabungen d. J. 1876 ergiebt sich, dafs von drei am Westrande des Dionysostheaters von Ost nach West an dem Abhange des Burghügels aufsteigenden Terrassen die unterste das eigentliche Heiligtum des Asklepios trug, mit einer an den Felsen gelehnten Halle für Kranke. Nördlich davon ist in den Felsen ein Tholos, nämlich eine runde Grotte mit flacher Kuppel getrieben, ein antikes Brunnenhaus mit einer dem Asklepios geweihten Quelle. Ein an der innern Wand herumgeführter Kanal diente zum Sammeln des Quellwassers. Nach Westen stöfst die Halle an eine kleine Plattform mit einem kreisrunden, oben achteckigen Schacht aus polygonem Mauerwerk, der ehemals überdacht war. Innerhalb des Bezirks ist man auf viele Inschriften und Reliefs mit Darstellungen des Asklepios und der Hygieia getroffen

und zu Syrien geschlagen, und dem letzten, nunmehr aufser Besitz gesetzten König derselben, dem Antiochos IV. Epiphanes Magnus, zunächst Sparta als Wohnsitz angewiesen, dann auch die Übersiedelung nach der Tiber gestattet. Der jüngere seiner Söhne Kallinikos und Gajus Julius Antiochos Epiphanes hatte drei Kinder, die Gebrüder Antiochos Philopappos, die zu Ende des ersten und zu Anfang des zweiten Jahrhunderts n. Chr. in Athen eine glänzende Rolle zu spielen vermochten, wo namentlich einer von ihnen festen Sitz nahm und Bürgerrecht gewann: in ähnlicher Weise wie viele Griechen und Römer der älteren wie der späteren römischen Imperatorenzeit, die Athen bevorzugten teils aus Sympathie für die herrliche Stadt, teils weil ihres Bleibens aus irgend welchen Gründen in Rom nicht sein konnte. Einer der Brüder, Gajus Julius Antiochos Philopappos also, der als attischer Bürger dem Demos Besa in der Phyle Antiochis zugeschrieben wurde, dabei jedoch den königlichen Titel nicht aufgab, hat sich in der Art dieses Zeitalters als freigebiger Wohlthäter in Athen sehr beliebt gemacht, mit Hilfe seines sehr bedeutenden Vermögens unter anderem bei Gelegenheit eines hohen Festes als Agonothet die Kosten der Choregie für alle attischen Phylen aus seinen persönlichen Mitteln bestritten, in der kleinen Republik hohe Ämter und Würden bekleidet, dabei um 100 n. Chr. durch Trajans Gunst das Konsulat erhalten, und zum Danke von der attischen Gemeinde, wie andere Gönner der Stadt vor ihm, einen Ehrensitz im Dionysostheater erlangt. Als er endlich in des Kaisers Trajan Zeit starb, errichteten ihm unter Zustimmung der attischen Behörden seine Verwandten, namentlich seine Brüder, ein Denkmal von wahrhaft fürstlicher Pracht, etwa 114 bis 116 n. Chr., welches noch heute grofsenteils sich erhalten hat. Etwas unterhalb der über den höchsten Grat des Musenhügels laufenden Stadtmauer wurde, der Stadt und Burg zugewandt, 457 Pariser Fufs über dem Meere, wesentlich aus weifsem Marmor in Gestalt eines flachen, gegen die Akropolis geöffneten Bogens, dessen Sehne etwa 10 m beträgt, ein 12—13 m hoher konkaver Bau aufgeführt. Der Unterbau besteht aus fünf Lagen peiräischer Quadersteine. Der aus pentelischem Marmor hergestellte Oberbau zeigt über einem noch zu zwei Dritteilen erhaltenen Hochrelieffries zwischen korinthischen Wandpfeilern eine gröfsere Nische in der Mitte und zwei kleinere an den Seiten. Die mittlere Nische enthält die sitzende Statue des Philopappos, dessen Grab sich in dem viereckigen Raume hinter dem Monument befand. Ein anderes Standbild stellte den Grofsvater des Besäers, ein drittes den Ahnherrn der Dynastie, nämlich den König Seleukos Nikator dar.

Es vergingen nur wenige Jahre seit Aufrichtung dieses Denkmals, als für Athen ein neues Zeitalter anbrach, dessen Schöpfungen alles in den Schatten gestellt haben, was seit Lykurgs Zeitalter auswärtige Wohlthäter noch jemals für die alte herrliche Stadt gethan hatten. Die Geschichte des späteren Griechentums zeigt uns, dafs die alte Welt keinen eifrigeren, intelligenteren und werkthätigeren Philhellenen hervorgebracht hat, als den grofsen römischen Kaiser Hadrian. Unsere Aufgabe ist es hier lediglich, den grofsartigen architektonischen Schöpfungen zu folgen, die er auf dem athenischen Stadtboden hervorgerufen hat; wenigstens für einen Teil derselben sind eingehende Schilderungen möglich. Wie für andere Provinzen des Weltreiches, so ist es auch für Achaja und Athen überaus wertvoll geworden, dafs dieser Imperator die Regierung nicht lediglich von der palatinischen Hofburg oder von einem fernen

Grenzlager aus leitete, sondern wiederholt zu dauerndem Aufenthalt in Griechenland sich befunden hat. Nach der neuerdings [1] mit glücklichem Erfolg und grofsem Scharfsinn angestellten Berechnung eines jüngeren Forschers ist Hadrian zuerst von Asia aus durch Thrakien, Makedonien, Epirus und Thessalien nach Hellas gekommen, wo er Ende August 125 n. Chr. in Athen eintraf, und nun für längere Zeit sein Hauptquartier aufschlug, um erst gegen Mitte des folgenden Jahres über den Peloponnes nach Sicilien sich zu wenden. Drei Jahre später (129) ist er abermals zu einem ausgedehnten Aufenthalt nach dieser seiner griechischen Lieblingsstadt gekommen. Die Anwesenheit des Kaisers machte sich den Athenern von Anfang an in höchst erfreulicher Weise bemerkbar. Nur in aller Kürze sei daran erinnert, dafs Hadrian die lokale Gesetzgebung der alten Stadt wesentlich reformiert, unter anderem namentlich für die Blüte des attischen Ölhandels, damals eine Lebensfrage für den kleinen Staat, neue und zweckmäfsige Bestimmungen getroffen hat. Zur Verbesserung der materiellen Lage der Stadt wies er ihrer Gemeindekasse die Einkünfte der Insel Kephallenia zu und bewilligte zur unmittelbaren Linderung der Not der zahlreichen ärmeren Einwohner nicht nur erhebliche Geldgeschenke, sondern auch jährliche Getreideschenkungen. In grofsem Stil die alten Quellen des attischen Reichtums wieder zu eröffnen, lag aufser der Macht auch eines römischen Imperators. Dafür trat aber Hadrian, vielleicht der gröfste Bauherr der antiken Welt, auch für Athen in grofsartigster Weise mit Verfügungen auf, die in dem Bereiche dieser Stadt noch einmal eine vieljährige Bauthätigkeit veranlafsten, wie nur immer

1) Julius Dürr, „die Reisen des Kaisers Hadrian" Wien, 1881.

zur Zeit des Perikles. Hatte der grofse Sohn des Xanthippos der Akropolis für alle Zeiten bis zu den Tagen der burgundischen und florentinischen Herzöge des Mittelalters ihren Charakter verliehen — die Unterstadt Athen erhielt jetzt durch den philhellenen Kaiser, wie nachher noch durch Herodes Attikos, die architektonische Physiognomie, die ihr erst im Verlauf der byzantinischen Jahrhunderte wieder abhanden gekommen ist.

Unter den erstaunlich zahlreichen monumentalen Bauten, die seit d. J. 125 n. Chr. nunmehr südlich und nördlich von dem alten Schlofsberge emporstiegen und dank den reichen Mitteln des Kaisers allem Anschein nach sehr schnell gefördert worden sind, imponierte der antiken Nachwelt weitaus am meisten die Vollendung des Olympieion. Die Energie Hadrians machte es möglich, dafs der nun schon zum drittenmal liegen gebliebene Riesenbau jetzt binnen wenigen Jahren seinen grofsartigen Abschlufs finden konnte. In Anwesenheit des Kaisers wurde der herrliche Tempel schon im Herbst 129 n. Chr. in der prunkvollen Weise jener Tage feierlich eingeweiht; bei dem prachtvollen Festopfer hielt die Weiherede der gepriesenste Redekünstler des Zeitalters, der glänzende Antonius Polemon von Smyrna.

Das Olympieion in der Gestalt, wie Hadrian und seine attischen Zeitgenossen es der Nachwelt hinterliefsen, trug nach verschiedenen Richtungen hin das charakteristische Gepräge dieser Epoche. Dieser Tempel — nächst dem von Ephesos der gröfste uns bekannte griechische — entsprach schon in seiner Anlage der Richtung der späteren römischen Zeit auf das Kolossale; noch mehr trug die reiche Ausstattung und Füllung den Charakter des Zeitgeschmackes. Der Peribolos des Heiligtums hatte einen Umfang von 668 m; der Tempel selbst war bei einem Areal von

59000 ☐ Fuſs 116 m lang und 56 m breit. Den schönsten architektonischen Schmuck dieses „Dipteros Dekastylos" bildete die Masse herrlicher Säulen, welche die hypäthrale, mit einem kolossalen chryselefantinen Kultbilde besetzte Cella rings umgaben. Denn der Kern des Gebäudes hatte an der West- und Ostseite je 10, an der Nord- und Südseite je 21 Säulen, und zwar war der Säulenumgang an den langen Seiten zweifach, an den schmalen dreifach, so daſs die Zahl von 120 korinthischen Säulen herauskam, jede zu 17,25 m Höhe und 1,49 — 1,70 m Durchmesser, ungerechnet die 6 Säulen zwischen den Anten der Cella. Die Solidität der Arbeit ist noch an den auf die Gegenwart gekommenen Resten zu beobachten. Auf dem in der Vorzeit stark zum Ilisos abfallenden Boden hatte die ganze ebene Fläche des Tempelbezirks künstlich aufgeschüttet, dann aber der Unterbau des Riesenwerkes und die Umfassungsmauer des Tempelhofes wuchtig aus peiräischem Stein hergestellt werden müssen, um dem Abrutschen des aufgeschütteten Bodens möglichst kräftig zu widerstehen. So namentlich an der Westseite und in der südöstlichen Ecke wo als Rest des Peribolos eine 6 m hohe, aus regelmäſsigen Quadern erbaute, durch starke Strebepfeiler gestützte Terrassenmauer sich erhalten hat.

Für das Zeitalter und für Hadrian persönlich ist es nun sehr charakteristisch, daſs dieser Riesentempel zugleich dem Dienst des Zeus und dem des Kaisers geweiht war. Wie es scheint, so stand darum auch auſser dem Zeuskoloſs ein Standbild Hadrians in der Cella. Einen Altar für seinen Kultus hatte der Kaiser selbst gestiftet, und der von der Stadt Athen jährlich für das Olympieion ernannte Priester hatte gleichzeitig den Dienst des Zeus und den des Hadrian wahrzunehmen. Die von letzterem, anscheinend als Gegenstück zu der heiligen Burgschlange, in dem Tempel untergebrachte indische Schlange sollte wahrscheinlich Hadrians Genius bedeuten.

Auch der Tempelhof erhielt sehr bald einen reichen künstlerischen Schmuck. Zu den uralten Denkwürdigkeiten dieses Stückes des Stadtbodens, zu dem heiligen Bezirk der olympischen Erdgöttin mit der Erdspalte, wo die Deukalionische Flut verlaufen war; zu dem alten Heiligtum des Kronos und der Rhea, zu dem alten bronzenen Kultbilde des Zeus und einer Bildsäule des Isokrates kam, neben einer von der Stadt Athen hinter dem Tempel aufgestellten Kolossalbildsäule, jetzt eine grofse Fülle prachtvoller Standbilder zu Ehren des kaiserlichen Bauherrn. Vor den beiden Fronten des Tempels standen je zwei Marmorbilder Hadrians, je zwei aus thasischem, je zwei aus ägyptischem Marmor. Und weiter stifteten viele griechische Städte des alten Landes wie der Levante, anscheinend auch verschiedene römische Kolonieen, marmorne und bronzene Statuen des grofsen Wohlthäters und Freundes der hellenischen Nation.

Der neue Prachttempel sollte jedoch nicht für sich allein bleiben, sondern im Sinne Hadrians den Mittelpunkt eines neuen eleganten Stadtviertels abgeben, welchen der Kaiser für seine Athener damals geschaffen hat. Dieses „Hadrianische" oder „Neu-Athen" war indessen nur teilweise eine ganz neu an die Altstadt sich schliefsende Anlage. Hadrian hatte dafür einerseits den ostsüdöstlichen Raum der Stadt ausersehen, wo es zur Zeit Gärten, elende Hütten und leere Plätze in Menge gab, anderseits das ganze Terrain aufserhalb der Ringmauer bis zum Ilisos, also die alte Gartenvorstadt, wo seit Sulla's und des T. Pomponius Atticus Zeit bereits zahlreiche wohlhabende Leute sich angesiedelt hatten. Ganz vernachlässigt ist allerdings das alte Athen östlich und südlich vom Schlofsberge auch während der grofsen Blütezeit der attischen Republik von den reicheren Einwohnern nicht gewesen; aber den sozialen Schwerpunkt hatte man doch während der langen Jahrzehnte der politischen und merkantilen Gröfse Athens im Nordwesten zu suchen. Seit deren Verfall war indessen der Westen mehr und mehr verlassen, und die in Athen angesiedelten wohlhabenden Römer und viele der älteren Einwohner suchten gern, parallel mit den Gartenwohnungen im äufseren Kerameikos, die anmutigen Striche am Ilisos auf, wo nun auch Villen nach römischem Geschmack entstanden. Bei der tiefen Friedensruhe jenes Zeitalters bedachte der Kaiser sich nicht, einen Teil der alten Stadtmauer abbrechen zu lassen, so dafs sein „neues Athen" jetzt ununterbrochen bis zu dem Ilisos und vielleicht noch darüber hinaus sich ausdehnen konnte. Dieses Hadrianische Quartier erhielt eine sehr anmutige Gestalt und wahrscheinlich neben den in Griechenland so beliebten Hallenpromenaden auch reich ausgestattete römische Bäder, während im grofsen der Villencharakter vorherrschte. Der praktische Römer unterliefs auch nicht, die neue Schöpfung in ähnlicher Weise mit frischem Wasser auszustatten, wie das im Perikleischen Zeitalter mit der Altstadt geschehen war. Vom Kephisos — genauer aus der quellenreichen Gebirgsgegend bei Kephisia am südwestlichen Fufse des Brilessos — und von dem Fufse des Lykabettos her wurde eine noch heute benutzte, stattliche, aus Marmorquadern erbaute, zum. Teil auf Bögen ruhende, zum andern Teil als eine mit Luftschachten versehene Tiefleitung auftretende Wasserleitung nach Neu-Athen geführt; sie zog über Alopeke und hatte ihre Hauptwasserkammer am südwestlichen Fufse des

Lykabettos, aus welcher in der Gegenwart von neuem das Trinkwasser in die moderne Stadt hinabströmt.[1] Dieser letztere Bau ist jedoch erst von Hadrians Nachfolger Antoninus Pius i. J. 140 ganz fertig gestellt worden.

Von der Pracht des „Hadrianischen" Neu-Athen sind noch jetzt manche Spuren[2] erhalten. Nicht zu reden von Trümmern der römischen Villen und von den in dieser Gegend des athenischen Stadtbodens gefundenen Mosaikfufsböden, so ist noch heute vorhanden das in römischem Stile, entweder von Hadrian selbst oder von seinem Nachfolger aufgeführte Prachtthor auf der bemerkbarsten Stelle der Grenze zwischen Alt- und Neu-Athen, welches wahrscheinlich in der Linie der älteren (S. 18) Stadtmauer gestanden und eine aus Nordwesten kommende Strafse geschlossen hat. Dieser ganz in der Nähe des nordwestlichen Eingangs zum Tempelhofe des Olympieion aufsteigende „Hadriansbogen" ist ein freistehender, 13,5 m breiter und 18 m hoher Thorbau mit 6,10 m weitem Durchgang. Der Bogen war mit vorspringenden korinthischen Säulen geschmückt, von denen jetzt nur noch Stücke des Postaments erhalten sind. Der Architrav über dem Thorbogen trägt, offenbar in Nachbildung der uralten legendarischen Isthmosinschrift des Theseus, an der gegen Nordwesten gerichteten Fronte die Inschrift: „Athen ist dieses hier, des Theseus alte Stadt", und auf der südöstlichen: „Dies ist des Hadrian und nicht des Theseus Stadt". Über dem Thorweg erhebt

---

1) Über letztere Spezialität s. jetzt den erläuternden Text zu den „Karten von Attika" bei Curtius und Kaupert, Heft I. S. 8, u. II. S. 34 ff.

2) Vgl. Bötticher, Bericht über die Untersuchungen auf der Akropolis, S. 4. Curtius, erläuternder Text, S. 47 ff. und Wachsmuth, S. 229 ff.

sich eine sogenannte Attika mit drei fensterähnlichen Öffnungen, die einst mit dünnen Marmorplatten ausgefüllt waren, und einem Giebel in der Mitte. Nur wenige Schritte also südsüdöstlich von diesem Thor erreichte man den nordwestlichen Eingang zu dem Peribolos des grofsen Zeustempels. Neuere Ausgrabungen haben hier ein halbkreisförmiges Propyläon freigelegt, einen Ausbau aus Porosstein, der mit Marmorstufen bekleidet, einen Hauptzugang zum Peribolos bildete.

Hadrian hat sich mit seinen athenischen Bauten nicht auf seine Neustadt beschränkt, sondern auch die Altstadt reichlich mit neuen Schöpfungen ausgestattet. Nur für eine derselben ist jedoch der Platz bisher nachzuweisen gewesen. Man glaubt nämlich in den Resten eines grofsartigen Peribolos nördlich von dem Uhrturm des Andronikos und der Halle der Archegetis, und ostnordöstlich von der Stoa des Attalos, die Spuren einer prachtvollen Anlage erkannt zu haben, die gewöhnlich als „die Stoa", wahrscheinlich richtiger als das von Hadrian in dem nördlichen Teile des alten Athen angelegte Gymnasium bezeichnet wird. Auf Grund der modernen Entdeckungen wird die Ausdehnung der einst hier gestandenen Bauten auf 82 m von Norden nach Süden und auf 122 m von Westen nach Osten veranschlagt. Von allen weltlichen und geistlichen Bauwerken aber, die mit Einschlufs einer Bibliothek des Kaisers Gebot auf diesem Platze hervorgerufen hatte, ist nur ein Haufe von Trümmern bis auf die Neuzeit gekommen. Man weifs wohl, dafs die Hauptfronte des Gymnasiums gegen Westen gerichtet war; aber von dieser stattlichen Stirnseite in deren Mitte eine viersäulige Halle das Hauptportal schmückte, ist nur die nördliche Hälfte oder vielmehr eine Reihe von 7 monolithen Säulen aus karystischem Marmor,

8,60 m hoch und 90 cm dick, mit korinthischen Kapitellen aus pentelischem Marmor, wie auch von dem Portikus die aus der Antenwand und einer kannelierten Säule bestehende nördliche Schmalseite erhalten geblieben.

Nur aus den Angaben der Alten wissen wir, dafs Hadrian, der vielleicht auch eine Restauration des Eleusinion und einen nochmaligen Umbau des Dionysostheaters veranlafst hat[1], in der Altstadt ein ausgezeichnet schönes, von Hallen aus phrygischem Marmor umgebenes, mit Gemälden und Statuen geschmücktes und mit Bücherschätzen reich ausgestattetes Bibliotheksgebäude, ferner ein allen Göttern geweihtes Heiligtum, endlich aber ein Panhellenion, nämlich einen Tempel des „panhellenischen Zeus" erbauen liefs. Nach seiner Absicht sollte der letztere nicht weniger bedeutungsvoll, als das Olympieion, er sollte der Mittelpunkt werden für die Feier der durch Hadrian neubegründeten „Panhellenien." Dafs die Stiftung dieses nationalen Festes und der in Athen zusammentretenden „Synode der Panhellenen", der Griechen diesseit und jenseit des ägäischen Meeres, der Lieblingsstadt dieses Kaisers wenigstens auf festlich-religiösem Gebiete noch einmal eine führende Stellung in der hellenischen Welt verleihen sollte, und dafs die bereits erwähnte Aufstellung vieler Bildsäulen Hadrians bei dem Olympieion von seiten zahlreicher griechischer Städte mit dieser neuen Schöpfung unmittelbar im Zusammenhange steht, mag nur in aller Kürze betont werden: ebenso dafs die mit Wettkämpfen verbundenen Panhellenien zum erstenmale im Herbst 129 gefeiert wurden, und dafs der Hadrianspriester immer auch als Helladarch der Panhellenen und als Agonothet des Festes fungieren sollte.

---

1) Vgl. Wachsmuth, S. 692.

Der Dank der Athener gegen den grofsen Philhellenen äufserte sich in der bei ihnen seit alters üblichen Weise. Aufser andern grofsartigen Ehrenbezeugungen schälten sie aus dem Verband der alten Phylen eine neue (dreizehnte) die Hadrianis heraus, vor allem aber wurde der Kaiser durch immer neue Ehrenstandbilder ausgezeichnet. Nicht nur auf der Agora bei denen des Konon und Timotheos, und auf der Burg im Parthenon sah man das Bild Hadrians. Die zwölf alten Phylen errichteten ebensoviele Standbilder des verehrten Wohlthäters auf zwölf Keilen (S. 145) des Zuschauerraumes im Dionysostheater, wo Hadrian hinter dem Sessel des Dionysospriesters auf einem imposanten Postament seinen Ehrensitz hatte. Auf dem mittelsten, dreizehnten Keil aber, bei dem Doppelsitze des Stadthauptmanns und des Keryx, stand die dem Imperator als Archonten des Jahres 111/2 n. Chr., durch den Areiopag, die Bule und die Gemeinde errichtete Statue. Der des Kaisers am 30. Okt. 130 bei Besa in Ägypten im Nil ertrunkenem Liebling Antinoos auch in Athen gewidmete Heroënkultus hat dagegen keine gröfseren monumentalen Spuren hinterlassen.

Neuntes Kapitel.
Herodes Attikos.

Die Gunst des Glückes, welche den Athenern des zweiten nachchristlichen Jahrhunderts die grofsen Wohlthaten Hadrians zugewendet hatten, war noch lange nicht erschöpft. Das leuchtende Beispiel dieses Kaisers bestimmte einen seiner jüngeren Zeitgenossen, der über ungeheure Mittel zu gebieten hatte, ebenfalls in grofsartigster Weise als Wohlthäter der Griechen im Geschmack dieses Zeitalters sich einen unsterblichen Namen zu erwerben. So wenig wie bei Perikles und Lykurg gehen wir auf die Geschichte dieses Mannes näher ein, und bemerken also nur, dafs jetzt zuerst wieder seit dem Zeitalter des Demosthenes ein Athener sich im stande sah, auch seinerseits kräftige und bleibende Züge in die architektonische Physiognomie seiner Vaterstadt einzuzeichnen. Obwohl Herodes Attikos, von dem wir hier sprechen, auf das politische und soziale Leben seiner attischen Zeitgenossen einen sehr starken Einflufs ausgeübt hat, so lag doch seine persönliche Bedeutung, von seinen Reichtümern abgesehen, wesentlich auf der litterarischen und akademischen Seite. Uralt athenischer Abkunft, derart dafs er sein Geschlecht bis auf die Erechthiden und Äakiden der mythischen Vorzeit zurückführte, gehörte er doch zu jenen vornehmen Griechen der älteren Kaiserperiode, die, wie schon sein Vater · — der mit seinem vollen Namen „Tiberius Claudius Attikos Herodes, Hipparchos' Sohn", zuerst dieses gemischte Wesen in Athen recht charakteristisch darstellte — gleichzeitig als römische Bürger auch nach den hohen Ehrenstellen des Römertums trachteten. Für seine Person mit einer vornehmen römischen Dame, Appia Annia Regilla, vermählt, und lange Jahre durch die auszeichnende Gunst des römischen Kaiserhofes getragen und gefördert, hat Herodes Attikos, den i. J. 101 n. Chr. die Vibullia Alcia von Marathon seinem Vater geboren hatte,[1] seine Neigung zu wahrhaft fürstlicher Freigebigkeit schon in jüngeren Jahren

---

1) Vgl. jetzt namentlich Dittenbergers Untersuchungen über „die Familie des Herodes Atticus".

noch bei seines Vaters Lebzeiten bewährt. Wodurch seine Familie zu den Reichtümern gelangt ist, für welche wir in unserm Zeitalter etwa in denen der Häuser Rothschild, Astor, Peabody, Parallelen finden mögen, ist nicht mit voller Sicherheit näher bekannt; nach der gewöhnlichen Angabe hätte der ältere Attikos in einem alten ihm gehörenden Hause am Dionysostheater einen gewaltigen Schatz gefunden und nachher von seiner Gemahlin noch eine überaus reiche Mitgift erhalten. Jedenfalls zählten die Herodeer zu jenen Griechen, in deren Händen sich damals gegenüber der Armut der Massen ungeheure Reichtümer zusammengeballt hatten. Sie waren aber edelsinnig genug, um nun — weit über das Mafs hinaus, welches ihnen etwa die allerdings auch mitwirkende Eitelkeit allein hätte vorzeichnen mögen — in wahrhaft grofsartiger Weise von diesen Mitteln Gebrauch zu Gunsten ihrer Mitbürger zu machen. Ihre Liberalität trug freilich vollständig den Charakter des Zeitgeschmackes. Den Versuch, ihre Millionen zu so praktischen Zwecken zu verwenden, wie einst Lykurg es im Peiräeus gethan, haben sie, als doch voraussichtlich hoffnungslos, wohl nie ernstlich ins Auge gefafst. Aber auch der Gedanke, grofsartige Kreditinstitute zu schaffen oder eine umfassende und namentlich eine planmäfsige Bekämpfung der attischen Armut zu versuchen, fand damals keinen Anklang. Man zog es vor, zu jeder Zeit mit rücksichtsloser Freigebigkeit, aber ohne System, Wohlthaten an ärmere Mitbürger zu spenden, und liebte es gar sehr, so namentlich der alte Attikos, bei festlichen Gelegenheiten für Opfer und für Speisung des gesamten attischen Volkes und der anwesenden Fremden einen grenzenlosen Aufwand zu treiben. Von diesem Verfahren nun ist Herodes Attikos, durch Hadrians Beispiel angeregt, entschieden abgewichen, um ganz überwiegend, und oft in recht praktischer Weise, architektonische Schöpfungen ins Leben zu rufen. Soviel wir wissen, sind alle seine auf praktischen Nutzen berechneten Anlagen den übrigen Griechen zu gute gekommen, während seine attischen Bauten hauptsächlich auf Erhöhung der Schönheit seiner Vaterstadt berechnet waren.

Herodes war 127/8 n. Chr. in Athen Eponym-Archont gewesen; von Kaiser Hadrian besonders begünstigt, hat er i. J. 129 als der erste der jährlich wechselnden Hadrianspriester im Olympieion und als erster Helladarch der Panhellenen gearbeitet, und nach seiner wahrscheinlich um 130 erfolgten Aufnahme in den römischen Senat zuerst (anscheinend) i. J. 131 im römischen Reichsdienst, nämlich als Verwalter der „freien Städte" von Asia, seine Fähigkeiten erprobt. In dieser letzteren Stellung hatte er bereits der Stadt Alexandria-Troas bei der Anlage einer Wasserleitung die Summe von vier Millionen Drachmen (Francs) aus den Mitteln seiner Familie zugewendet. Anscheinend nur wenige Jahre später setzte er nun die Athener durch einen viel gröfseren Aufwand zur Verschönerung eines ihrer Lieblingsplätze in Erstaunen. Der alte Attikos wird noch vor des Kaisers Hadrian Ableben in einem der Jahre zwischen 131 und 138 n. Chr. gestorben sein. Er hatte testamentarisch verordnet, dafs sein Sohn fortan aus dem Nachlafs alljährlich jedem Athener, Mann für Mann, eine Mine (rund 79 M.) auszahlen sollte. Damit war jedoch Herodes nicht einverstanden; diese Bestimmung, die er ohnehin fremden und ihm feindlichen Einflüssen zuschrieb, schien ihm nach allen Seiten hin unzwekmäfsig. Er machte daher den Athenern den Abfindungsvorschlag, einem jeden von ihnen die runde Summe von je 5 Minen (393 M.) ein für allemal zu schenken. Teils nun, um die mit diesem Geschäft verbundene, vielseitige Verstimmung zu beschwichtigen, teils um als grofsartiger Nachahmer des Kaisers aufzutreten, unternahm er einen prunkvollen Umbau des alten Lykurgischen (S. 146) panathenäischen Stadion am Ilisos. Die Arbeiten, die wenigstens zum Teil noch unter Hadrians Regierung gefallen sein werden, nahmen eine Zeit von vier Jahren in Anspruch und sollen, wie die Alten übertreibend sagten, die Marmorbrüche des Pentelikon nahezu „erschöpft haben". In der That hat damals Herodes das ganze Stadion, die weitgedehnten Sitzräume mit eingeschlossen, mit pentelischem Marmor auslegen lassen. Auf den besseren Plätzen des auf den Langseiten von je 11, auf der Seite des Halbrundes von 7 Aufgangstreppen durchschnittenen Zuschauerraumes standen Marmorsessel, wie im Dionysostheater. Oberhalb der Sitzreihen, namentlich über dem Halbrund, scheinen sich Hallen befunden zu haben. Aufserdem aber erbaute Herodes auf dem Hügel, welcher den westlichen Rand der Rennbahn bildet, einen noch jetzt in bedeutenden Resten erhaltenen Tempel der Tyche mit dem aus Elfenbein geformten Bilde der Göttin, die ein Ruder in der Hand hielt, und liefs wahrscheinlich auch die prachtvolle massive Ilisosbrücke anlegen, welche (bis 1778 n. Chr. in drei Bögen, seitdem nur noch in geringfügigen Resten erhalten) nun (S. 147) das Stadion ganz unmittelbar mit dem nächsten Zugange zur Stadt verband.[1]

Nach Vollendung aller dieser Anlagen verstrich eine lange Zeit, bis Herodes der Stadt Athen einen neuen Prachtbau schenkte, den letzten, der überhaupt in der Zeit des antiken Lebens auf diesem Boden entstanden ist. Der grofse Bauherr hat allerdings auch in dem Demos Myrrhi-

---

1) Wegen der Ilisosbrücke vgl. Wachsmuth, S. 696.

nus, ziemlich in der Mitte der nach Süden sich streckenden Halbinsel von Attika, einen Tempel der Athena hergestellt und ein neues Standbild der Göttin geweiht, und auch sonst in jeder möglichen Weise den Athenern sich als freigebiger Gönner gezeigt. Sonst aber war er jetzt, um von seinen Bauten in Italien hier nicht zu reden, vorwiegend darauf bedacht, auch andere Teile Griechenlands durch fühlbare Wohlthaten zu unterstützen: Dinge, unter denen beispielsweise die Erbauung marmorner Bassins zur Fassung der alten berühmten Heilquellen in den Thermopylen für den Gebrauch der Kranken und die wahrscheinlich 153 n. Chr. vollendete Wasserleitung zu Olympia ihm mit Recht unter den Griechen einen guten Namen gemacht haben.

Die Errichtung dagegen des imposanten Prachtbaues auf dem Südwestabhange des athenischen Schlofsberges, der noch heute erhalten ist und seine Erinnerung am längsten bewahrt hat, hängt mit seiner im ganzen wenig erfreulichen Familiengeschichte zusammen. Der Tod der italienischen Gemahlin des Herodes, der mit der damals in Rom regierenden kaiserlichen Familie nahe verwandten Appia Annia Regilla (160/61 n. Chr.) hatte ihm in Athen und in Rom böse Nachrede zugezogen. Wie weit dabei, gleichviel ob mittelbar oder unmittelbar, irgend eine positive Schuld auf ihn gefallen ist, läfst sich nicht mehr ausmachen. Herodes aber, erbittert und entsetzt über die schlimmen Gerüchte, die in beiden Städten an diese traurige Episode sich knüpften, vielleicht auch durch ein gewisses Schuldgefühl getrieben, stürzte sich in einen geradezu ausschweifenden Kultus der Verstorbenen und suchte ihr Andenken in grandioser Weise zu verherrlichen. Abgesehen nun von dem ihr zu Ehren bei Rom aufgeführten Triopion und von der Errichtung eines Heroons als Grabes für Regilla in Athen, und einiger Bildsäulen bei seinen marathonischen und kephisischen Villen, so wurde zu ihrem Andenken in Athen am südwestlichen Abhange des Burghügels das grofse nach ihr benannte Odeion mit ausgesuchter Pracht und Schönheit aufgeführt.

Der mächtige, hoch emporragende Marmor- und Ziegelbau, der übrigens in dieser späten Zeit mehr noch zu dramatischen, als, wie die älteren Odeen, zu musikalischen Aufführungen bestimmt gewesen zu sein scheint, ist mit seiner Fronte nach Süden gerichtet. Die heute gelbbraun schimmernde, von zahlreichen Fenstern durchbrochene, ursprünglich dreistöckige Fassade ist im römischen Rundbogenstil erbaut und zeigte recht deutlich den damaligen Geschmack im Gegensatz zu den ernsten Architravbauten der Akropolis. Das Innere des Hauses, welches auch unter der Regierung des gegenwärtigen Königs der Hellenen versuchsweise wieder zu theatralischen Aufführungen benutzt worden ist, entspricht im ganzen dem des Dionysostheaters, mit welchem es (vgl. S. 162 fg.) die Alten durch eine 163 m lange, durch eine mittlere Säulenreihe in zwei Schiffe geteilte, wahrscheinlich mit Holz überdachte Halle verbunden kannten. Man unterschied also das Bühnengebäude, die Orchestra, und den für 6000 Zuschauer berechneten Sitzraum. Die Bühne oder das Logeion hat bei einer Tiefe von etwa 6 m eine Breite von 35,40 m. Die mächtige Quadermauer des hinteren Dritteils des Bühnenraumes trägt eine Säulenstellung, auf welcher das zweite Stockwerk ruhte. Der Boden der durch zwei Treppen mit der Bühne verbundenen, ellipsenförmigen Orchestra ist schachbrettförmig mit quadratischen Marmortafeln belegt; es wechseln dabei Platten von weifsem pentelischem Marmor mit mattgrün-, gelb- und graugeaderten Cipollinplatten von Karystos ab. Die Quadrate werden wieder eingefafst von drei Streifen Marmorplatten, von denen die breiteren in der Mitte aus pentelischem Stein bestehen, die äufseren aus Cipollin. Der Zuschauerraum lehnt sich, allmählich aufsteigend, an den Felsen des Schlofsberges an; dieser ist jedoch an den Flügeln im Osten und Westen von starkem und hohem Mauerwerk bekleidet. Die im Halbkreis gerundete Fläche für die Sitzstufen ist aus dem Felsen gehauen, doch haben jene auch noch Unterbau von Steinen und Mörtel oder sind wenigstens in Mörtel eingelassen. Ein Gang von mäfsiger Breite teilte das Ganze in eine untere und eine obere Hälfte. Die unteren zwanzig Reihen der mit Marmor belegten Sitze waren durch vier Treppen in fünf, die oberen (vielleicht) dreizehn durch neun Treppen in zehn Abteilungen oder Keile geschieden. Ganz oben stand wahrscheinlich ein Säulengang. Ein prächtiges, aus Zedernholz hergestelltes Dach überdeckte den ganzen Raum dieses Theaters,[1] welches auch mit Statuen reich geschmückt war. In einer derselben glaubt man die Gestalt der Regilla zu erkennen.

Wir schliefsen dieser Skizze noch die Bemerkung an, dafs der reiche Halbrömer Herodes auch den römischen Geschmack an der Anlage prachtvoller Villen durchaus teilte. Solche besafs er namentlich zu Marathon und in der reizendsten „Oase" des attischen Landes, zu Kephisia. Von der Anmut seiner Gärten, von der Schönheit, dem Schmuck und Reichtum, von der zweckmäfsigen Anlage dieser Landsitze, zu denen auch stattliche Säulengänge und

---

1) Viele andere architektonischen Einzelheiten siehe bei R. Schillbach, „über das Odeion des Herodes Attikos."

Bäder gehörten, entwirft einer seiner Schüler und Zeitgenossen eine entzückte Schilderung.

Für die vielseitigen Wohlthaten, die Herodes über Athen ausgegossen hat, dankten ihm Rat und Gemeinde in ähnlicher Art, wie einst dem Kaiser Hadrian. Neben andern Auszeichnungen wurde ihm natürlich der marmorne Ehrensitz im Dionysostheater zu teil, vor allem aber zahlreiche Inschriften und Standbilder, mit denen man, wie wir wissen, in Athen damals geradezu Verschwendung trieb. Ganz besonders ist nach dieser Seite hervorzuheben, dafs ihm, wie früher dem Kaiser, jede einzelne sämtlicher (jetzt 13) attischen Phylen sein Bild mit gleichlautendem Titel und mit rühmender Inschrift weihte. Dasselbe geschah in der Gemeinde (S. 198) Myrrhinus.

Die Geschichte Athens unter der Herrschaft des römischen Kaisers Marc Aurel zeigt uns nachher, dafs es allerdings zwischen Herodes und den Athenern seiner Zeit zu einem tiefen Zerwürfnis gekommen ist, auf Grund dessen der stolze Mann seit 168 n. Chr. für mehrere Jahre schmollend nach seinen anmutigen Landsitzen sich zurückzog. Nichtsdestoweniger kam es später wieder zu einer Ausgleichung, und Herodes hat eifrig mitgewirkt, als i. J. 176 n. Chr. Kaiser Marc Aurel im Anschlufs an das, was die attischen Behörden schon unter seinem Vorgänger Antoninus Pius gethan hatten, die rhetorischen und philosophischen Studienanstalten in Athen in einer Weise regulierte und finanziell ausstattete, dafs fortan, wenn wir das Wort nicht gerade allzustreng nehmen wollen, von einer „Reichsuniversität Athen" gesprochen werden kann. Der neue fürstliche Wohlthäter erhielt natürlich nun auch sein Standbild im Theater. Herodes aber, selbst einer der ersten Kunstredner und „sophistischen" Professoren dieses Zeitalters, jetzt auch Kurator der neuen Stiftung, durfte freilich des neuen Glanzes, der nunmehr ihn und seine Vaterstadt auch nach der litterarischen Seite hin umgab, nicht lange mehr sich erfreuen. Er ist bereits i. J. 177 zu Marathon gestorben. Die Athener aber haben ihm im Bereich seiner ersten grofsen architektonischen Schöpfung, nämlich in dem panathenäischen Stadion sein Grabmal errichtet.

Der neue und grofsartige Flor der attischen hohen Bildungsanstalten hat die alte Stadt für eine weitere Reihe von Menschenaltern mit einer stets wechselnden, jugendlichen Bevölkerung erfüllt, die — aus allen Teilen der gebildeten Welt des Altertums zusammengesetzt — im Verein mit dem höchst eigentümlichen Wesen der attischen Philosophen und namentlich der „Sophisten" in ihren Hallen, Gymnasien und Gassen ein lautes, buntes, vielbewegtes Leben hervorrief, und diesem Punkte Griechenlands für lange, bis herab zu Alarichs Tagen, noch einmal eine Art von Weltbedeutung verlieh. Diese heitere Jugend und der noch immer zunehmende Fremdenverkehr sind aber auch seit dieser Zeit die wichtigsten Momente des attischen Erwerbslebens geblieben: die Anziehungskraft der attischen Studien und der alten wie der neuen Monumente hielt vor bis zum Niedergange der Antike überhaupt. Der Eindruck, den namentlich die letzteren auf die Alten machten, spiegelt sich noch deutlich ab in den Äufserungen zweier Zeitgenossen des Antoninus, in der begeisterten Schilderung des Rhetors Älius Aristides von Smyrna, und in der ruhiger gehaltenen Beschreibung des lydischen Reisenden Pausanias, der Athen zuerst in der Zeit betrat, wo das Odeion der Regilla noch nicht erbaut war. Der Anblick der Stadt mufs damals in der That in hohem Grade fesselnd gewesen sein. Freilich der alte

Glanz des Peiräeus und die langen Mauern waren für immer verschwunden. Dagegen zeigte die Stadt Athen, von der ungeheuren Zahl plastischer Kunstwerke und Standbilder aus Erz und Marmor gar nicht zu reden, gerade in und seit dem zweiten nachchristlichen Jahrhundert eine Fülle von Monumenten, wie nie zuvor. Die edlen Bauten der Akropolis standen noch unversehrt in ihrer ewigen, stillen Schönheit. Zu den älteren Schöpfungen aber in der Unterstadt, zu dem Theseion, zu dem Odeion des Perikles, zu dem Dionysostheater, war eine lange Reihe moderner Bauwerke getreten, deren Verbindung mit den alten gerade jener Zeit besonders gefiel. Mag immerhin der Geschmack unserer Zeit die späteren, namentlich die römischen oder in römischer Zeit entstandenen Bauten auf dem attischen Stadtboden gegenüber den älteren als fremdartig, manche sogar als Zeugnisse einer Epoche des beginnenden Verfalls erkennen: die Menschen des späteren Altertums empfanden nicht so. Alle Bewunderung der Propyläen, des Erechtheion, des Parthenon hinderte sie nicht, auch die imposante Schönheit des Olympieion, den Prunk des Stadion, die bunte Marmorpracht in Hadrians Bauten und in dem Odeion der Regilla laut zu preisen. Und über der Anmut der neuen Villen- und Gartenquartiere vergaſs man gern die Armut, die neben den neuen Prachtbauten in der Altstadt Athen hauste: auch da, wo sie stärker sich fühlbar machte, als es selbst dem unverwüstlich heiteren und genügsamen Sinne des attischen Volkes dieser Jahrhunderte leicht erträglich war.

Zehntes Kapitel.
Übergang zum byzantinischen Mittelalter.

Mit dem Ausgange der Antoninenzeit ist streng genommen die Baugeschichte von Athen zu Ende, und es bleibt uns noch die minder erfreuliche Aufgabe, den allmählichen Niedergang, die teilweise Umgestaltung und das langsame Verschwinden aller dieser, im Laufe vieler Jahrhunderte auf und an der Akropolis aufgehäuften Schönheit und Pracht in kurzen Zügen zu skizzieren. Die Zeit nach Marc Aurels Tode (180 n. Chr.) war nicht mehr dazu angethan, um römische Kaiser zur Verwendung grofser Summen im Interesse der Stadt Athen zu bestimmen. Das dritte christliche Jahrhundert aber, namentlich dessen zweite Hälfte, ist auch dieser Lieblingsstadt der Musen und der Künste verderblich geworden. Die wüsten Zustände in Rom seit des Kaisers Severus Alexander Ermordung (235 n. Chr.), die seitdem unaufhaltsam immer heilloser sich ausbildende, vieljährige Münznot im römischen Reiche, die seit der Mitte desselben Jahrhunderts zwei Jahrzehnte lang das Reich verheerende doppelte Seuche, einerseits der Pest, anderseits der Pronunziamientos und des meuterischen Provinzialkaisertums, dieses alles mufs auch auf Athen mittelbar und unmittelbar sehr unheilvoll zurückgewirkt haben. Die Blüte allerdings der Universität erhielt sich bis über die Mitte des dritten Jahrhunderts hinaus, nur dafs die von Reichs wegen für Athen bestimmten Gelder allem Anschein nach allmählich immer mehr versiegt sein werden. Von dem ungeheuren Unheil aber, welches seit dem Untergange des Kaisers Decius (251 n. Chr.) der wilde Ansturm nordischer, namentlich germanischer Völker über die Balkanhalbinsel und die griechischen Provinzen des

Reiches gebracht hat, ist auch Athen zuletzt sehr stark betroffen worden. Was wir von der weiteren Baugeschichte dieser Stadt noch wissen, steht zunächst mit diesen kriegerischen Scenen unmittelbar in Verbindung.

Soweit seit dem Ableben des alten Herodes von Kunstbauten die Rede ist, wird (anscheinend für die ersten Zeiten des dritten Jahrhunderts anzusetzen) noch einmal ein teilweiser Umbau des Dionysostheaters erwähnt, bei welchem es sich um die durch den Archonten Phädros veranlafste Vorrückung des Proskenions oder Logeions, der eigentlichen Bühne, handelte. Dann aber trat seit langer Zeit zuerst wieder mit d. J. 253 n. Chr. die Notwendigkeit in den Vordergrund, für die Festungswerke der Stadt zu sorgen. Seit des Kaisers Decius Untergang war unter Einwirkung erbitterter Thronkämpfe in Italien die Gefahr, welche namentlich die Goten von der unteren Donau her der Balkanhalbinsel bereiteten, immer furchtbarer geworden. Nun hatten seit dem Sommer 253 Goten und Markomannen den Abmarsch der illyrischen Armeecorps nach Italien zu einer Überflutung der Nordhälfte der grofsen Halbinsel benutzt, und da der allerdings bereits in demselben Jahre von seinen Truppen in den Alpenländern mit dem Purpur bekleidete General Valerian erst im Mai 254 nach dem Falle seiner Gegner in Italien die Hände frei bekam, so mufsten die Provinzen zwischen der unteren Donau und dem Taygetos einstweilen sich selbst helfen. Es war ein grofses Glück für Griechenland, dafs die Bürger und die Besatzung von Thessalonike, die eine lange Belagerung auszuhalten hatten, durch ihre tapfere Gegenwehr den Anprall der nordischen Gegner zu brechen vermochten. Dadurch gewannen die Hellenen die Zeit und die Möglichkeit, sich kräftig zur Verteidigung zu rüsten. Die Athener haben damals ihre Stadt wieder ausreichend verschanzt; es wird sich dabei um die Herstellung verfallener Teile ihrer Ringmauer und namentlich um die Einhegung der offenen Räume gehandelt haben, die (S. 190) seit Anlage der Hadrianischen Neustadt auf der südöstlichen Seite entstanden waren. Vielleicht hängen mit diesen Arbeiten auch die neuen Festungswerke zusammen, die während des dritten Jahrhunderts auf der westlichen Seite des Burghügels unter der Aufgangstreppe zu den Propyläen errichtet worden sind.

Die Mauern retteten aber wenigstens die Unterstadt Athen doch nicht, als bei dem Eindringen der Goten und Heruler in das ägäische Meer i. J. 267 die letzteren im Peiräeus landeten und auf die alte Musenstadt sich stürzten. Welche Zerstörungen die wilden nordischen Recken damals angerichtet haben, ist nicht mehr festzustellen. Vielleicht ist damals das Odeion der Regilla von den Athenern als Aufsenwerk der Burg verteidigt und bei dieser Gelegenheit durch die Angreifer in diesem Bau der grofse Brand angerichtet worden, der nach Annahme der modernen Lokalforscher die Schönheit dieses Monuments gründlich verwüstet hat. Lange dauerte jedoch die Anwesenheit der Heruler nicht; denn der tapfere attische Historiker Publius Herennius Dexippos, der bereits mit einer Schar von 2000 tapfern Freiwilligen die Feinde vom Ölwalde oder von Kephisia her erfolgreich beunruhigt hatte, konnte sie nach Ankunft kaiserlicher Truppen glücklich aus Stadt und Land wieder vertreiben. Nicht freilich seinen kriegerischen Ruhm, wohl aber den des trefflichen Geschichtschreibers feierte die schwungvolle poetische Inschrift, welche einige Jahre später die Kinder des Dexippos auf die Basis des Ehrenstandbildes setzten, dessen Errichtung Areiopag, Rat und Gemeinde ihnen erlaubt hatten.

Die Not auch dieser Epoche hat Athen noch einmal glücklich überwunden, und zwar ganz vorzugsweise durch die reichen Mittel, die ihm seine Universität wieder zuführte. Diese letztere nämlich ist nach dem Austoben der Stürme des dritten Jahrhunderts für mehr denn drei Menschenalter abermals zu ganz erstaunlicher Blüte gediehen, ja, sie feierte während der Herrschaft des Kaisers Konstantin des Grofsen und seines Hauses eigentlich ihren glänzendsten Aufschwung. Der kluge Konstantin persönlich war ein grofser Gönner und Wohlthäter der Athener; nur dafs von neuen Bauten, die auf ihn zurückgeführt werden könnten, nichts mehr überliefert wird. Ob er seit Ausdehnung seiner Macht auch über die griechische Halbinsel (also seit 314 n. Chr.) für die Hafenanlagen im Peiräeus in ähnlicher Weise Vorsorge getroffen hat, wie das seit Mitte d. J. 322 zu Thessalonike geschah, wissen wir nicht; doch steht es fest, dafs in dem letzten Kampfe mit Licinius, dem Kaiser des Ostens, um die Alleinherrschaft im Reiche die grofse Flotte Konstantins von den Buchten ausging, in denen einst die Geschwader Kimons und Konons ihren sichern Schutz gefunden hatten. Weit mehr freilich als an solchen antiquarischen Erinnerungen war den Athenern des vierten Jahrhunderts n. Chr. an der wirksamen Gunst gelegen, die das Haus der Konstantiner ihrer Universität andauernd zuwandte: eine Gunst, die auch durch den Übergang dieser Dynastie zum Christentum nicht geschmälert worden ist, mochte immerhin Athen mit seinen Sophisten und mit seinen Monumenten die vielleicht stärkste geistige Festung sein, welche der sinkende heidnische Hellenismus damals noch besafs. Dank der grofsen Vorliebe des eifrig christlichen Kaisers Konstans für den berühmten Professor Proäresios (der allerdings seinerseits Christ war) erlangte

Athen sogar zwischen 343 und 346 die Überweisung der Tribute mehrerer ansehnlicher Inseln an seine Stadtkasse. Die tiefe Ungunst, mit welcher später Kaiser Constantius II. (seit 353) auch in Griechenland dem Heidentum entgegentrat, brachte wenigstens nach der architektonischen Seite keinen Nachteil für Athen, wie uns anderseits nicht überliefert ist, was Athens leidenschaftlicher Freund, Kaiser Julian (seit 361) während seiner kurzen Herrschaft mit Ausnahme gröfserer finanzieller Zuwendungen speziell für diese Stadt zu thun vermocht hat. Obwohl ein neuer Herodes nicht wieder in Athen aufgetreten ist, hat es übrigens auch noch jetzt an Wohlthätern nichtfürstlichen Standes keineswegs gefehlt. In dieser Weise hat unter Konstans (zwischen 340 und 350) der Prokonsul von Achaja, Cerbonius, bedeutende Mittel aufgewendet, teils um architektonische Zerstörungen, entweder aus der Gotenzeit oder die Folgen eines Erdbebens i. J. 348, wieder zu überwinden, teils um die Stadt mit schattigen Promenaden zu schmücken, der Prokonsul Ampelios aber (361) sich bemüht, dem Verfall des Quartiers Kolyttos zu steuern. Die Gemeinde dagegen, wie auch manche Privatleute, hörten bis zum Theodosianischen Zeitalter und darüber hinaus nicht auf, die Stadt durch neue Ehrenstandbilder der Kaiser, namentlich des grofsen Konstantin, und vieler um Athen verdienter Männer, ausgezeichneter Statthalter, gefeierter Professoren wie Proäresios zu zieren. Das akademische Leben aber brachte es mit sich, dafs gar viele der Dozenten sich private Hörsäle einrichteten, die von den reicheren in ihren eigenen Häusern erbaut, theaterförmig angelegt und mit Marmor bekleidet wurden.[1] Die altberühmten Parks

---

1) Vgl. Wachsmuth a. a. O. S. 711.

der Gymnasien aufserhalb der Stadtmauern, namentlich die der Akademie und des Lykeion, wurden noch einmal für viele Jahrzehnte durch die muntere studierende Jugend belebt, freilich unter Umständen auch Schauplätze förmlicher Gefechte, wenn die in ihre Verbindungen geteilten und den rivalisierenden Kunstrednern leidenschaftlich ergebenen Studenten die Gegensätze ihrer verehrten Lehrer untereinander mit bewaffneter Hand auszutragen sich veranlafst sahen. Dagegen fehlt uns die Nachricht darüber, wo um die Mitte des vierten Jahrhunderts in dem damals noch weit überwiegend heidnischen Athen die von einer kleinen, aber eifrigen Gemeinde besuchte Kirche sich befunden hat.

Das in Julians Zeit in Athen noch durchaus in der Minderheit befindliche christliche Element erscheint dagegen gegen Mitte des fünften Jahrhunderts n. Chr. bereits zu ganz entschiedenem Übergewicht gelangt. Bis dahin waren freilich gewaltige Katastrophen über Griechenland hingegangen. Die starken Stöfse, die seit 381 der Kaiser Theodosius I. gegen das griechische Heidentum führte, hatten ihren entsetzlichen Nachdruck durch die viele Monate hindurch ungestört fortgesetzten Zerstörungen der Westgoten erhalten, als dieses Volk unter seinem König Alarich seit dem Spätsommer 395 n. Chr. verheerend in die Provinz Achaja eindrang. Athen freilich entging diesen Verwüstungen; die Zahlung einer starken Brandschatzung rettete die herrliche Stadt vor dem traurigen Schicksale, welches damals über so viele Teile Griechenlands gekommen ist. Aber die Verheerung von Attika und die vollständige Vernichtung der Heiligtümer zu Eleusis waren sehr harte Schläge. Und nun begann auch die Zeit, wo die tiefe Abneigung der christlichen Regierung in Konstantinopel nach verschiedenen Seiten hin dem antiken Leben, überhaupt der Antike in Athen, schrittweise immer verderblicher wurde. Die athenische Universität wurde namentlich seit der Regierung des Kaisers Theodosius II. (408—450 n. Chr.) mit tiefer Ungunst, ja mit ausgesprochener Gegnerschaft behandelt. Einerseits weil dieser Kaiser seiner glänzend ausgestatteten Akademie in Byzanz die lästige athenische Konkurrenz aus dem Wege räumen wollte; andererseits weil die in Athen seit dem Verdorren der Kunstrhetorik allein noch in voller Blüte stehende neuplatonische Philosophie mit der zähesten Energie die Sache des Heidentums festhielt und andauernd nach Möglichkeit litterarisch verfocht. Der gewaltige Druck aber, der unter derselben Regierung gegen die alten Kulte ausgeübt wurde, wirkte in zwei Richtungen höchst fühlbar auf die Umwandlung der Zustände in Athen. Wie einst Konstantin der Grofse, ohne dabei jedoch Athen besonderen Schaden zuzufügen, viele Teile der griechischen Provinzen zahlreicher Kunstwerke beraubt hatte, um die neue Weltstadt am Bosporus damit zu schmücken, so wurde jetzt namentlich Athen immer unbedenklicher geplündert, um Denkmäler aller Art, zumal wenn sie dem alten Kultus gedient hatten, zu immer neuer Verzierung der unersättlichen Residenz zu gewinnen. Der Anfang in dieser Richtung ist schon gegen Ende des vierten Jahrhunderts mit Entführung der uralten Gemälde aus der „bunten Halle" (S. 71) an der Agora durch einen Prokonsul von Achaja gemacht worden.[1] Das war freilich für die Athener, deren Herz an diesen altertümlichen Schätzen hing, die mit gleicher

---

1) Vgl. Wachsmuth, S. 715.

Liebe die wahrscheinlich kaum noch erkennbaren Umrisse solcher Bilder Polygnots aus der Zeit des Kimonischen Ruhmes, wie die alten Häuser des Sokrates und des Demosthenes den noch immer in Menge die Stadt besuchenden Fremden zeigten, sehr schmerzlich. Viel tiefer aber als dieser Raub und als die Wegschleppung mancher Kunstwerke von sekundärer Bedeutung griff die Entführung der grofsen Prachtwerke des Pheidias auf der Akropolis, die zugleich als ein starker Schlag gegen die antike Religion empfunden wurde. Nach der Legende hatten Athena Promachos und mit ihr Achilleus, dessen Standbild der eleusinische Hierophant Nestorios noch gegen 375 n. Chr. in einer Kapelle unter dem riesigen, wahrscheinlich in den Augen des heidnischen Volkes längst zum Kultbilde gewordenen Bilde der Parthenos aufstellte, ihre Stadt gegen Alarich (S. 210) wirksam geschützt. Nun aber mufsten auch diese Kolosse gegen Mitte des fünften Jahrhunderts n. Chr. von der heiligen Stätte weichen, die sie neunhundert Jahre lang gehütet hatten. Nur dafs mit Bestimmtheit sich nicht nachweisen läfst, wo in Konstantinopel sie ihren Platz und später ihren Untergang gefunden haben mögen.

Auf der andern Seite machte jetzt die Christianisierung Athens auch bei der Masse des Volkes so bestimmte Fortschritte, dafs die Neuplatoniker allmählich sich sehr hüten mufsten, ihr Heidentum in irgend auffälliger Weise zur Schau zu tragen. Damit aber ging Hand in Hand die Umwandlung vieler antiker geistlicher und mancher profaner Monumentalbauten in christliche Gotteshäuser. Vieles Heidnische wird freilich einfach zerstört worden sein; um 485 n. Chr. wurde beispielsweise das Asklepieion (S. 183) auf dem Südabhange des Schlofsberges niedergerissen.[1]

---

1) Wachsmuth, S. 721.

Vielleicht gehört auch in diese Zeit die Anlage einer Baulichkeit an dem Aufgange zu den Propyläen, welche heidnischen Prozessionen den Weg abschneiden sollte. Daneben wurden aber sehr viele antike Bauten dadurch noch für Jahrhunderte, zum Teil bis auf die Gegenwart gerettet, dafs man sie für den christlichen Gottesdienst in Besitz nahm. Manche der wichtigsten derselben sind sicherlich bis zur Zeit Justinians I., wo die Antike auch in Athen ihren Todesstofs erhalten hat, in dieser Weise verwendet worden. Dagegen fehlt bis jetzt noch alles urkundliche Material, um über die Entstehung einerseits der überaus zahlreichen christlichen Kapellen auf vielen der interessantesten Punkte Athens, wie beispielsweise an der Klepsydra, in der Grotte der Panagia Spiliotissa (S. 137), in dem Quellhause des Asklepieion, am Diazoma des Odeion der Regilla, und anderseits der vielen neuen Kirchen des christianisierten Athen, wie unter anderen des dreischiffigen Baues etwas westlich von den Felstrümmern am Areiopagos und der Kirche des heil. Dionysios Areopagita, etwas Zuverlässiges mitzuteilen.

Am Ausgange des Altertums gehört der edelste Tempel Athens, der Parthenon, nicht mehr der Athena, sondern der christlichen Religion. Anfangs, wie es scheint, der heiligen Sophia, nämlich der christlichen oder göttlichen Weisheit geweiht, ist er dann in früher byzantinischer Zeit zum Dome der heiligen Jungfrau geweiht und der Madonna (Panagia), der Theotokos, für lange Jahrhunderte zugesprochen worden. Mit der Umwandlung in eine christliche Kathedrale waren natürlich erhebliche architektonische Umgestaltungen verbunden.[1] Damit der Altar nach Osten

---

1) Vgl. über alle Details Michaelis, der Parthenon, S. 45 ff.

kommen sollte, mufste die Orientierung des ganzen Tempels umgekehrt werden. Die schmale Westseite wurde jetzt die Fronte der Kirche, der Opisthodomos mit seiner Vorhalle zum Narthex, die dortige Thüre der Haupteingang. Aus dem nördlichen und südlichen Säulengange wurden durch die Seitenmauern des Narthex zwei kleine Thüren gebrochen, die wahrscheinlich zu den Treppen nach der Frauengallerie führten. Die Scheidewand zwischen Opisthodomos und Cella wurde durch eine grofse Thüre durchschnitten, die in die ehemalige Nische der Parthenos hineinführte. Die Cella selbst diente als die eigentliche Kirche, und an ihrer östlichen Seite wurde auf Stufen die chorartige Erhöhung hingeführt, die in den griechischen Kirchen durch die Ikonostasis (Bilderstand) als Sanctuarium von dem übrigen, für die Gemeinde bestimmten Raume gewöhnlich abgetrennt wird. Die Mitte der Bilderwand nahm die „schöne Thüre" ein, hinter welcher der Altar unter einem von vier Porphyrsäulen mit weifsmarmornen korinthischen Kapitellen getragenen Baldachin stand. Die alte östliche Hauptthüre zur Cella wurde erweitert und zu einem Bogen umgestaltet, hinter dessen Öffnung man in den Pronaos eine flache Apsis hineinbaute. Hier befanden sich die Stufensitze für die dienstthuende Geistlichkeit und an der Wölbung ein Mosaikbild der Madonna. Zu sehr erheblichen Veränderungen führte aber die Absicht, die neue byzantinische Kirche zu überwölben. Man hat zu diesem Ende der Cella die alte hölzerne Decke mit dem Dache abgenommen, dann aber im Inneren der Cella sämtliche Säulen und die Seitenwände der Bildnische entfernt und dafür 22 neue Säulen eingesetzt; in der oberen, für die Frauen bestimmten, um die nördliche, westliche und südliche Seite sich ziehenden Gallerie standen 23 marmorne Säulen, mit ionischen Basen und korinthischen Kapitellen. Da sie bei ihrem geringen Durchmesser von nur 66 cm aufser stande waren, ein Gewölbe zu tragen, so wurde wahrscheinlich jeder Säule entsprechend je ein Pilaster der Wand zur Verstärkung vorgesetzt, und weiter die starken Aufsensäulen der Langseiten in Strebepfeiler umgewandelt, indem von hier aus Strebebögen gegen den Druck der (Tonnen-) Gewölbe aufgeführt wurden. Die drei Gewölbe der Schiffe der neuen Kirche ruhten auf den Epistylien aus weifsem Marmor, die über den Säulen hingeführt und mit den Mauern möglichst fest verbunden waren. Anderseits hatte man behufs der Strebebögen die Deckplatten des Säulenumgangs abgenommen, so dafs derselbe wenigstens an den Langseiten unbedeckt blieb; das neue, aus Marmorplatten gut hergestellte Dach bedeckte nur noch das eigentliche Tempelhaus. Viel weniger wurde durch diese Umbauten die westliche Hälfte des Gebäudes betroffen, die ihre alte reichgeschmückte Kassettendecke von Marmor behielt, doch wurde auch hier das eigentliche Dach in gleicher Weise wie bei der Osthälfte durch ein anderes ersetzt, und die Eingangsmauer mit christlichen Heiligenbildern bemalt. Zwischen den Säulen des Narthex und denen des nun unbedeckt bleibenden äufseren Säulenumganges wurde eine niedrige Mauer hingezogen, wodurch bei der Dicke und Höhe dieser Säulen rings um die Kirche eine Art von „Kapellenkranz" entstand.

Weit weniger genau sind wir über die Verwandlungsgeschichte anderer attischer Prachttempel unterrichtet. Wir wissen allerdings, dafs auch das schöne Erechtheion während des Mittelalters als Kirche gedient hat, und dafs namentlich das prachtvolle Theseion (S. 73 fg.) seine Erhaltung sehr wesentlich dem Umstande verdankt, dafs die

Christen diesen Tempel dem ritterlichen Heiligen St. Georg von Kappadokien, dem Drachentöter, als Kirche geweiht haben. Auch dieser letztere Bau unterlag dabei einer Umgestaltung, indem man ihn [1] mit einem Gewölbe versah, und bei der Veränderung der Orientierung die Rückwand seines Opisthodomos mit einer Thüre durchbrach. Aufserdem fielen der nach Osten zu angesetzten Chornische die Wand des Pronaos und die zwei zwischen den Anten stehenden Säulen zum Opfer; ebenso wurden an den übrigen Seiten der Cella Thüren eingesetzt. Dagegen sind uns die Schicksale des Olympieion so gut wie gänzlich unbekannt.

So betrübend die allmählich sich vollziehende Umgestaltung der schönsten und gefeiertsten antiken Monumente in christliche Heiligtümer für die zähen Anhänger des antiken Hellenismus auch war, so haben die letzteren doch noch lange mit grofser Ausdauer ausgehalten. Das wurde namentlich dadurch möglich, dafs auf der einen Seite die attische Gemeindeverwaltung und manche reiche und freigebige Privatleute noch immer ein lebhaftes Interesse an der Erhaltung der Universität nahmen, und dafs auf der andern Seite durch mancherlei Zuwendungen und Legate das Stiftungsvermögen der platonischen Akademie eine ganz erhebliche Ausdehnung gewonnen hatte. Wie wir hören, so warf dasselbe der Schule im fünften Jahrhundert und später das jährliche Einkommen von mehr denn tausend Goldstücken oder rund 15000 M. ab. Bekanntlich war es dann der brutale Gewaltstreich des byzantinischen Kaisers Justinian I., durch welchen im Spätjahre 529 n. Chr. die Akademie kurz und bündig aufgelöst und ihr Stiftungsvermögen für den Fiskus eingezogen wurde.

---
1) Vgl. Michaelis, a. a. O. S. 48.

Geistige Schätze wollten die Byzantiner aus Athen nicht mehr beziehen. Desto kräftiger räumten sie unter dem architektonischen Bestande auf; wir hören, dafs für den prachtvollen Neubau der gigantischen St. Sophienkirche in Konstantinopel, seit 532 n. Chr., aus Athen zahlreiche Säulen und kostbares Baumaterial in Menge gewonnen wurden. Damals, so scheint es, begann die Zeit, seit welcher manche alte Denkmäler als bequeme Steinbrüche ausgenutzt worden sind. Es lag das um so näher, als man aller Wahrscheinlichkeit nach unter Kaiser Justinian I. einen erheblichen Teil des alten Athen „militärisch aufgegeben hat". Es ist damit folgendes gemeint. Die unaufhörlichen Gefahren, welche seit Ausgang des fünften Jahrhunderts n. Chr. die verderblichen Einfälle der Bulgaren und slawischer Scharen dem Wohlstande der Balkanhalbinsel und der griechischen Provinzen bereiteten, veranlafsten jenen Kaiser, alle haltbaren Plätze des weiten Landes zwischen der Donau und dem Isthmos von Korinth systematisch neu zu verschanzen. Dabei wurde Athen sehr erheblich in Mitleidenschaft gezogen. Als man seit 540 n. Chr. diesen neuen Schutz Griechenlands ernsthaft in Erwägung nahm, ist natürlich die alte Bedeutung der Akropolis als Citadelle sehr stark in den Vordergrund getreten. Der westliche Abhang des Schlofsberges erhielt wieder eine starke Verschanzung. Thatsächlich mufs später, ohne dafs wir über das einzelne irgend andere Kunde hätten, als wie sie aus dem heutigen Zustand der Ruine selbst gezogen werden kann, das Odeion der Regilla wiederholt als Aufsenfort der Burg behandelt worden sein. Weiter aber ist es uns durchaus wahrscheinlich, dafs die mächtige, früher irrtümlich schon der Zeit des Kaisers Valerian zugeteilte Ringmauer, welche das mittelalterliche Athen umgab, durch Justinians Kriegsbaumeister angelegt worden ist. Die Unterstadt Athen war viel zu ausgedehnt, um bei der notorischen Schwäche ihrer Bevölkerung und der von Attika in dieser Zeit anders als durch eine starke Besatzung wirksam verteidigt werden zu können, und es ist höchst unwahrscheinlich, dafs die Stadt während der langen, oft furchtbar stürmischen Jahrhunderte bis zu der fränkischen Periode, also bis zum dreizehnten Jahrhundert n. Chr. nur mit eigenen Mitteln und mit einigen Abteilungen regelmäfsiger Truppen den grofsen Ring des Themistokles zu behaupten vermocht hätte. Will man nicht an eine urkundlich gar nicht zu belegende schnelle Verschanzung in den Zeiten der slawischen Stürme des siebenten und achten, oder der moslemitischen Korsarennot, also zu Ende des neunten oder zu Anfang des zehnten Jahrhunderts denken, so bleibt immer die Annahme die ansprechendste, dafs schon unter Justinian I., wie es auch auf andern Punkten Griechenlands, namentlich in Epirus geschehen ist, die Aufsenteile der grofsen Unterstadt aufgegeben wurden. Vielleicht hatte gerade der grofse slawische Angriff i. J. 539/40 Athen erheblich bedroht und selbst stark geschädigt, so dafs man um so eher zu dieser Mafsregel sich entschlofs.

Der Umfang der neuen Ringmauer war allerdings nicht sehr ausgedehnt; anders gestaltet als in der ältesten Zeit (vgl. S. 18), kehrte die Unterstadt Athen wieder zu einem Areal von nur mäfsiger Gröfse zurück. Diese Verschanzung aber war ein gewaltiger Bau; eine hohe, stattliche, mit einem inneren Gange versehene Mauer, nach aufsen mit Quadern bekleidet, zwischen den Quaderwänden aber mit allen möglichen im Wege liegenden Steinmaterialien, wie Säulen, Architraven, Sesseln, Altären, Inschriften,

Weihgeschenken ausgefüllt. Sie zog sich vom Aufgange der Akropolis über 500 Schritt gerade gegen Norden in die Tiefe der Agora, des Kerameikos herab, bog dann (bei der Kirche der „Panagia Pyrgiotissa") nach Osten um, nahm die Stoa des Attalos, das Gymnasium des Hadrian, und vielleicht auch das Diogeneion in ihren Bereich, zog sich dann nach einer Ausdehnung von etwa 600 Schritten bei der Kirche des Demetrios Katiphori wieder der Burghöhe zu, lief wahrscheinlich in nicht bedeutender Entfernung von dem östlichen Fuße des Schloßberges hin, überschritt das Dionysostheater quer über dem Raume zwischen dem Logeion des Phädros (S. 206) und dem älteren Proskenion des Theaters, und folgte dann dem südlichen Fuße des Burghügels bis zum Odeion der Regilla, von dessen westlichem Ende sie wieder zum Burgaufgang sich hinaufzog.[1] Haben wir recht, schon dieser Zeit diese Anlage zuzuschreiben, so war also das Mittelalter damals in jeder Beziehung über die Stadt der Monumente und der Schulen hereingebrochen. Die Leuchte antiker Wissenschaft war für immer erloschen; nur sagenhaft lebte noch lange im fernen Westen die Kunde von dem unsterblichen Ruhme des alten Sitzes der Musen und der Weisheit fort. Athena hatte der Panagia den Platz für immer geräumt, und überall waren die alten Götter vor dem siegreich glänzenden Kreuze der orthodoxen Kirche gewichen. Das vielhundertjährige Bollwerk des untergehenden Hellenismus war jetzt ein byzantinisches Kastell, und mit Ausnahme der zu Kirchen umgewandelten Monumentalbauten blieben die Prachtbauten der älteren wie der jüngeren Antike wehrlos dem Verfall

---

[1] Vgl. namentlich Curtius, erläuternder Text, S. 57 und die Mitteilungen bei Wachsmuth, S. 721 ff.

überlassen, an welchem die Zeit, die Schrecken neuer Kriege, endlich rohe Zerstörungslust oder ganz gewöhnliches Handlangertum zu arbeiten nunmehr begannen.

Eilftes Kapitel.
Byzantiner, Franken, Osmanen.

Die Forschung unseres Zeitalters hat allerdings nachgewiesen, dafs die längere Zeit namentlich von dem berühmten Fallmerayer verfochtene Annahme einer slawischen Zerstörung und mehrhundertjähriger Verödung der Unterstadt Athen in der älteren byzantinischen Periode durchaus unhaltbar ist. Soviel wir jetzt übersehen können, ist Athen niemals in die Hände der wilden nordischen Völker gefallen, die bis zu der vollständigen Niederwerfung der Bulgaren durch Kaiser Basilios II. zu Anfang des eilften Jahrhunderts, die Griechen auf so vielen Stellen der grofsen Halbinsel durchsetzt und teilweise zurückgedrängt haben. Eine zusammenhängende Geschichte von Athen läfst sich aber bis hinab zu den letzten Tagen des Hauses Angelos doch nicht mehr entwerfen; nur selten noch gedenken die Annalen der Byzantiner der alten Lieblingsstadt der Vorwelt, die jetzt weder als Handelsplatz, noch als Studiensitz, noch als Werkstätte der Künste und der Industrie irgendwelche Bedeutung mehr beanspruchen konnte. Von den Bahnen des Weltverkehrs abgelegen, von bewundernden fremden Reisenden nicht mehr besucht, nur noch als starke Festung, die Akropolis auch als Verbannungsplatz kompromittierter vornehmer Männer, für die Kaiser der Rhomäer von Interesse, ist Athen in der That für lange von der Geschichte so gut wie vergessen; so sehr dafs auch über das allmähliche Verschwinden sehr zahlreicher der einst überreichen Kunstwerke und architektonischen Denkmäler nichts zu berichten übrig bleibt. Wir wissen nicht einmal, unter welchen Umständen der Riesentempel des olympischen Zeus mit der Masse seiner gewaltigen Säulen, deren eine unter anderem in der älteren Zeit des Mittelalters einem sog. Säulenheiligen als Sitz gedient hat, soweit verschwunden ist, dafs endlich der Rest zu einer Kapelle des St. Johannes benutzt werden konnte.

Das gröfste Interesse bot jetzt den Griechen wie den Fremden der auch als Dom der Panagia noch immer wunderbar schöne Parthenon. Der grofse Bulgarenbezwinger Basilios II. besuchte, als er 1018 diese nordischen Gegner des Reiches vollständig überwunden hatte, auf seiner Reise durch die griechischen Provinzen des Südens 1019 auch Athen, bestieg die Akropolis und feierte im Dome der Panagia ein grofses kirchliches Siegesfest. Zum Dank für die heilige Jungfrau spendete er der prächtigen Kathedrale glänzende Geschenke, darunter eine vielbewunderte silberne Taube, die — nach Art des byzantinischen Kirchentums als ein Symbol des heiligen Geistes gedacht — über dem Altar schwebte und in beständiger Bewegung auf und nieder glitt. Vielleicht hat er damals auch auf den Marmorwänden des Parthenon Darstellungen von Hauptscenen des bulgarischen Krieges malen lassen.

Für die Byzantiner und ihre abendländischen Zeitgenossen hatte Athen, wenn sie von der militärischen Bedeutung absahen, wesentlich noch eine kirchliche Bedeutung. Die einst den antiken Kulten mit höchster Zähigkeit anhängenden Athener erscheinen im Mittelalter als ebenso überzeugte, vorzugsweise eifrige Anhänger der orthodoxen Kirche, und pflegten mit Vorliebe die Erinnerung an den Besuch des Apostels Paulus in ihrer alten Stadt. Ganz entsprechend galt den Zeitgenossen als das merkwürdigste in dem Dom der Maria die ewige Lampe, die vielleicht Anlafs bot, dafs man der im Parthenon waltenden Madonna in schwungvollen Schilderungen das Prädikat der lichtempfangenden Lichtspenderin gab.[1] Von diesem Kunstwerk erhielt auch die ferne nordische Insel Island, deren kriegerische Söhne so zahlreich in der byzantinischen Kaisergarde auftraten, durch einen Pilger dieses Landes Kunde, nämlich durch Säwulf, der in den Jahren 1102 und 1103 durch Hellas nach dem heiligen Lande zog. Auch gegen die architektonische Schönheit des alten Parthenon blieben die griechischen wie die fremden Bewunderer dieses Domes doch nicht ganz gleichgültig. Unter den vielen, in der Regel ziemlich kleinen Kirchen wenigstens, die bis zur französischen Eroberung in und bei Athen, nämlich auf dem Raume aufserhalb des neuen Mauerringes, und in der Landschaft entstanden sind, kam keine einzige auch nur entfernt mit den antiken Bauten in Vergleichung. Auch die nicht, welche die aus Athen stammende byzantinische Kaiserin Irene (780 — 802) für ihre Mitbürger aufführen liefs. Zu den letzteren gehörte unter anderen die noch jetzt erhaltene, nordöstlich vom Denkmal des Lysikrates belegene Kirche des h. Nikodemos mit einer aus einem römischen Bade hergestellten Krypta. Der als ziemlich kompliziert bezeichnete Bau der Kirche Kapnikaräa, nördlich unweit des Hadrianischen Gymnasiums, fällt erst in das eilfte Jahrhundert.

---

1) Vgl. F. Gregorovius, „Athen in den dunklen Jahrhunderten" S. 672 ff.

Die eine Auszeichnung allerdings wurde der altberühmten geistigen Hauptstadt der antiken Griechenwelt nicht versagt, dafs ihr schon seit Diokletians Zeitalter bestehender bischöflicher Sitz etwa seit 857 den Rang eines Erzbistums erhielt, und dafs die attischen Kirchenfürsten noch vor 869 auch die Stellung von Metropoliten erlangten. In dem byzantinischen Thema „Hellas" war Athen mit zehn Suffraganbistümern der geistliche Centralsitz. Die Säulen an der westlichen Seite des Parthenon wurden, so scheint es, dabei benutzt, um die Angaben über die Todestage der höchsten Würdenträger der athenischen Kirche in Stein einzuritzen. Dagegen residierte der byzantinische Strategos des Thema Hellas nicht in Athen, sondern auf der Kadmeia in Theben: in jener Stadt von Mittelgriechenland, die damals weit reicher und blühender erscheint als Athen, und durch ausgedehnte Seidenindustrie und schwunghaften Handelsbetrieb die alte Rivalin am Ilisos sehr erheblich in den Schatten gestellt hatte. Weit weniger als Theben und andere Städte Griechenlands von dem frischen materiellen Aufschwung der glänzenden Komnenenzeit berührt, dagegen in den Tagen des elenden Hauses Angelos durch den furchtbaren Finanzdruck der schlechten Kaiser dieser Dynastie und ihrer Statthalter und fiskalischen Beamten, wie durch die unaufhörliche Korsarennot tief herabgebracht, erlitt, soweit die Verschuldung der Rhomäer dabei in Frage kam, Athen seinen letzten Stofs zu Anfang des dreizehnten Jahrhunderts. Infolge des schlechten Regiments des Alexios III. Angelos hatte bekanntlich die innere Zersetzung des alten Reiches der Byzantiner bereits höchst gefährliche Fortschritte gemacht, als im Jahre 1203 die Krieger des vierten („lateinischen") Kreuzzuges unter Enrico Dandolo, dem grofsen Dogen von Venedig, und dem berühmten Markgrafen Bonifacio II. von Montferrat ihren Angriff gegen Konstantinopel richteten. Die Kämpfe am Goldenen Horn benutzte ein peloponnesischer Machthaber, der kriegerische Baron Leon Sguros von Nauplia, um aus den Trümmern des Reiches im griechischen Süden sich eine eigene Herrschaft zu gründen. Über den Isthmos von Korinth vordringend, eroberte er im Frühling 1204 auch die Unterstadt von Athen. Die Akropolis aber vermochte er nicht zu gewinnen; hier stellte ihm der damalige Erzbischof (seit 1182) Michael Akominatos, eine der erlauchtesten Gestalten unter den Griechen dieses Zeitalters, einen unüberwindlichen Widerstand entgegen. Zur Rache brannte der wilde Abenteurer bei seinem Abzuge die Unterstadt nieder. Um so leichter wurde es nun den Burgundern und Lombarden, die unter dem siegreichen Bonifacio (jetzt König von Thessalonike) zu Anfang des Jahres 1205 in Athen erschienen, den Erzbischof zur Übergabe der Burg zu nötigen. Damals wurde die Marienkirche durch die rauhen fränkischen Sieger geplündert, Akominatos mufste nach Keos abziehen, und Attika kam mit Böotien unter die Herrschaft des burgundischen Ritters Otto de la Roche-sur-Ougnon aus der Franche-Comté.

Der neue französische Beherrscher des Landes, der sich „Grofsherr von Athen" nannte — ein Titel, den seine Dynastie seit 1260 mit dem herzoglichen vertauscht hat, übergab natürlich die Marienkirche auf der Burg dem römisch-katholischen Kultus; besondere bauliche Veränderungen scheint dieses nicht nach sich gezogen zu haben. Die neue Herrschaft war eine verständige und immerhin für die Griechen von Attika, mit denen die Franzosen sich ebensogut auszugleichen wufsten, wie damals unter den Villehardouins in Morea, ganz erträglich. Attika und

Böotien gediehen zu neuer Blüte, auch der Peiräeus wurde wieder durch italienische Schiffe belebt. Überhaupt hatte dieser Hafenplatz in byzantinischer Zeit sich einigermafsen wieder erholt, wenigstens sind aus dieser Periode noch jetzt Gebäudereste, Wasseranlagen, Kirchen und zahlreiche Gräber innerhalb der Mauern erhalten. Vielleicht schon im 11. oder 12. Jahrhundert ist auch am Nordoststrande des grossen Hafenbeckens das Kloster des heil. Spyridon gegründet worden.[1] Noch aber dauerte es ziemlich lange, bis Athen selbst wieder der Schauplatz regeren Lebens wurde. Die neuen fränkischen Fürsten, namentlich nach Ottos Rückkehr (1225) nach Frankreich, und mit ihnen die katholischen Erzbischöfe von Athen residierten viel häufiger zu Theben, als gerade in Athen, wo die Akropolis der Hauptsache nach als Festung galt. Doch wird dem Grofsherrn Otto ein ansehnlicher kirchlicher Bau zugeschrieben, nämlich die Errichtung der (jetzt sogenannten) kleinen Metropolis, heute auch Kirche der Panagia Gorgopiko genannt. Diese nordöstlich von dem Monument des Andronikos (S. 172 fg.) belegene Kapelle ist ganz aus antiken Werkstücken und Reliefs zusammengesetzt. Die modernen Beobachter fanden unter anderem über der Hauptthüre auf der Westseite als Fries unter dem Gesims einen althellenischen Festkalender, an den Ecken korinthische Antenkapitelle, und über der südlichen Thüre ein Stück eines dorischen Architravs mit Stierköpfen und Rosetten in den Metopen, mit gekreuzten Fackeln und Vasen vor den Triglyphen. Unter den Bildern des Festkalenders ist noch der Rest einer Darstellung des für den Transport des Athena-Peplos bei den Panathenäen verwendeten, auf Rollen bewegten

---

1) Vgl. Milchhöfer bei Curtius und Kaupert, Heft I. S. 34.

Schiffes zu erkennen. Die Kuppel dieser Kirche erreicht nur die Höhe von zwölf Metern.

Die lange fränkische Herrschaft hat das Aussehen der Akropolis auf einem Hauptpunkt in jener Art verändert, wie bis zum Jahre 1876 auch noch die moderne Welt es gekannt hat. Zu den neuen Festungswerken nämlich, welche die abendländischen Herren von Athen auf der Westseite vorgelegt haben, gehörte auch ein mächtiger Turm, ein französischer Donjeon, den man über dem südlichen Flügel der Propyläen (S. 102 fg.) errichtete. Es ist wohl wahrscheinlich, daß diese aus prachtvollen Quadern hergestellte imposante Anlage, die vermutlich mehrere kleinere Tempel der Burg verschlungen hat, schon dem dreizehnten Jahrhundert, und nicht erst den Florentinern des fünfzehnten Jahrhunderts die Entstehung verdankt. Andererseits scheinen [1] die Italiener, namentlich die Genueser, aus den unerschöpflichen architektonischen Resten der Unterstadt viel kostbares Baumaterial, namentlich auch stattliche Marmorsäulen ausgeführt zu haben.

Wirklich neuen Glanz gewann Athen — das Setines (Tenes) der Franken — doch erst wieder, als auch die harte Herrschaft der Katalanen, die 1311 hier die Franzosen aus dem Besitz verdrängt hatten, 1385 durch die Florentiner gestürzt worden war. Der Herzog Nerio I. Acciajuoli, der damals von Korinth aus die Unterstadt eroberte und zwei Jahre später auch die Akropolis zur Übergabe nötigte, gründete als Herr von Ostgriechenland eine neue Dynastie, unter welcher Attika noch einmal, für lange Jahrhunderte zum letztenmale, zu schöner Blüte gediehen ist, soweit das in diesen stürmischen, durch

---

1) Vgl. Gregorovius a. a. O. S. 691 ff.

wiederholte Türkennot ganz besonders düster gefärbten Zeiten überhaupt möglich war. Namentlich Nerios Nachfolger Antonio I. (1405—1435) war bemüht, seine Residenz Athen durch mancherlei neue Bauten zu verschönern, unter anderem durch ein herrschaftliches Lusthaus an der Kallirrhoë. Das Herrenschlofs der Acciajuoli stand auf der Akropolis; sie wohnten in dem alten Erechtheion, während der Nordflügel der Propyläen zur herzoglichen Kanzlei eingerichtet worden war. Zwischen den Säulen der Thorhallen hatte man ähnliche Kammern durch Mauerwerk abgeschieden, wie bei denen des Parthenon (S. 215). Als unhaltbar aber ist die Sage erwiesen, dafs die Acciajuoli auch den prachtvollen, zehn Fufs hohen marmornen Löwen am Peiräeus aufgestellt oder wieder aufgerichtet haben, nach welchem die fränkischen Seeleute des späteren Mittelalters diesen Hafen Porto Leone nannten. Diesen Namen führt der Peiräeus schon 1318 auf den Seekarten des Genuesen Pietro Visconte; wahrscheinlich geht die Aufstellung oder Wiederaufstellung zurück schon in die Zeit der Herzöge de la Roche,[1] vielleicht des Guido II. (1287—1308). Doch bleibt es zweifelhaft, ob der Löwe schon damals seine Stelle am Ufer der innersten nordöstlichen Bucht des Peiräeus hatte, wo er allerdings im siebzehnten Jahrhundert sich befunden hat. Dagegen hat Antonio I. Acciajuoli den Hafen wieder mit neuen Kais und Molen versehen.

---

1) Dieser berühmte Löwe hatte anscheinend noch gegen Mitte des eilften byzantinischen Jahrhunderts am Eingang des Peiräeus gestanden, und zwar so schon seit antiker Zeit, wahrscheinlich auf der südlichen Halbinsel (Akte) in der Nähe des Kaps Alkimos; vermutlich an der Küste aufserhalb der Ringmauer und als Schmuck eines Grabmonuments. Vgl. jetzt über diese Frage Milchhöfer bei Curtius und Kaupert, Heft I, S. 34 und 53 ff., 69.

15*

Die wüsten Zustände am Hofe zu Athen, welche in den letzten Jahren der Herrschaft des Hauses Acciajuoli Raum gewannen, gaben endlich dem grofsen türkischen Eroberer von Konstantinopel, dem Sultan Mohammed II., Veranlassung das Herzogtum Athen zu annektieren. Im Jahre 1456 besetzte des alten Feldherrn Turachan Sohn Omar auch die Unterstadt Athen, wo nachher der türkische Woiwode in den Ruinen des alten Gymnasiums des Hadrian seinen Sitz nahm. Die Akropolis übergab der letzte Herzog Franco II. erst im Juni 1458. Als wenige Wochen nachher der Sultan selbst Athen besuchte, war auch dieser hochgebildete Mann von der Schönheit der alten Bauten hingerissen und behandelte die Stadt ziemlich milde. Athen wurde unter den Kislaer-Aga, den Chef der schwarzen Eunuchen, den intimsten Vertrauten des Sultans gestellt, der dann die Stadt durch seinen Woiwoden verwalten liefs. Auf der Akropolis zog ein türkischer Kommandant (Disdar-Aga) mit seiner Besatzung ein und schlug in den alten und neuen Bauten der Propyläen, die jetzt als Kaserne und Zeughaus verwendet wurden, seinen Sitz auf, während sein Harem in dem Erechtheion Platz fand. Der Parthenon dagegen, der damals bei den Athenern und den Abendländern als das ursprüngliche Heiligtum des „unbekannten Gottes" der Apostelgeschichte galt, wurde zur höchsten Freude der Griechen der orthodoxen Kirche zurückgegeben. Das blieb aber nur zwei Jahre so bestehen. Denn als der Sultan nach der Einstampfung des Peloponnesos im Jahre 1460 abermals in Athen erschien und hier von einer Verschwörung angesehener Einwohner zu Gunsten des letzten, nach Theben versetzten Herzogs hörte, liefs er nicht nur diesen aus dem Wege räumen, sondern auch zur Strafe für die Griechen die Marienkirche als

Moschee für den Islam in Beschlag nehmen. Damals erfuhr der Parthenon neue architektonische Veränderungen. Vor allem liefsen die Türken nach ihrer damals vielfach in christlichen, zu Moscheeen degradierten Kirchen geübten, rohen Praxis die Wände des herrlichen Tempels überall weifs übertünchen; es galt die christlichen Heiligenbilder und die (S. 221) des Basilios II. zu vernichten. Ebenso wurden aus der Cella (S. 214) die Bilderwand und der Altar entfernt, eine mohammedanische Kanzel oder Minbar aufgestellt, und unter dem Chor eine Cisterne eingerichtet. Nach Südosten, in der Richtung (Kiblah) gegen Mekka hin, wurde der Mihrab, die Ecke für die moslemitischen Beter angebracht. Endlich aber führte man auf der Südwestecke des Tempels, im südlichen Teile der alten Schatzkammer, ein schlankes Minaret auf, zu welchem man in äufserst roher Weise eine Thüre durch die Westwand des Opisthodomos brach. Als dann in späterer Zeit die Marmordecke des letzteren zwischen den beiden südlichen Säulen brach, liefs der Kislaer-Aga als Unterstützung einen plumpen Pfeiler aus Steinen und Kalk mitten in den Raum hineinmauern.

Seit dieser Zeit verschwand Athen wieder für lange Zeit wie aus der Geschichte, so aus den Augen der gebildeten Welt des Abendlandes. Wohl erfuhr der Tübinger Gelehrte Martin Crusius, der in dem letzten Viertel des sechzehnten Jahrhunderts Verbindungen mit griechischen Gelehrten (1576—78) anknüpfte, dafs noch immer ein Athen bestand. Aber die Stadt war nur kümmerlich und wenig bedeutend; die Osmanen hatten nach ihrer überall durchgeführten Gewohnheit die Citadelle für sich ausschliefslich in Besitz genommen, die Christen wohnten nur in dem „mittleren" Teile der Stadt, nämlich in dem durch die byzantinische Mauer umschlossenen Bezirk dicht bei einander; die andern alten Quartiere, soviel ihrer überhaupt noch vorhanden, waren nur als Vorstädte anzusehen, und die wirkliche Bedeutung der noch in weit gröfserer Menge als heutzutage vorhandenen Altertümer, der in Ruinen liegenden wie der noch vollständig erhaltenen, auch den gebildeten Griechen kaum mehr bekannt, dafür bei dem Volke die seltsamsten antiquarischen Vorstellungen und Benennungen im Umlauf. Wir wollen nur daran erinnern, dafs unter anderem in der volkstümlichen Auffassung aus dem Denkmal des Lysikrates die „Laterne des Demosthenes" geworden war, und dafs die riesigen Überreste des Olympieion, von welchem in der ersten Hälfte des 15. Jahrhunderts noch 21, in der Mitte des 18. Jahrhunderts nur noch 17 Säulen aufrecht standen, als ein früherer Königspalast oder als Palast des Hadrian angesehen wurden.

Das namentlich seit Anfang des 17. Jahrhunderts im Abendlande, besonders auch in England, wieder erwachende Interesse an Griechenland wurde jedoch oft für die Altertümer nachteilig, indem die Liebhaberei aufkam, Teile derselben nach Europa zu verpflanzen, die Türken aber, die ihrerseits bisher aus religiösem Fanatismus oder aus Mutwillen gern die Skulpturen verstümmelt hatten, nunmehr dieses Geschäft der Zertrümmerung von kostbaren Bildwerken, Tempelfriesen, Abbrechen der Köpfe bei Metopen, aus Gewinnsucht eifrig fortsetzten.[1] Aber erst die Vernichtungskraft der modernen Feuerwaffen im Kriege war berufen, den Ruin der attischen Antike zu vollenden.

Schon hatte im Jahre 1656 ein Blitz, der in das in den Propyläen untergebrachte Arsenal und Pulvermagazin

---

1) Vgl. Michaelis a. a. O. S. 72. Wachsmuth S. 14.

der Türken einschlug, eine schreckliche Explosion herbeigeführt; damals wurde ein grofser Teil dieses edlen Bauwerks verwüstet, die Architrave sämtlich zerschmettert, zwei ionische Säulen zerstört, von allen übrigen die oberen Partieen abgerissen.[1] Nachher hatten französische Kapuziner, die 1669 ihr Kloster an das Denkmal des Lysikrates anbauten, mehrfache archäologische Studien getrieben, freilich auch zu manchen seltsamen antiquarischen Irrtümern Anlafs gegeben. Einer der bedeutendsten der gebildeten europäischen Reisenden, die während des 17. Jahrhunderts wieder in immer wachsender Menge Griechenland zu durchforschen begannen, Dr. Jakob Spon, war aber auch (1676) der letzte Antiquar von Fach, der noch den edelsten Rest der attischen Bauten, den Parthenon, unversehrt gesehen hat. Die moderne Epoche der Verwüstung in grofsem Mafsstabe brach demnächst für Athen und seine Akropolis an.

Der grofse 1684 beginnende, durch Francesco Morosini geleitete Krieg der Venetianer, der den Osmanen für längere Zeit noch einmal den Peloponnes entrissen hat, führte zu zahlreichen Niederlagen der türkischen Truppen. Nach dem Verlust der Schlacht bei Patrā (23. Juli 1687) waren die Türken auch für die Sicherheit von Athen besorgt geworden und hatten daher (S. 105) zur Verstärkung ihrer auf der Akropolis angelegten Verschanzungen eine neue Batterie auf der alten Nikebastion errichtet. Der Tempel der Nike Apteros wurde abgebrochen, auf dessen Fundamenten aus den Marmorblöcken die Bettungen für die Geschütze erbaut, und das Pulvermagazin in das Gewölbe unter der Cella verlegt. Im September 1687 unternahmen Morosini und der im Dienst der Republik Venedig fechtende

---

1) Vgl. Wachsmuth S. 14.

schwedische Feldmarschall Graf Otto Wilhelm von Königsmark ihren Angriff auf Attika, der militärisch keinen andern Zweck haben konnte, als für die Armee gute Winterquartiere zu erkämpfen. Am 21. September wurden der Peiräeus und die Unterstadt Athen leicht gewonnen, am 23. September eröffneten zuerst die Batterieen der Venetianer und der deutschen Truppen im Dienst der Republik von dem Musenhügel, von der Pnyx und von dem Areiopagos aus ihr Feuer gegen die Akropolis, nachher wurde noch eine neue Batterie mit zwei Mörsern gegenüber der Ostseite der Burg aufgestellt. Anfangs arbeiteten die Geschütze ohne besonderen Erfolg. Da brachte ein Überläufer den Angreifern die Kunde, daſs die Türken ihr gesamtes Pulvermagazin in den Parthenon verlegt hätten, in der Hoffnung, daſs die Franken den herrlichen Bau schonen würden. Leider aber war das nicht die Meinung der europäischen Heerführer, die in dem Parthenon nur „eine ruchlose Moschee" erblickten. Vielmehr wurde jetzt die ganze Kraft der Beschieſsung auf den Bau des Iktinos gerichtet. Und am Freitag den 26. September abends 7 Uhr hatte ein lüneburgischer Artillerielieutenant bei der östlichen Mörserbatterie das unheilvolle Glück, die Bombe zu lenken, die nun wirklich das türkische Pulver erreichte. Freilich hatten die Osmanen in Wahrheit immer nur den für je einen Tag nötigen Pulvervorrat in der Cella aufgehäuft, trotzdem war die Wirkung entsetzlich. Die Hauptgewalt der Explosion traf die Cella; hier stürzte die groſse innere Scheidewand in den Opisthodomos und riſs dessen Säulen, Decke und Dach mit in den Ruin hinein. Gegen Osten brach sich die Gewalt des Stoſses an der Apsis und ihrer Umgebung, so daſs die Säulen der Fronte nicht nachgaben. Dagegen stürzten die östliche Wand und die Säulen des Pronaos ein, nur die südlichen Ecksäulen blieben stehen. Die langen Seitenwände wurden niedergeworfen, ebenso viele der äufseren Säulen mit ihrem Gebälk, ihren Triglyphen und Metopen. Gegen Westen blieben auf jeder Seite mit Einschlufs der Ecksäulen sechs, gegen Osten an der Südseite fünf, an der Nordseite nur drei Säulen mit dem vollständigen Gebälk stehen. Der ganze Tempel erschien seit dieser Zeit durch einen grofsen gähnenden Spalt in zwei ungleiche Hälften zerrissen.[1]

Mit der Explosion im Parthenon verband sich eine ungeheure Feuersbrunst, die zwei Tage und zwei Nächte auf der Burg wütete. Am Abend des 28. September kapitulierten die Osmanen. Nun suchten die Eroberer sich in und bei Athen stärker festzusetzen. Die Anlage von Verschanzungen am Peiräeus, wo man den Isthmos zwischen Zea und dem Hauptbassin, der diese felsige Halbinsel, vor allem die Akte, mit Attika verbindet, mit militärischen Linien überzog,[2] und mehrerer Redouten auf dem Wege von diesem Hafen nach der Stadt, wodurch die Reste der alten langen Mauern stark aufgebraucht wurden, war indessen ebensowenig wie der Besitz der Akropolis im stande, die Stellung in Attika für die Venetianer auf die Dauer haltbar zu machen. Als man sich nun im Frühling 1688 entschlofs, Land und Stadt wieder zu räumen, wurde zum Andenken noch ein erheblicher Kunstraub ausgeführt. Schon nach der Übergabe der Akropolis hatten viele der Eroberer Stücke der bei der Zerstörung des Parthenon niedergeworfenen Skulpturen als monumentale Beute mitgenommen; während des Winters hatte die Besatzung das

---

1) Vgl. die eingehende Darstellung bei Michaelis S. 66 ff.
2) Vgl. Milchhöfer a. a. O. S. 34.

fortgesetzt und mancherlei schöne Marmorsteine als Andenken sich zugeeignet. Nun sollten im März 1688 auf Morosinis Befehl der Poseidon und die beiden Rosse vom Gespann der Athena, die am meisten in die Augen fallenden und am besten erhaltenen Stücke des Westgiebels, vom Parthenon abgenommen und als Trophäen nach Venedig geführt werden. Seine Arbeiter zeigten aber dabei wenig Geschicklichkeit; kaum hatten sie die ersten Platten des sog. Geison (S. 94 fg.) gelöst, welche auf den Figuren lagen und sie festhielten, so stürzte alles herunter und zerbrach in tausend Stücke.[1] Dafür liefs der venetianische Feldherr nun drei grofse antike Löwen ausheben, den (S. 227) am Peiräeus, einen zweiten aus weifsem Marmor auf dem Wege nach der Akademie belegenen, und einen dritten (eigentlich eine Löwin) erheblich schlechterer Arbeit aus hymettischem Marmor von der Akropolis. Die Bestien hüten seit dieser Zeit den Eingang zum Arsenal von Venedig.

Damit begann eine lange Periode unausgesetzter Zerstörungen der Monumente des athenischen Altertums. Als die Venetianer am 4. April 1688 die Stadt Athen und am 9. April auch die Landschaft räumten, folgten ihnen die griechischen Einwohner, die allen Grund hatten, wegen ihrer den Gegnern der Pforte gezeigten Sympathieen die Rache der wieder zurückkehrenden Osmanen zu fürchten, und zerstreuten sich über Korinth, Salamis, Ägina, Nauplia, nach dem Archipel und den ionischen Inseln. Die Türken aber besetzten wieder die Akropolis, erneuerten die Festungswerke und bauten in die frühere Cella des doch noch immer zu zwei Dritteilen erhaltenen Parthenon eine neue Moschee hinein, allerdings in bescheideneren Verhältnissen;

---

2) Vgl. Michaelis S. 65.

auch das **Minaret** hatte die Katastrophe überdauert, erst 1765 lag es in Ruinen. Dagegen fiel die Wut der alten Herren mit voller Schwere nunmehr auf die Unterstadt und auf die **Altertümer**. Jene wurde in Brand gesteckt und vollständig eingeäschert, — nach der lokalen Überlieferung wurde damals das Madonnenbild in der alten Kirche der Panagia Kamnikarea dermafsen durch Rauch geschwärzt, dafs seitdem der jetzt geläufige Name Kapnikaräa aufkam.[1] Drei Jahre (bis 1690) lagen die Ruinen von Athen öde; erst da erteilte die Pforte den geflüchteten Einwohnern Amnestie und die Erlaubnis zur Rückkehr. Nun entstand wieder, namentlich auf der Nordseite des Burghügels, eine kleine häfsliche, ethnographisch sehr stark mit christlichen Albanesen durchsetzte Stadt.

Die **Vernichtung der Altertümer** wurde seit dieser Zeit mit Eifer und Erfolg fortgesetzt. Vieles traf dabei zusammen. Hatten die Türken früher sich schonender verhalten, jetzt wo die Franken die Zerstörung so wuchtig eingeleitet hatten, setzten sie das Werk teils aus rohem Mutwillen, teils zum Zwecke ganz ordinären Nutzens weiter fort. Auf der Burg zumal wurden die massenhaften weifsen Marmorstücke bei dem Parthenon mit wahrer Vorliebe als herrliches Material zum **Kalkbrennen** verwendet, — mit ganz besonderer Freude, wenn sie Relieffiguren trugen. Ein Glück, wenn solche Trümmer nur bei Neubauten einfach mit vermauert wurden oder unter den elenden türkischen Hütten verschwanden, die nun von neuem den ganzen Boden der Akropolis bedeckten. Dabei wirkte natürlich auch der gewöhnliche Verfall durch den Einflufs der Witterung oder durch weitere Einstürze bei den einmal ange-

---

1) Vgl. **Wachsmuth** S. 17.

brochenen grofsen Bauten mit. In der Unterstadt verzehrten die Kalköfen immer gröfsere Massen edlen Marmors; in dieser Weise sind namentlich die Platten, mit denen (S. 198) Herodes Attikos das panathenäische Stadion belegt hatte, so gut wie vollständig verschwunden. Im Jahre 1760 liefs der damalige Woiwode von Athen eine der noch vorhandenen 17 Säulen des bis dahin samt der St. Johanneskapelle ebenfalls so gut wie ganz vernichteten Olympieion zu Kalk verbrennen, den man gerade zur Anlage einer neuen Moschee im Bazar nötig hatte. Dasselbe Schicksal werden viele andre alte Bauten, die irgend unbenutzt standen, gehabt haben. Andererseits setzten viele der antiquarisch interessierten Reisenden, die Athen in Menge wieder besuchten, nur allzugern die Ausführung von kleinen Stücken der architektonischen und plastischen Reste der Altertümer fort; namentlich der Parthenon hatte unter dieser Praxis schwer zu leiden. Einen neuen fühlbaren Schlag aber versetzten der Ruinenwelt von Athen die Folgen des durch den Russenkrieg d. J. 1770—1774 veranlafsten grofsen griechischen Aufstandes gegen die Pforte. Die wilden moslemitischen Albanesen, die zur Dämpfung desselben aus dem illyrischen Norden in Masse nach Griechenland gezogen worden waren, betrieben auch nach Aufhören des Krieges ihre Raubwirtschaft in Griechenland so entsetzlich, dafs die türkischen Statthalter selbst gegen sie die Waffen ergreifen mufsten. Als auch Attika durch diese wilden Banden schwer bedroht wurde, liefs der 1777—1779 in Athen regierende, sehr energische Woiwode Hadschi-Ali-Hasseki-Bei unter eifriger Mitwirkung der ganzen türkischen und christlichen Bevölkerung der Stadt binnen 90 Tagen (vom 18. Februar 1778 an gerechnet) eine neue Ringmauer, eine verhältnismäfsig dünne Steinmauer mit vorspringenden Türmen, errichten, die erst 1835 wieder abgebrochen worden ist. Die damals von 6—8000 Menschen bewohnte Unterstadt nahm trotz enger und krummer Gassen mit ihren Gärten und Hofräumen einen ziemlich grofsen Raum ein; sie zog sich am nördlichen Abhang und Fufse des Areiopagos und des Schlofsberges hin, dehnte sich ostwärts bis zu dem Platze des gegenwärtigen königlichen Schlosses und erreichte südöstlich den Hadriansbogen und das Dionysostheater. Die neue Ringmauer nun zog sich von dem Bogen Hadrians, an der Ostseite der Stadt, den sie als Nebenthor benutzte, längs der Südseite des Burgfelsens zu den Ruinen des Odeions der Regilla hin, an welches sie sich anlehnte. Dann ging sie an der Westseite der Burg vorüber, über den Rücken des Areiopagos nach dem Theseion hin, und von hier in einem grofsen halben Bogen, die nördliche Stadt umfassend, wieder zurück zu dem Hadriansbogen. Ihre Hauptthore waren: das More-Kapesi an der Westseite, in der Richtung auf das alte Dipylon, — das Egribo-Kapesi gegen Norden, — die Bubunistra auf der Ostseite, — und auf der Südseite zwischen den Ruinen des Olympieion und des Theaters das Inte-Kapesi.

Bei diesem eilfertigen Bau wurde nun aber alles Material mit verwendet, was nur irgend zur Hand, was ohne weiteres brauchbar und namentlich leicht erreichbar sich zeigte. Daher ist damals unter den noch vorhandenen Altertümern tüchtig aufgeräumt worden, namentlich auf der östlichen und südöstlichen Seite der Stadt. Die moderne Lokalforschung legt darauf geringeres Gewicht, dafs unter anderem die Ruinen eines seit Beginn der osmanischen Herrschaft verlassenen Nonnenklosters auf dem linken Ufer des Ilisos bei der zum Stadion führenden antiken Brücke mit verbraucht wurden. Aber es war höchst bedauerlich, dafs man ganz unsinnigerweise diese schöne Brücke selbst abbrach und ihre Quadern als Werkstücke verwendete. Dieselbe stumpfsinnige Roheit und kurzsichtige Übereilung, die sich selbst an solchen Nutzbauten vergriff, wurde auch den Resten der Wasserleitung am Fuſse des Lykabettos verderblich; ein Stück des Architravs eines hier abgebrochenen Portals wurde über dem Thore Bubunistra als Oberschwelle eingemauert. Um so weniger schonte man eine frühere, noch wohl erhaltene Kirche der „Panagia στὴν πέτραν" oberhalb der Kallirrhoë am linken Ufer des Ilisos; es war ursprünglich ein überaus zierlicher ionischer, dem der Nike Apteros ähnlicher, einst vielleicht dem Triptolemos geweihter Tempel, den die Franken seiner Zeit als Kirche benutzt hatten, der aber schon im 17. Jahrhundert vollkommen verlassen dastand.

Schluſs.

Trotz aller solcher Verwüstungen behauptete Athen, wie seinen uralten glänzenden Namen, so noch immer eine reiche Fülle von Ruinen, und damit für die gebildete Welt des Abendlandes seine alte Anziehungskraft. Zu Anfang des neunzehnten Jahrhunderts eine Art wissenschaftlicher Kolonie des gelehrten Europa, sollte die Stadt nichtsdesto-

---

1) Über alle diese Dinge (mit Einschluſs der Richtigstellung der Schicksale der zuletzt erwähnten Kirche) s. L. Roſs, Archäolog. Aufsätze, B. 1. S. 267 und „Erinnerungen und Mitteilungen aus Griechenland" S. 28 ff. Curtius, erläuternder Text, S. 57 fg. Wachsmuth S. 21 ff. und 760.

weniger gerade jetzt noch einmal in umfassender Weise ausgeraubt werden. Gegenüber allem, was seit 1687 zur Vernichtung der Altertümer auf der Burg geschehen war, konnte allerdings in einer Zeit, wo an eine künftige Wiederaufrichtung der griechischen Nation, an das Aufblühen eines neuen griechischen Königreiches und einer verjüngten Stadt Athen nicht einmal im Traume zu denken war, der Plan nicht als verwerflich angesehen werden, die Masse der noch am Parthenon vorhandenen Skulpturen nach Europa zu retten. Des englischen Gesandten in Pera, Lord Elgins Name ist bekanntlich mit der Ausführung dieser Idee unmittelbar verknüpft. In der That sind 1801—1803 unter Aufwendung sehr grofser Mittel die meisten dieser Bildhauerarbeiten gesammelt und dann nach England gebracht worden, wo sie seit 1816 von der Regierung angekauft und als kostbarster Schmuck im Britischen Museum aufgestellt wurden. Zu bedauern stand damals nur, dafs die Arbeiten nicht immer mit der nötigen Schonung des Gebäudes selbst geleitet worden waren, und dafs bei der Wegführung noch vieler anderer Denkmäler von der Burg, wie der (S. 137) Dionysosstatue auf dem choragischen Monument des Thrasyllos, bei der Aushebung der einen Jungfrau aus der Korenhalle (S. 126) des Erechtheion dieses letztere Gebäude nicht unerheblich beschädigt wurde.[1] Zu einiger Entschädigung schenkte Elgin der Stadt Athen einen Uhrturm, den er in dem Bazar (in den Ruinen des Hadriansgymnasiums) aufrichten liefs.

Und doch war es als ein Glück anzusehen, dafs jene kostbaren Skulpturen ihren Platz in England gefunden hatten, denn die Akropolis sollte nicht lange nachher noch einmal von

---

1) Alles Detail s. bei Michaelis S. 74—87.

gröfseren kriegerischen Zerstörungen betroffen werden. Als 1821 der nationale Aufstand der Griechen gegen die türkische Fremdherrschaft ausbrach, folgte auch das friedliche Athen, wo noch 1812 sehr wesentlich auch zum Zwecke der Erhaltung der Altertümer die gelehrte Hetärie der Philomusen gestiftet worden war, dieser Bewegung. Nun wurde auch dieser Punkt mit seinen Umgebungen für eine Reihe von Jahren der Schauplatz blutiger und kriegerischer Auftritte, die Akropolis aber wiederum zur Citadelle, zum Objekt des grimmigen und erbarmungslosen Ringens zwischen wilderbitterten, barbarischen Gegnern. Als die Festung am 21. Juni 1822 sich an die Griechen ergeben hatte, liefs der berühmte Kapitän Odysseus, der im Herbst dieses Jahres die Stellung als militärischer Diktator von Ostgriechenland gewann, die Akropolis neu verschanzen und die alte Klepsydra durch die neue, seitdem nach ihm benannte Bastion schützen. Bekanntlich kehrte das Glück den neugriechischen Unabhängigkeitskämpfern seit 1825 ganz entschieden den Rücken zu. Nach dem Fall von Missolunghi rückte der energische und als Feldherr sehr tüchtige türkische Heerführer Raschid-Pascha-Kiutagi im Sommer 1826 nach Attika vor, eroberte am 15. August die Unterstadt mit Sturm und begann dann die Belagerung der tapfer verteidigten Akropolis. Der lange fortgesetzte Kampf, der durch viele vergebliche Entsetzungsversuche der Griechen ungemein belebt und wiederholt auf der Ebene von Athen ausgefochten wurde, ist den Altertümern sehr verderblich geworden. Die türkischen Bomben suchten jetzt die alten Prachtbauten ebenso kräftig heim wie einst die venetianischen. Damals wurde durch wohlgezielte Schüsse das Monument des Thrasyllos (S. 137) vor der Grotte der Panagia Chrysospiliotissa zerstört. Bei den westlichen Säulen aber des Parthenon[1] zeigen noch heute zahllose weiße, ausgesprungene Stellen, wie nachdrücklich vom Musenhügel her die Geschütze Raschids gegen diesen Bau wiederholt gearbeitet haben. Besonders bedauerlich war es, daß zu Ende Januar 1827 eine durch osmanische Bomben getroffene nordwestliche Säule des Erechtheion zertrümmert wurde; der Sturz dieser und einer zweiten Säule und des anschließenden Daches tötete dabei die Witwe des Kommandanten Guras mit zehn ihrer Hausgenossen, die in diesem früheren Sitze der türkischen Damen auf der Burg ihre Wohnung gehabt hatte.

Die Kämpfe am Peiräeus, wo die Akte und die alte Munichiahöhe wieder umschichtig von beiden Parteien roh verschanzt, das feste Kloster St. Spyridon und das benachbarte Zollhaus im April 1827 von den Osmanen tapfer verteidigt wurden, schlossen allerdings am 28. d. M. mit der Vernichtung der letzteren, die Gefechte dagegen auf der Ebene von Athen am 6. Mai mit der vollständigen Niederlage der griechischen Entschüttungstruppen. Am 5. Juni mußte die Burg den Türken wieder übergeben werden, die nun die Festung bis zum 1. April 1833 besetzt hielten, wo Athen in die Hände der bayerischen Truppen des Königs Otto überging.

Schon im Juni 1833 wurde von der Regierung des jungen Königreichs Griechenland der Plan der Neubebauung des athenischen Stadtbodens definitiv genehmigt, im Februar 1834 die Stadt zur Residenz erklärt und um den Ausgang desselben Jahres die Regierung und der Wohnsitz des Königs von Nauplia thatsächlich nach Athen verlegt. Die Stadt, deren Bevölkerung damals von 10000 Christen und

---

1) Vgl. Michaelis S. 87.

1500 Türken bei dem Beginn des Unabhängigkeitskrieges, bis auf 1500 oder 2000 Seelen mit kaum noch 300 bewohnbaren Häusern herabgesunken war, ist im Laufe von 50 Jahren mit Einschluſs des neu aufblühenden Peiräeus zu unerwarteter neuer Bedeutung gelangt. Hauptsächlich nördlich, nordwestlich, und ganz besonders östlich und nordöstlich von dem Schloſsberge sich ausbreitend, zählt das moderne Athen, eine der anmutigsten und regelmäſsigsten Städte der Levante, gegenwärtig über 70000, und mit Einschluſs des neuen Peiräeus nahezu 100000 Einwohner.

Mit dem Aufhören der Kämpfe gegen die Osmanen hat auch die Verwüstung der Altertümer ihr Ende gefunden, dafür nun mit der neuen und planmäſsigen Durchforschung auch die Säuberung, Sicherung und (wo es möglich war) teilweise Restauration derselben, zuerst auf und an der Burg, ihren Anfang genommen. Die Akropolis hörte seit dieser Zeit auf als Citadelle zu dienen; mit dem Jahre 1835 begann die Wegräumung der nicht antiken Festungswerke, der fränkischen und türkischen Bauten auf der Westseite der Burg, die 1876 in der, unsrer Ansicht nach allerdings höchst bedauerlichen Niederreiſsung des seit Jahrhunderten für die athenische Stadtansicht so charakteristischen fränkischen Donjeons über dem Südflügel der Propyläen ihren Abschluſs erreicht hat. Die Restaurationen sind damals (S. 105) sehr glücklich mit der Wiederaufrichtung des Tempels der Nike Apteros eingeleitet worden. Die Arbeiten der Aufräumung und Ausgrabung, der Entfernung und Sichtung des historischen und architektonischen Schuttes, wie auch der Gewinnung kleinerer Altertümer wandten sich naturgemäſs weiter den Propyläen, seit 1837 namentlich dem Erechtheion zu, wo die Gegenwart auch wieder einen

Epigonen des alten Ölbaums der Athena kennt, während die am Parthenon seit 1840 ein rascheres Tempo annahmen; die Reste der Moschee sind hier seit 1842 verschwunden. Bei analoger Thätigkeit in der Unterstadt sind nacheinander die von uns früher geschilderten Ruinen aller Art erforscht, grofsenteils erst aus dem historischen Schutt langer Jahrhunderte wieder ausgeschält worden; der des Horologion des Andronikos, der Restauration des Peribolos am Olympieion, wo noch am 26. Oktober 1852 ein heftiger Sturm die sechzehnte der vorhandenen Säulen umwarf, der Aufdeckung des halb verschütteten Odeion des Herodes (1857), der Aufräumung des Dionysostheaters (1862), der gründlichen Ausräumung des panathenäischen Stadion (1869 und 1870) sind aufser vielen andern kleineren und gröfseren Arbeiten und Entdeckungen auch (seit 1862) die ausgedehnten Ausgrabungen auf dem Gräberfelde vor dem Dipylon zur Seite gegangen. Und zu den vielen tüchtigen Untersuchungen namentlich griechischer, deutscher, französischer Forscher zu allmählicher Sicherung der Topographie dieses geschichtsreichen Stadtbodens sind seit 1875 die überaus schätzenswerten, umfassenden Arbeiten mehrerer Offiziere und Beamten des preufsischen grofsen Generalstabs zur Aufnahme eines einheitlichen topographisch-archäologischen Kartenwerkes von Attika getreten.

Halle a. S., Buchdruckerei des Waisenhauses.

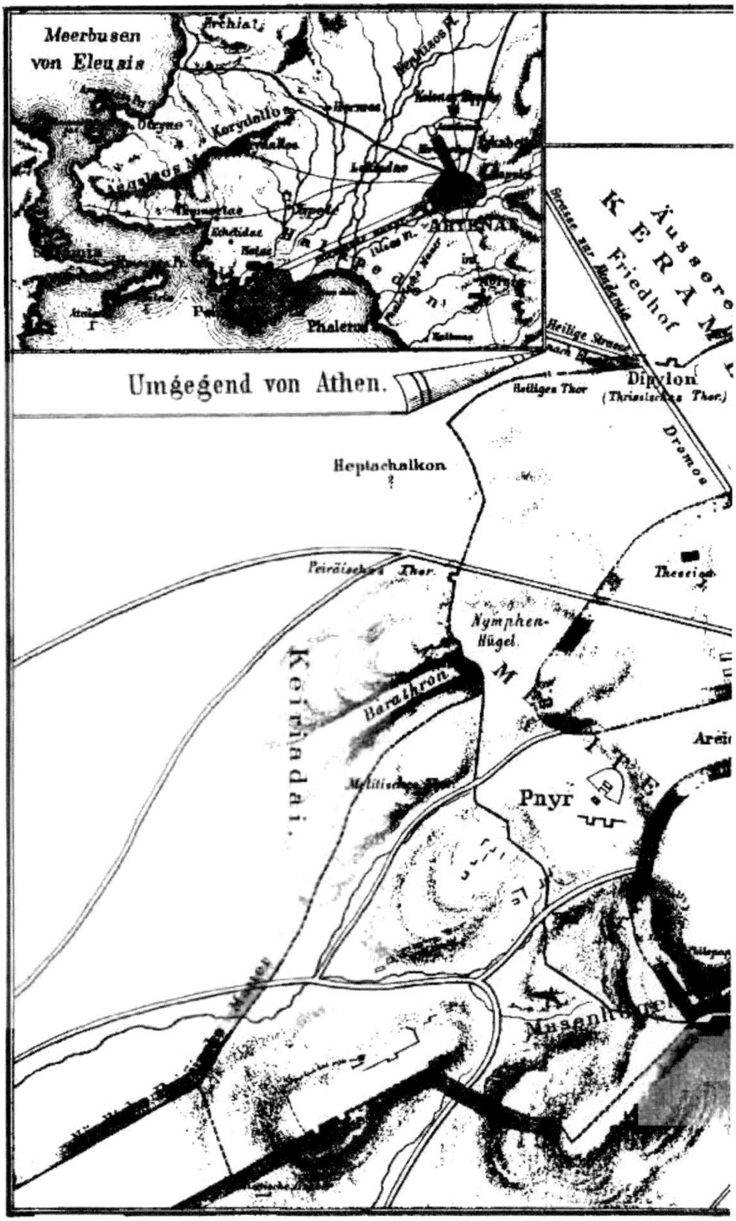

'handlung des Waisenhauses Halle *3.

ATHEN.

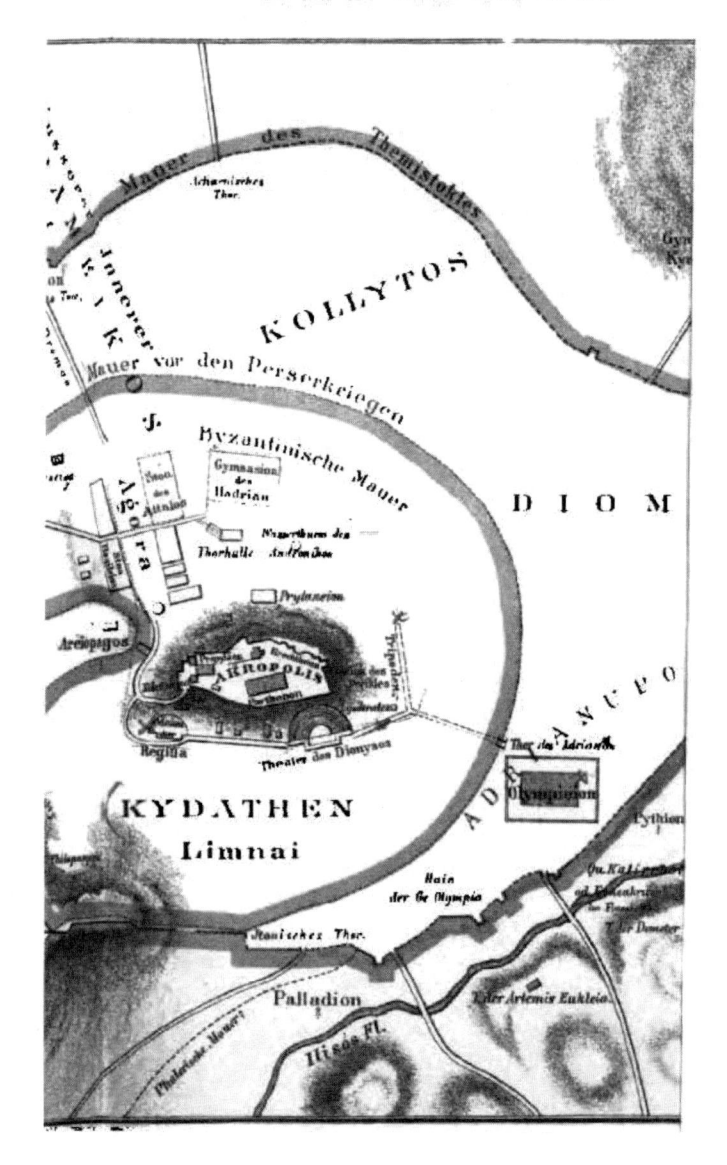

schwedische Feldmarschall Graf Otto Wilhelm von Königsmark ihren Angriff auf Attika, der militärisch keinen andern Zweck haben konnte, als für die Armee gute Winterquartiere zu erkämpfen. Am 21. September wurden der Peiräeus und die Unterstadt Athen leicht gewonnen, am 23. September eröffneten zuerst die Batterieen der Venetianer und der deutschen Truppen im Dienst der Republik von dem Musenhügel, von der Pnyx und von dem Areiopagos aus ihr Feuer gegen die Akropolis, nachher wurde noch eine neue Batterie mit zwei Mörsern gegenüber der Ostseite der Burg aufgestellt. Anfangs arbeiteten die Geschütze ohne besonderen Erfolg. Da brachte ein Überläufer den Angreifern die Kunde, dafs die Türken ihr gesamtes Pulvermagazin in den Parthenon verlegt hätten, in der Hoffnung, dafs die Franken den herrlichen Bau schonen würden. Leider aber war das nicht die Meinung der europäischen Heerführer, die in dem Parthenon nur „eine ruchlose Moschee" erblickten. Vielmehr wurde jetzt die ganze Kraft der Beschiefsung auf den Bau des Iktinos gerichtet. Und am Freitag den 26. September abends 7 Uhr hatte ein lüneburgischer Artillerielieutenant bei der östlichen Mörserbatterie das unheilvolle Glück, die Bombe zu lenken, die nun wirklich das türkische Pulver erreichte. Freilich hatten die Osmanen in Wahrheit immer nur den für je einen Tag nötigen Pulvervorrat in der Cella aufgehäuft, trotzdem war die Wirkung entsetzlich. Die Hauptgewalt der Explosion traf die Cella; hier stürzte die grofse innere Scheidewand in den Opisthodomos und rifs dessen Säulen, Decke und Dach mit in den Ruin hinein. Gegen Osten brach sich die Gewalt des Stofses an der Apsis und ihrer Umgebung, so dafs die Säulen der Fronte nicht nachgaben. Dagegen stürzten die östliche Wand und die Säulen